KB003517

슬로하이츠의 신

スロウハイツの神様

1

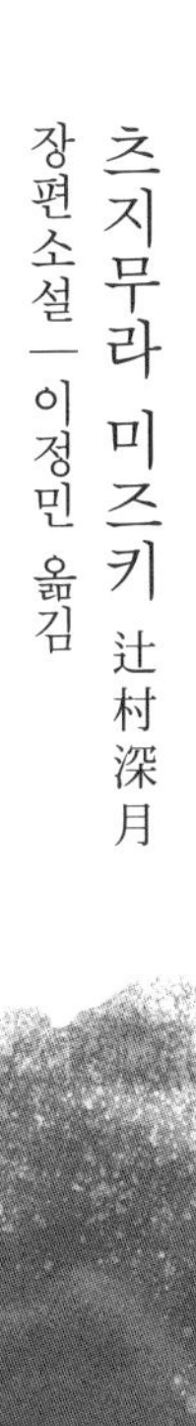

츠지무라 미즈키 辻村深月

장편소설 — 이정민 옮김

슬로하이츠의 신

スロウハイツの神様

1

일러두기

1. 본문에 있는 모든 주석은 옮긴이의 주입니다.

2. 본문의 기호는 다음과 같이 사용했습니다.

『』 TV 뉴스에서 보도되는 내용, 문자 메시지, 쪽지와 메모, 책 단행본과 잡지 연재물, 《》 애니메이션, 영화, 주간지, 〈〉 게임 이름

차례

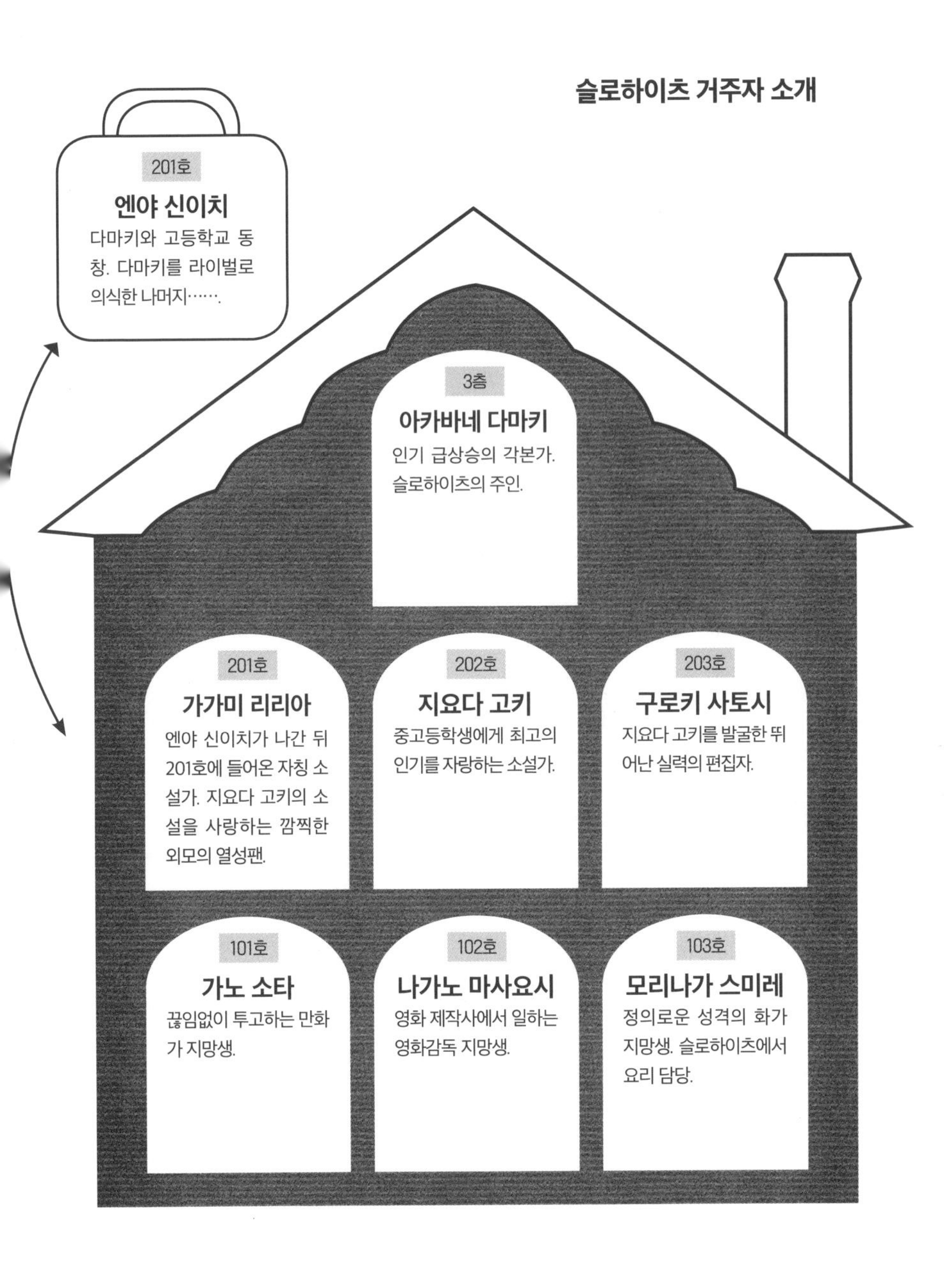

슬로하이츠 거주자 소개
201호
엔야 신이치
다마키와 고등학교 동창. 다마키를 라이벌로 의식한 나머지…….
3층
아카바네 다마키
인기 급상승의 각본가. 슬로하이츠의 주인.
201호
가가미 리리아
엔야 신이치가 나간 뒤 201호에 들어온 자칭 소설가. 지요다 고키의 소설을 사랑하는 깜찍한 외모의 열성팬.
202호
지요다 고키
중고등학생에게 최고의 인기를 자랑하는 소설가.
203호
구로키 사토시
지요다 고키를 발굴한 뛰어난 실력의 편집자.
101호
가노 소타
끊임없이 투고하는 만화가 지망생.
102호
나가노 마사요시
영화 제작사에서 일하는 영화감독 지망생.
103호
모리나가 스미레
정의로운 성격의 화가 지망생. 슬로하이츠에서 요리 담당.

'지요다 고키의 소설 때문에 사람들이 죽은' 그날의 날씨는 더없이 맑았다.

키 큰 잡초에 둘러싸인 폐건물 주위로 상쾌한 바람이 지나간다. 건물에서 울리는 비명 소리가 부드러운 풀잎 사이로 사라져 간다.

스물한 살, 대학교 3학년인 소노미야 쇼고의 제안으로 이루어진 자살 게임. 열다섯 살 소년부터 서른여덟 살에 이르는 참가자 열다섯 명은 소노미야를 포함해 전원 사망했다.

소노미야는 자신이 운영하는 인터넷 사이트에서 자살 희망자를 모집한 뒤 집단 자살 계획을 제안했다. 집합 장소는 후쿠시마 현 N산 부근의 전철역이었다. 그는 산속에 있는 폐병원에서 연탄을 피워 죽거나 여러 대의 차량에 나눠 타고 가스를 피워 죽는 방법을 계획하기도 했다. 이 방법들은 어디까지나 계획이었을 뿐, 실제로 자살 희망자가 모이자 소노미야는 전혀 다른 게임을 시작한 것이다.

어차피 죽고 싶어 안달이 난 사람들이 목숨을 걸고 하는 마지막 게임이다. 게임 내용은 간단히 말해 서로 죽이기였다. 며칠 후 발견된 사건 현장은 온통 피바다였다. 건물 곳곳에 비디오카메라가 설치된 것으로 보아 죽고 죽이는 장면을 특정인에게 보여 줄 심산인 듯했다.

혼자 사는 소노미야의 집은 일명 '지요다 브랜드'로 불리는 작가 지요다 고키의 소설과 관련 상품들로 넘쳐 났다. 책상 키보드 위에 반듯하게 접어 놓은 유서에는 '게임 동영상을 고 짱에게 바친다'라고 쓰여 있었다.

'고 짱'이란 팬들이 지요다 고키에게 붙여 준 애칭이다. 그의 작품은 사람이 종이 인형처럼 맥없이 죽어 나가는 장면이 많은데 소노미야는 그런 그의 열렬한 팬이었다.

때마침 별다른 화젯거리가 없던 매스컴들은 '허구와 현실을 혼동한' 소노미야가 '지요다 고키의 소설에 영향을 받아 살인을 저질렀다'라는 소식에 벌떼처럼 달려들었다. 몇 달 뒤 아카데미상 남우 주연상을 일본인 배우가 수상하는 소식이 들려오기 전까지 언론은 온통 소노미야와 지요다의 이름으로 도배되었다.

소노미야의 자살 게임, 이른바 '지요다 고키의 소설을 모방한 참극'이 처음 보도된 그날도 지요다 고키는 집에서 소설을 집필 중이었다. 마감이 코앞인 신작을 집필하면서도 머리 한구석에서는 다음 작품의 스토리를 구상하는 데 여념이 없었다. 담당 편집자가 사건을 알리기 위해 전화를 걸었지만 벨소리조차 듣지 못할 정도로 그는 집중한 상태였다.

사건이 발생하기 며칠 전에 했던 인터뷰에서 소설을 쓰는 동기를 묻는 질문에 지요다 고키는 이렇게 대답했다.

"물론 먹고살아야 하고 누군가에게 칭찬받고 싶다거나 독자들이 재미있게 읽어 주었으면 하는 마음도 있습니다. 하지만 무엇보다 소설 속 등장인물의 인생을 책임져야 한다는 마음이 가장 큽니다. 질 짱(『천장의 어른』 주인공의 여동생 질스티)과 에리카(『FLOW』의 주인공)의 인생에 제대로 된 해결책을 마련해 줘야 한다는 책임감 같은 거죠. 남들이 봤을 때는 시간이 남아도는 것처럼 보일지도 모르겠군요. 어쩌면 비정상적으로 들릴 수도 있겠지만, 저는 그들을 사랑하거든요."

《계간 노블미디어》(모리구치서점 간행) ××××년 여름호

지요다 고키가 사건을 알게 된 것은 끝없이 울리는 초인종 소리에 마지못해 현관문을 열었을 때였다.

눈부신 플래시 빛과 기자들의 홍수 같은 목소리가 한데 섞여 지요다 고키를 둘러쌌다.

"지요다 씨."

"지요다 고키 씨, 책임을 느끼십니까?"

제1장

아카바네 다마키는
화가 치밀었다

(1)

아카바네 다마키는 화가 치밀었다.

그동안 꾸역꾸역 치미는 화를 가까스로 참아 왔건만 갑자기 인내의 끈이 툭 끊기고 말았다. 눈앞이 어질어질하더니 피가 머리 위로 솟구치며 폭발했다.

그러고 보니 엄마가 돌아가신 5년 전에도 비슷한 느낌이었다. 대학에서 강의를 듣던 중 휴대폰에 불이 나도록 전화가 왔는데도 알아차리지 못했다. 발신자는 외삼촌이었다. 다마키는 양성평등에 관한 수업을 흘려들으며 적당히 필기도 하고 하품을 참으며 졸음과 싸우고 있었다.

강의 시간은 90분. 4교시였으니 2시 40분부터 4시 10분까지였다.

외삼촌의 첫 부재중 전화가 찍힌 시각은 2시 45분. 다마키가 휴대폰을 무음으로 설정하고 나서 5분 뒤였던 것이 나중에는 얄궂게 느껴졌다. 외삼촌은 부재중 음성 메시지를 여러 번 남겼다. 그야말로 실황중계가 따로 없었다. 엄마가 장을 보고 집에 오는 길에 신호 위반한 승용차에 치어 병원에 실려 갔다는 것부터 시작해서 그 병원이 어딘지, 지금 어떤 상황인지가 열 몇 번에 걸쳐 녹음되어 있었다. 마지막에는 울먹이기까지 하며 메시지를 남겼다. 다마키와 연락이 되지 않아 심하게 동요한 외삼촌은 보통은 전화로 남기지 않았을 말까지 내뱉고 말았다.

——얘야, 다마키.

다마키는 그 목소리를 떠올릴 때마다 견딜 수 없는 죄책감에 가슴이 짓눌리는 것 같다. 교통사고를 당한 엄마에 대한 죄책감이 아니라, 자신들 모녀를 배려해 비통하게 말해 준 외삼촌에 대해서다.

——다마키. 엄마가 죽어 버렸다.

교통사고를 당해 죽음에 이르기까지의 한 시간 반.

한창 강의를 듣던 중 휴대폰 램프가 가방 속에서 수십 번은 번쩍였을 것이다. 소리와 진동을 껐을 뿐인데 다마키는 전혀 알아차리지 못했다. 삼촌이 애타는 목소리로 메시지를 보내왔건만 휴대폰 램프는 가방 밑 어둠 속에서 빛을 내쏟고는 꺼져 버렸다. 허무할 정도로 쉽게.

그런 일에는 뭔가 느껴져야 하는 것이 아닐까. 그러나 다마키는 아무것도 느끼지 못했다. 어떤 예감도, 가슴 떨리는 불안도 전혀 없었다.

그 후 병원으로 달려간 다마키는 엄마 곁에서 엉엉 우는 여동생 모모카를 발견하고 질문부터 건넸다. 너에게는 뭔가 퍼뜩 느껴지는 순간이 있었느냐고, 그래서 임종을 지킬 수 있었던 거냐고. 모모카는 우느라 짓눌린 목소리로 "학교 끝나고 집에 왔더니 집 전화가 울렸어" 하고 설명했다.

아, 그랬구나. 다마키는 흰 천에 덮인 엄마를 향해 고개를 돌렸다. 엄마, 다행이야. 진심으로 그렇게 생각했다.

나는 그러지 못했지만, 엄마의 두 딸 중 적어도 한 명은 엄마의 마지막 순간을 함께했다. 육친의 정으로 맺어진 운명의 수레바퀴가 맞아떨어진 것이다. 그러니 엄마의 인생은 무의미한 것이 아니었다.

하지만 그로부터 5년이 지난 지금은 달리 생각한다. 실은 그때 알고 있었던 게 아닐까. 휴대폰이 무음 모드인 탓에 연락이 온 줄은 정말 몰랐다. 부재중 음성 메시지를 듣고 황급히 외삼촌과 통화한 뒤 학교를 뛰쳐나와 전철에 올라타면서도 왠지 엄마가 살아 있을 것 같았다. 임종을 지킬 수 있을 것 같은 생각마저 들었다. 그러나 실은 알고 있었던 게 아닐까. 피하기 위한 수단을 마련하기는커녕 외면하기만 한 일은 언젠가 파탄 나는 법이다. 근거라고는 전혀 없다. 어긋나 버린 운명의 수레바퀴가 야속하게 느껴졌지만 그 감정은 결코 운명과 우연에 대한 저주가 아니라 양심의 가책과 비슷했다. 나쁜 것은 나다.

실은 이렇게 될 줄 알면서도 다마키는 그것을 피하기 위한 아무런 수단도 마련하지 않았다. 그래서 휴대폰에 연락이 온 줄 몰랐고 엄마를 만나지도 못했다.

이번 일도 분명히 마찬가지다. 왜 이런 일을 계속해 왔을까.

약속 장소인 카페에 들어가자 상대방은 벌써 와서 기다리고 있었다. 다마키는 호흡을 가다듬어 가슴속에 소용돌이치는 감정의 파도를 가라앉혔다. 상대방에게 걱정을 끼치고 싶지도 않거니와 하물며 틈을 보이기는 죽기보다 싫었다.

가게 문에 비친 자신의 얼굴 표정이 생각했던 것보다 가라앉아 보여 일부러 입꼬리를 올렸다.

괜찮다. 나는 아무렇지도 않다.

문에 비친 얼굴에 대고 되뇐 다음 테이블로 걸어갔다.

"미안, 가노. 내가 너무 일찍 왔나?"

말을 걸자 그가 고개를 들었다.

(2)

약속 장소에 나타난 다마키는 씩씩한 모습이었다.

"미안, 가노. 내가 너무 일찍 왔나? 나 때문에 방해돼?"

가노 소타는 놀라서 고개를 들었다. 눈앞에 다마키가 서 있었다. 고양이처럼 사납고 동그란 눈동자 두 개로 자신을 똑바로 내려다보며 바른 자세로 꼿꼿이 서 있었다.

그녀는 장식 달린 머리핀으로 올림머리를 고정하고 밝은 분홍색 원피스를 입고 있었다. 치마 밑으로 보이는 다리에는 가까이서 보지 않으면 모를 만큼 촘촘한 베이지색 망사 스타킹을 신고 있다. 다마키가 멋스럽게 꾸며 입은 것을 볼 때면 꼭 무장한 것 같다는 생각이 든다. 보이지 않는 상대에게 지지 않기 위해 고안된 갑옷. 과한 복장이 되기 직전의 아슬아슬한 지점까지 돈을 들인 그녀의 패션은 음식과 커피가 싸고 맛있는 대신 낡고 지저분한 이 카페에는 어울리지 않았다.

약속 시간까지는 아직 한 시간도 넘게 남았건만.

"깜짝이야. 빨리 왔네."

마감이 얼마 남지 않은 일을 테이블에 펼쳐 놓고 있던 가노는 부리나케 그것을 치웠다. 노트북 전원을 끄고 화면이 어두워진 것을 확인한 뒤 곧바로 가방에 집어넣었다. 큰일이다, 이렇게 빨리 올 줄이야. 가노는 부지런히 손을 움직이며 재빨리 목소리와 표정을 가다듬었다.

다마키의 시선 끝을 살피니 그녀는 계산대 근처 쇼케이스에 진열된 케이크를 바라보고 있었다. 어질러진 테이블을 딱히 이상하게 여기지 않는 모습에 안도하면서 가노는 대신 만화 도구를 꺼냈다. 콘티를 끝내 놓은 것을 가져왔으니 다마키와 대화하면서도 밑그림 작업을 할 수 있다. 시간이 아쉬운 터라 뭐라도 하고 싶었다.

"가노, 너야말로 빨리 왔잖아."

다마키가 케이크 쇼케이스에서 시선을 거두고 쓴웃음을 지었다. 이내 가노의 맞은편에 앉는다.

"벌써 와 있을 줄 모르고, 한 시간쯤 느긋하게 커피나 마시면서 기다리려고 했거든. 작업 중이었구나? 그거 얼마 전에 콘티 보여 줬던 그 만화야?"

"응. 전에 한 번 보여 줬던 거라 마음 편히 작업하는 거지. 안 그랬으면 감히 네 앞에서 어떻게 원고를 노출하겠어?"

"깜짝 상자 속 야심작은 아니라는 소리네. 제법 괜찮다는 생각은 들었지만."

다마키가 말했다.

"가노는 정말 자신 있는 이야기를 그릴 때는 완성되기 전까지 절대로 안 보여 주잖아. 그런데 이게 보여 줘도 되는 수준이라면 다음 야심작은 얼마나 더 훌륭할지 기대가 되는걸."

"고마워."

가노는 칭찬을 받을 때마다 어떤 표정을 지어야 할지 몰랐다. 영광스럽게도 요즘 들어 칭찬받는 일이 많아졌지만, 칭찬을 아무리 들어도 익숙해지지 않아 진심으로 당황하던 차였다. 가노는 화제를 돌리기 위해 일부러 물었다.

"무슨 일이야? 다마키는 늘 바쁘게 돌아다니는 성격이잖아. 그런데 여유 부릴 시간을 다 만들고 웬일이야? 계획이 틀어져서 시간이 생겼나?"

"그래, 틀어졌어."

다마키가 웃음기 하나 없이 대답했다. 테이블 위에 놓인 메뉴판을 들고 팔랑팔랑 넘기더니 고개를 들지 않고 덧붙였다.

"남친이랑 헤어졌어."

"오?!"

놀라움과 감탄이 반씩 섞인 목소리가 나왔다.

"언제?"

"조금 전에. 여기 오기 전."

이게 웬 낭패람, 하고 다마키는 전혀 곤혹스러워하는 기색 없이 중얼거렸다.

"도저히 안 되겠더라고. 여태껏 아무렇지도 않았던 행동이 갑자기 꼴 보기 싫어지기도 한다는 걸 오늘 깨달았지 뭐야."

다마키는 때마침 카페 종업원이 가져온 얼음이 넉넉한 물을 입으로 가져가며 고개를 들었다. 그러고는 "커피 주세요" 하고 말했다.

"하긴, 음, 뭐랄까, 잘 결단했네."

다마키의 남자친구, 이미 헤어졌으니 전 남친이 되었지만, 가노도 그를 몇 번 만난 적이 있다. 금발에 가까운 노란색으로 탈색한 머리와 가는 팔다리, 입꼬리가 살짝 쳐진 입매가 다소 여린 인상을 주는, 호스트처럼 생긴 남자였다. 다마키와는 같은 대학 연극 동아리에서 만난 인연이 있다고 들었다.

——역시 우리 같은 사람만 손해라니까. 왜 이런 천성을 타

고나서 말이야. 남들처럼 고향에 남아서 우량 기업에 다니며 그냥저냥 사는 길도 있었는데. 별 고민 없이 그렇게 살 수 있는 녀석들이 부럽더라.

가노가 기억하는 그는 언제나 꿈꾸듯 연극론을 펼치곤 했다. 그가 주축이 되어 활동하는 극단은 도내 소극장 업계에서 그런대로 유명한 곳이었다.

"그 인간이 연출에만 집중했으면 나도 더 응원해 줬을 거야. 그런데 요즘 어쭙잖게 연기까지 하려 드는 걸 보니까 왜 저러나 싶더라고. 상대가 누구냐에 따라 우는 얼굴과 웃는 얼굴을 마음대로 구사하는 태도에도 진절머리가 났어. 나는 절대로 속지 않을 거지만, 그렇지 않은 여자도 분명히 많겠지."

다마키가 한숨을 푹 내쉬었다.

"영업이나 처세술로 사람 마음을 얻고 원하는 걸 조르기도 하잖아. 그 인간이 여자친구인 나한테까지 무의식적으로 그 방법을 쓰더라니까. 몸에 밴 거지. 좀 슬프더라. 극단에 돈이 필요하다는 사실을 일부러 슬쩍 흘리는 것도 여전하고, 그걸 반복해 봤자 1엔도 보태지 않는 나한테 자꾸 짜증내는 모습도 좀, 뭐랄까."

"같이 일하는 거 아니었어?"

가노의 질문에 다마키가 흘낏 노려본다. 아픈 곳을 찔렸다는 표정이다. 그 표정 그대로 "맞아" 하고 중얼거린다.

"사랑이란 고의로 만들어 낸 맹목 같은 거야. 그 인간이 가진 창작가의 재능을 의심하면서도 연인의 정으로 각본 일을 받아들였거든. 그런데 막상 일을 같이 해 보니까 그동안 외면해 온 것들을 더는 무시할 수가 없겠더라."

"오늘도 그 일로 미팅하다 온 거지? 엎어졌나 보네?"

그가 연출을 맡고 다마키가 각본을 쓰는 방식의 협업. 다마키는 처음부터 이 일을 내켜 하지 않았다. 작품은 제대로 마무리할 작정이었겠지만, 그가 매력을 느끼는 것은 다마키의 각본 자체가 아님을 그녀도 눈치채고 있었다.

그가 협업을 제안한 것은 각본가 '아카바네 다마키'의 네임밸류와 집객력 때문이다. 다마키는 기막혀 했다.

"그 인간이 그러더라. 어차피 아카바네 다마키한테 이런 것쯤은 취미 아니냐고."

다마키가 내뱉듯이 말했다. 자조 섞인 미소를 띠고 "웃기고 있어, 진짜" 하고 계속했다.

"내 신경을 긁으려고 일부러 그랬을 거야. 내가 아니라고 부인할 게 틀림없다고 확신한 목소리였거든. 그런데 거기에 섞인 자학과 비아냥을 견딜 수가 없더라."

"그래서 뭐라고 받아쳤는데?"

상상이 간다. 다마키는 거기서 뚜껑이 열린 것이다. 안전을 지키기 위해 단단히 잠근 핀이 픽 뽑혔다.

"'어, 맞아. 취미야. 알았으면 이제 그만하자'라고."

다마키가 담백하게 말한 뒤 한숨을 푹 내쉬고는 가노를 쳐다본다.

"그걸로 끝."

"다마키, 그동안 열심히 해 왔는데. 전 남친한테 맞춰서 동료 놀이도 해 줬잖아."

가노는 섣불리 위로하거나 입 다무는 것보다는 낫겠다 싶어서 말해 봤다.

"그 인간, 재능 없는 거 맞아. 같이 일하고 나서 '우리'라고 말할 때마다 목에 힘주는 걸 보면 어찌나 거북하던지. 학창 시절부터 해 온 자아도취 놀이를 아직도 하고 싶은 거면, 실력 먼저 키운 다음에나 할 것이지."

다마키가 속내를 신랄하게 털어놓은 뒤 힘없이 웃고는 이내 어깨를 움츠린다.

"그 주제에 눈만 높아서 꾸준히 노력하는 건 자존심이 허락하지 않는 거야. 나는 연극하는 사람이다, 너희와는 다르다며 성실히 일하는 사람을 무시하는 것도 빼놓지 않더라."

"얼마나 사귀었지?"

"1년 8개월. 그리 오래 사귄 것도 아니야. 옛날부터 전 남친들이랑 2년을 못 갔으니 내 성질이 더러운 거지. 아예 석 달이나 반년만 사귀는 거면 정들지 않고 가볍게 놀 수 있고, 2년 이상 가면 미래를 꿈꿀 수도 있을 텐데, 어김없이 1년에서 2년이면 끝장나더라. 생산성 하나 없이 계속 반복하는 거지."

가노는 다마키가 방금 될 대로 되라는 식으로 말한 내용이 진심인지 아닌지 알지 못한다. 그러나 자신이나 주변 친구들이 누군가를 사귀는 패턴을 생각해 보면 그런 것처럼 생각되었다.

"생산성은 또 뭔데?"

가노가 웃었다. 생산하다니, 뭘?

목이 말랐는지 다마키가 컵에 든 물을 반쯤 꿀꺽꿀꺽 들이켜더니 희미하게 웃었다. 이번에는 쓴웃음도, 자조 섞인 웃음도 아니었다.

"그러게. 원래 생산 같은 거 할 필요도 없고 원하지도 않으니, 방금 그 말은 내가 잘못 말했네."

"다마키, 방금 미래를 꿈꿀 수도 있다고 말했잖아. 내 생각에 그 사람은 네 동반자로 어울리지 않았어."

가노는 가급적 완곡하게 말하려 애썼다.

다마키의 전 남친이 변변찮다는 것에 가노는 물론 다마키와 한 집에 사는 사람들은 모두 동의한다. 다마키는 워낙 강인하고 남자에게 기대는 유형도 아니므로 그동안 적극적인 충고나 반대는 하지 않았다. 내버려 두면 언젠가 깨달을 줄 알았기 때문이다. 더 정확히 말하면 스스로 깨닫는 날이 오리란 것을 다마키 역시 알고 있다고 생각했기 때문이다.

그리고 오늘 실제로 그렇게 되었다.

"알아. 외롭긴 한데 확실히 후련하기도 해."

다마키가 누군가를 그리워하는 모습으로 눈을 가늘게 뜬다. 그때 종업원이 다가와 "실례합니다" 하고 말한 뒤 그녀 앞에 커피를 놓았다.

다마키가 "고맙습니다" 하고 예의 바르게 말했다. 종업원이 물러간 뒤 가노를 향해 고쳐 앉는다.

"이상하게도 내가 프로가 되기 전에는 그 인간을 연애 상대로 생각한 적이 한 번도 없었거든. 그런데 웬걸, 각본 일이 잘되기 시작하면서 좀 괜찮네, 하는 생각이 들더라니까. 그 무렵 주변에 더 괜찮은 남자도 많았는데 어찌된 일인지 나한테 가장 남자로 느껴진 사람은 그 인간이었어."

남자로 느껴진다는 말에서 살짝 성적인 뉘앙스가 풍긴다는 생각을 하며 가노는 "알아" 하고 대꾸했다. 간단히 선을 긋고 동그라미를 그려 넣은 만화 콘티에 본격적으로 그림을 그려 나갔다.

"네가 그 사람한테 매력을 느낀 거, 잘 알아."

아마 다마키 주변에 있던 남자들 중 그가 가장 나약했을 것이다. 자석이 반대극을 끌어당기듯이 한순간에 그녀 안의 강인함이 그를 원한 것이다. 다마키와 몇 년간 친구로 지내며 그녀의 남자관계를 보다 보니 관계가 오래 지속되지 않는 것도 무리는 아니라는 생각이 들었다. 자신과 맞지 않는, 연인은 될 수 있어도 친구는 될 수 없는, 대화가 통하지 않는 남자만 골라 왔기 때문이다.

상대에게 의지하고 작품에 관해서도 도움받기가 무섭느냐고 가끔 묻고 싶을 때가 있다. 묻지 않는 이유는 다마키가 선선히

"그럴지도" 하고 인정하는 모습이 상상되기 때문이다. 막상 그 상황이 닥치면 그녀가 안쓰러워서 보고 있기 힘들 것이다.

그런 생각을 말로 표현하지도 않았는데 방금 가노가 내뱉은 짧은 말에서 다마키는 많은 것을 읽어 낸 듯했다. 아까 커피를 가져다준 종업원에게 그랬듯이 "고마워" 하고 예의 바르게 말한 뒤, 느닷없이 가노의 원고로 시선을 옮겼다.

"이번에는 어디에 투고할 거야?"

"뚝심 있게 같은 만화 잡지에."

"《게라케라코믹》이구나."

다마키가 고개를 끄덕인다. 화제를 바꾸어서인지 그녀를 둘러싼 공기가 문득 누그러져 보였다.

"아직은 《게라케라코믹》에서 연재하고 싶구나?"

"응. 당장 투고하겠다는 건 아니고, 방향성이 다른 두 편을 더 그린 다음에 투고할 거야. 세 편 중 편집부 마음에 드는 거 하나쯤은 있겠지, 하는 안이한 기대랄까."

"오, 괜찮은데?"

다마키가 해죽 웃었다.

"늘 응원하고 있어. 엔야보다 먼저 데뷔하도록 기도하고 있으니까 힘내. 녀석한테 한 방 먹이고 싶거든."

"나를 이용해서?"

"응, 가노, 널 이용해서."

"괜히 휘말리긴 싫은데."

가노는 투덜거리면서도 상황이 재미있었다. 이럴 때의 다마키는 손에 쥔 카드를 하나씩 버려 나가는 게임 마스터 같다.

다마키가 입술을 뾰족하게 내밀었다.

"어쩔 수 없잖아. 처음부터 녀석한테 이기는 바람에 난 더 이상 할 게 없는걸. 그래서 너랑 마사요시가 대신 이겨 줬으면 좋겠어."

그러고는 생각났다는 듯이 오늘의 주제에 대해 물었다.

"면접 보기로 한 후보는 어때? 좋은 사람이야?"

"나한테는 상냥하고 좋은 사람인데, 다마키, 너한테는 어떨지 모르겠네."

"무슨 말이 그래? 내가 꼭 속 좁은 사람 같잖아."

그럼 아니야?

가노는 속으로 몰래 지적했다. 그러고는 씁쓸히 웃으며 이렇게 말했다.

"이제 한 시간만 지나면 올 거야."

그러나 이번에도 가망은 거의 없을 것이다. 다마키의 눈에는 차지 않을 것이다.

"한 시간 말이지? 기대된다."

다마키는 관심이 있는지 없는지 모를 말투로 말한 다음 가방 속에서 책을 꺼내 읽기 시작했다. 가노는 만화 원고를 그리고, 다마키는 책을 읽는다. 함께 있어도 침묵이 두렵지 않은 친구가 있다는 것은 행복한 일이다. 도중에 퍼뜩 생각나는 것이 있어

물어봤다.

"남친은 후보에 안 올렸네?"

"전 남친이거든?"

"아, 미안. 그 전 남친을 엔야 대신 세입자로 들일 생각을 못 한 걸 보니, 다마키는 참 공평한 사람이구나 싶어서."

"못 한 게 아니라 일부러 안 한 거야."

다마키가 책에서 눈길을 떼지 않고 대답했다.

"그 성격에 모두 다 같이 살 수 있겠어? 미안하지만, 그 인간의 연극론은 말뿐이라고. 연극이 형편없는데도 한 지붕 아래 산다는 이유만으로 구태여 칭찬해야 하는 관계를 우리 집에 끌고 들어오고 싶지는 않았어."

"하긴, 네가 그 사람의 어디가 좋아서 사귀는지 영 모르겠더라."

다마키는 그가 남자친구라는 이유만으로 2년 가까이 진심을 숨긴 채 칭찬만 해 왔다. 어이가 없어서 지적하자 그녀는 여전히 시치미 떼는 얼굴로 책장을 넘기며 말했다.

"좋은 점이야 많지. 얼굴이랑 섹스 같은 거."

"그렇구나."

말문이 콱 막혔다. 전혀 상상이 가지 않지만, 그렇군. 가노는 앵무새처럼 따라 말했다.

"얼굴이랑 섹스 같은 거, 말이구나."

연인의 요건은 충분히 갖춘 셈이다. 다마키가 "응" 하고 끄덕이더니 "그런 걸로 그렇게 크게 반응하면 어떡해?" 하고 주의를 주었다. 그제야 책에서 고개를 든다.

"다음에는 이걸 교훈 삼아 모두한테 소개할 수 있는 남자친구를 사귈 거야."

다마키는 후련해하는 것 같기도, 애써 아무렇지 않아 하는 것 같기도 한, 해석하려 들면 어느 쪽으로든 가능한 표정을 짓고 있었다.

실제로 다마키가 1년 8개월간 교제한 그 남자친구에 대해 지금 어떤 마음을 품고 있는지는 수수께끼다. 얼마나 우울한 상태인지, 울고 싶은지, 웃고 싶은지. 입으로는 나쁜 놈이라 말하면서도 애정을 품었던 것을 숨기려 하지 않거니와 1년 반이나 2년으로 대충 표현할 수 있는 교제 기간을 '1년 8개월'이라고 정확히 대답한 것도 상징하는 바가 없다고는 할 수 없다.

뭐, 얼굴이 잘 생겨서 좋았다면 어쩔 수 없지만.

그래도 이런 상황에서는 동성친구가 나서야 한다. 가노는 휴대폰을 꺼내 모리나가 스미레에게 문자 메시지를 보냈다.

『스—, 오늘 밤 집에 있어? 집주인이 남친이랑 헤어졌다는데 어떻게 해 줘야 하나?』

잠시 후 답장이 왔다. 든든하고 믿음직스러운 메시지였다.

『나한테 맡겨! 오늘 밤에는 축하의 의미로 진수성찬을 차릴 테니.』

(3)

가노가 문자를 보내 왔을 때 모리나가 스미레는 나가노 마사요시와 함께 도쿄의 에비스 역 빌딩에 있었다. 에비스 가든 플레이스에서 특설 사진전을 보고 돌아오는 길에 마침 집에 홍찻잎이 똑 떨어져 에비스 역 빌딩으로 사러 간 것이다.

"오늘 사진 중에 여자아이가 찍힌 거 있었지? 안나, 8세, 농사짓고 집에 가는 길에 찍은 사진 한 장 말이야."

마사요시가 그 말을 꺼낸 것은 쇼핑을 마친 뒤 에스컬레이터를 타고 식당가로 올라가려던 때였다. 그 전까지는 오늘 본 사진전에 대해 아무런 의견을 나누지 않고 있었는데 대뜸 그렇게 말했다. 사진전은 〈평화를 생각하다〉라는 주제로 열린 보도 사진기자들의 합동 사진전이었고, 마사요시가 지인에게 초대권을 받아 오늘 보러 간 것이었다. 전쟁과 재해, 빈곤과 기아 등 세계 각지에서 벌어진 사건과 현장을 담은 사진이 백 장 가까이 출품된 전시회는 도저히 가벼운 마음으로 보고 다닐 만한 것이 아니었다. 입구에 들어섰을 때만 해도 부드러운 분위기 속에 대화를 나누었건만 안에 들어간 순간 갑자기 말수가 적어졌다. 한창 관람하는 동안 스미레는 마사요시의 손을 저도 모르게 꽉 붙잡았다.

가난 때문에 더위 속에 죽어 가는 아기.

불행한 재해 앞에 맹렬한 불길이 닥쳐와도 서 있는 것밖에 할 수 없는 사람들. 사진 옆의 긴 해설에는 재액이 닥칠 것을 알면서도 돈이 없어서 도망가지 못했다는 내용이 간결하게 기록되어 있었다. 그 간결함이 가슴에 복받쳤다.

사진을 감상하던 다른 관람객 대부분이 혼자였던 것이 자꾸만 마음에 걸렸다. 데이트하는 커플이 불행을 구경하는 것처럼 보이지는 않았을까, 그 와중에 손까지 잡은 자신들이 조심성 없이 보이지는 않았을까. 그렇지 않아요, 저 나름대로 많은 생각을 했고, 지금 혼란스러워서 어찌할 바를 모르겠답니다. 감히 이 사진전을 찾아온 것이 후회될 만큼 말이에요. 그렇게 해명하고 싶었다.

마사요시가 말한 사진이 기억난다. 중동 지역의 농촌에서 모를 심은 뒤 지저분해진 손으로 뺨을 문질러 진흙투성이가 된 소녀를 찍은 사진이었다.

"스—, 네가 좋아할 만한 귀여운 아이였는데."

"기억나."

스미레를 '스—'라고 부른 사람은 마사요시가 처음이었다. 그동안 교제한 여자친구를 거의 그런 식으로 불러 왔다고 그가 말해 주었다.

'구미'는 '구—'. '미나'는 '미—'. 신기하게도 모두 그렇게 불러도 이상하지 않은 이름이었다. 법칙이라도 있는 걸까.

확실히 '다마키'를 '다—'라고 부르면 좀 이상하고, 그녀의 여동생인 '모모카' 짱을 '모—'라고 부르는 것은 왠지 실례인 듯하다는 스미레의 말에 마사요시는 웃으면서, 그런데 '사치코'를 '사—'라고 부른 적도 있어, 하고 일러 주었다. '사치코(幸子)'는 이름 그대로 운이 좋은 아이였어, 여성 편력이 많아서 미안하네, 하고 덧붙였다.

"다음에 사귀는 여자는 그 법칙에 안 맞을지도 몰라. 기— 혹은 노—처럼 말이야."

"하긴, 노—는 좀 심하다. 부를 때마다 부정적인 말을 하는 것 같잖아. 그래도 뭐, 웬만한 여자한테는 어울리지 않아도 호칭을 정착시킬 자신은 있어. 노—라면 노리코 짱이겠네."

마사요시는 그렇게 말한 뒤 자연스럽게 덧붙였다.

"이제 상관없는 이야기지. 왜냐하면 나는 스—가 아닌 다른 여자랑은 앞으로 사귈 생각이 없거든."

마사요시는 다정하고 여자의 마음을 잘 알아 인기가 많다.

'스미레 남자친구 멋있더라. 아이돌 누구랑 닮았어, 배우 누구랑 닮았어' 하고 친구들이 콕 집어서 말하곤 한다. 그런데 그 아이돌과 배우는 별로 닮지 않았다. 마사요시가 그 두 사람을 닮았는지도 잘 모르겠다. 생각건대 사람은 일정 수준의 미남 미녀를 보면 그 용모를 전부 비슷비슷하게 받아들이는 것이 아닐까. 그저 '아름다운 얼굴'이라는 말로밖에 표현할 길이 없어 개별적 인식이 느슨해져서 그 이상은 식별되지 않는 것이다.

전에는 용모가 빼어난 사람은 부담스러웠는데 신기하게도 마사요시는 아무렇지 않았던 것 같다.

오모테산도 지역의 잡거빌딩에서 좁은 공간을 빌려 친구들끼리 회화전을 연 그날, 접수대를 찾아온 그가 "당신 그림을 보고 감동했어요. 교제를 전제로 저와 영화라도 보러 가지 않을래요?" 하고 말한 지 벌써 6년이 되어 간다.

스미레는 그 빼어난 외모에 주눅이 들 때도 있었다. 따라서 잘생겨서 끌린 게 아님을 단호히 말할 수 있을 뿐만 아니라 마사요시는 외모를 제외하고도 충분히 매력적인 사람이었다. 특히 영화를 찍고 싶다고 열정적으로 이야기할 때면 얼마나 멋있는지 모른다. 1년에 한두 편 페이스로 단관 상영 작품을 만드는 중견 영화 제작사에서 일하면서 기회를 노리는 영화감독 지망생. 스미레와의 데이트 장소는 자연스레 영화관이나 오늘처럼 전시회가 중심이 된다.

마사요시가 말했다.

"'어린이'라는 개념이 근대에 와서 발견되었다는 주장, 알아? 그 전까지는 단순히 인간이 미성숙한 상태이자 작은 상태라고 여겨졌거든. 지금처럼 보호하거나 교육하면서 자애롭고 소중하게 지킨다는 사고방식은 근대에 들어서 생긴 거야. 그 전까지는 어른과 다를 바가 없었지."

"그건 몰랐네. 그렇구나, 생각해 보니 일리가 있어."

스미레가 고개를 갸웃거리며 끄덕였다.

"그러니까 어린이가 공동체 속 노동력으로 여겨지는 건 지극히 자연스러운 일이라고 생각해. 평화가 지속돼 둔감해진 일본인의 허튼소리일지도 모르지만, 나도 시골에 살았을 때는 할아버지 밭일을 도왔거든. 사과의 꽃가루받이 작업도 했는데 처음에는 재미있었어. 그런데 지쳐서 팔에 힘이 안 들어가는데도 쉴 틈을 안 주셨지. 중학교에 들어가 동아리 활동을 하면서 시간이 없다는 핑계로 꽃가루받이 작업을 쉬게 되었을 때 어찌나 안심이 되던지. 그래서 괴로웠던 축구부 활동을 더 기를 쓰고 버틴 거야."

그러고 보니 그의 본가에서 해마다 사과를 한 상자씩 보내주는 것이 떠올랐다.

"그래서, 하고 싶은 말이 뭐야?"

"별것 아닌데. 그 사회 속에서는 당연한 일을 '이렇게 작은 어린이인데도 참 기특하죠?'라는 시선으로 사진에 담는 것도 그렇고, 그 사회와는 다른 인식을 가진 관객들이 사진작가의 의도대로 사진을 감상하고 받아들인다는 것도 상당히 불쾌하더라."

"아아."

이야기의 단면이 서로 이어졌구나 싶은 순간 스미레는 그것이 자신에 대한 충고로 들리기도 했다. 조금 부끄러웠다. 딱히 그 사진에 강렬한 인상을 받은 것도, 기특함에 감동한 것도 아니지만 그런 시선으로 본 것은 맞다.

"그런데 뭐, 사진기자들은 프로잖아. 내 생각보다 한 발이든 두 발이든 앞선 곳에서 그 사진을 찍었겠지."

대답이 없는 스미레를 돌아보며 마사요시가 말했다.

"그걸 다 이해하는데도, 그런 사진에서 강렬한 메시지성이 생기는 것도, 기특함이나 불행이 잘 팔린다는 것도 알아. 안 그랬으면 우리한테 닿지도 못했겠지. 해외 상황을 알기 쉽게 정리해서 우리한테 보여 주려고 한 결과가 그 사진이었고, 사진기자들은 진심으로 그들이 더 나은 삶을 살기를 원한다는 것도 알겠더라."

"……그래."

"오늘 사진을 보고 충격 받았을지언정 분명히 내일부터는 그 나라들을 위해 아무것도 하지 않을 나 같은 놈이 하는 소리 따위 그 기자들도 듣기 싫을 테지만."

이야기가 더 심각해지지 않도록 마사요시가 조용히 웃었다.

"꽤 많은 생각을 하게 하는 구성이었어. 남아프리카의 기아 현상을 전하는 사진으로 시작해 전쟁과 재해로 이어지더니 마지막에는 자연 관찰 사진과 스포츠 보도사진으로 끝났잖아. 제법 잘 짰더라."

"그래?"

"그렇게 마지막이 희귀종 박쥐나 수영장에 입수하는 아름다운 폼으로 끝나면 관객은 충격이 누그러져 일상으로 돌아가기 쉽잖아. 뭐, 우연일지도 모르겠지만."

그 일상으로 돌아가는 것에 죄책감이 느껴졌다. 그래서 스미레는 사진 이야기를 할 수 없었던 것인데, 마사요시는 신기한 사람인 듯하다. 거리낄 것 없는 그 말투에서는 의기소침해하거나 부담스러워하는 기색이 전혀 느껴지지 않았다.

"짐 들어 줄게."

그가 스미레의 손에서 쇼핑백을 가져가더니 그녀의 빈손을 꽉 잡았다. 친절을 베푼다기보다 순수하게 손을 잡고 싶어서 그랬다는 것을 알고 스미레는 기분이 좋아졌다.

들렀다 갈 카페를 찾고 있는데 스미레의 가방에서 휴대폰이 짧게 진동했다. 들여다보니 휴대폰의 작은 액정 화면에 문자 마크가 떠 있었다. 그 옆에는 발신자의 이름으로 '가노 소타'가 보인다.

"가노한테 문자가 왔어. 잠깐 볼게."

"그래."

스미레는 문자를 확인하고 깜짝 놀랐다. 분위기를 감지했는지 마사요시가 얼굴을 들이밀었다.

"뭔데 그래?"

"'스—, 오늘 밤 집에 있어? 집주인이 남친이랑 헤어졌다는데 어떻게 해 줘야 하나?'라는데?"

문자를 소리 내어 읽자 마사요시가 입을 다물었다. 잠시 후 숨을 참은 목소리로 "와아" 하고 말한다.

"와아, 잘됐네."

말하고 나서 이번에는 몹시 기뻐하며 미소를 머금었다.

"대박인데? 나 지금 너무 좋아. 악취미인가?"

"악취미까진 아니고, 조심성이 없기는 해."

대답하면서 스미레도 자신의 얼굴에 덩달아 미소가 번지는 것을 느꼈다.

스미레와 마사요시의 친구이자 집주인인 아카바네 다마키가 교제하던 남자는 확실히 좋은 사람이 아니었다. 계속 사귀다가는 다마키에게 빈대 붙을 것이 뻔했고, 툭하면 거창하게 꿈 이야기나 하며 현실도피하는 태도도 꼴불견이었다. 다마키는 친구들에게 매우 엄격하게 굴면서도 어찌된 일인지 남자친구에게는 모든 것을 허락했다. 본인이 좋다는데 어쩌겠냐는 심정으로 내버려 뒀지만, 이 사태는 진심으로 경사스럽다.

"어떡하지? 다마키가 무사히 도망칠 수 있을까? 그 남자, 다마키가 밀어내면 더 다가올 것 같은데. 남자들은 그런 점이 비겁하더라."

"잘 알지. 나도 남자니까."

마사요시는 기분이 좋은 만큼 상쾌하게 말했다. 그러고는 고개를 힘껏 끄덕였다.

"다마키가 한 번이라도 제대로 싫증이 난 거면 괜찮아. 다마키가 싸고돌지만 않으면 뒷일은 간단해."

"그나저나 다마키는 한동안 외롭겠네."

객관적으로 어떤 상태로 보이든 다마키는 그 남자와 꽤 오래 교제해 왔다. 스미레가 걱정스럽게 말하자 마사요시가 명랑하게 대꾸했다.

"개라도 키우면 돼. 그러면 전 남친에 비해 개들이 얼마나 우수한지 알게 되겠지. 곁에 반려동물이 있는 것만으로 다마키의 욕구는 채워질걸."

"마사 군, 하나도 안 웃겨."

"그렇게 착하고 똑똑한데 남자 취향은 매번 형편없다니까. 일로 성공하면 괜히 엉뚱한 데서 낭패를 보나?"

오만상을 찌푸려 콧등에 주름을 잡는 마사요시에게 스미레도 쓴웃음을 띠고 말했다.

"그렇담 다마키는 직업에 도움이 되는 낭패를 보는 것 같아."

아카바네 다마키는 요즘 최고로 잘나가는 젊은 여성 각본가다.

4년 전 어느 베테랑 각본가가 은퇴 의사를 밝힌 뒤 후계자를 뽑겠다며 일본 전국에서 각본가 지망생을 모집했다. 자신이 쓸 예정이었던 시간대의 TV 드라마를 그중 최우수자에게 맡기겠다는 것이었다. 프로, 아마추어 할 것 없이 응모자가 쇄도하는 가운데 그 정점에 서서 데뷔를 장식한 사람은 당시 대학교 3학년이던 그녀였다. 은퇴를 앞둔 그 거물 각본가는 다마키의 각본이 애처로우리만치 지독하다고 극찬했다.

다마키는 데뷔 후 영화와 드라마, 애니메이션과 라디오 드라마를 넘나들며 폭넓게 활약하여 오늘날에 이른다. 작년에는 몇몇 신문사에서 공동 주최하는 영화상 각본 부문에 후보로 오르는 영광을 안았다. 아카바네 다마키는 이제 안정감마저 느껴지는 주목할 만한 인기 각본가다.

"차 마시고 가기로 한 거 취소."

기분이 좋아진 스미레는 마사요시에게 말했다. 오늘은 곧장 집에 가야겠다.

"가다가 이케부쿠로 역에 내려서 '하이츠 오브 오즈'의 초콜릿 케이크 사 가자. 다마키, 그거 정말 좋아하잖아. 오늘은 맛있는 거 먹여야겠어. 품질 좋은 고기랑 맥주도 사야지."

"오, 좋은데? 마당에서 깜짝 바비큐 파티를 해도 좋을 것 같아. 여름이잖아. 이왕이면 먹고 나서 불꽃놀이도 하자."

"불꽃놀이!"

엉겁결에 큰 소리를 내자 마사요시가 빙그레 웃었다.

"친구가 실연했는데 이렇게 신나다니, 악취미인가?"

"그렇지 않아. 멀리 보면 친구의 행복을 비는 거나 마찬가지잖아. 좀 신중하지 못한 행동일 수는 있겠네."

아까와 비슷한 패턴의 대화를 하면서 스미레는 자신들이 살짝 들떠 있음을 알아차렸다.

에비스 역 건물처럼 세련된 곳에서도 불꽃놀이 용품을 팔고 있을까. 스미레는 혼잣말을 하며 에스컬레이터를 향해 걸어갔다.

"그러고 보니 오늘 가노의 친구가 면접을 본다고 했지? 스—, 네 생각엔 어떻게 되었을 것 같아?"

"불합격이겠지."

스미레의 대답에 마사요시가 미소를 머금었다.

"역시. 나도 동감이야. 사실 판단 기준은 다마키의 마음에 드냐 안 드냐, 그거잖아. 그냥 빈방으로 둬도 되는데 굳이 면접을 하겠다는 건 오기 같은 건가?"

마사요시가 말한 것은 스미레와 마사요시 일행이 사는 주택 '슬로하이츠'의 세입자 면접을 가리킨다. 석 달 전에 방이 하나 비어 스미레와 마사요시도 각각 후보자를 소개했지만 결국 모두 집주인에게 불합격 통보를 받았다.

마사요시가 상황을 재미있어하며 웃었다. 스미레는 그 뒤에서 걸으며 한 손으로 문자에 답장을 했다. '오늘 밤에는 진수성찬을 차릴 거야.'

휴대폰에서 고개를 들자 문득 마사요시의 머리에 시선이 꽂혔다. 목덜미를 덮은 머리카락에 손을 뻗었다.

"마사 군, 머리 많이 길었네."

"아, 그런가? 오늘 집에 가서 잘라 줄래?"

"그래."

그의 머리를 자르는 것은 스미레의 역할이다. 아마추어의 서툰 솜씨인데도 잘 잘랐다며 칭찬하고 좋아하는 마사요시를 볼 때면 기분이 좋아진다.

건물을 나와 역으로 향하고 있었다. 개찰구를 지나자마자 눈에 띄는 곳에 대형 간판이 걸려 있었다. 두 사람은 눈앞에 걸린 간판을 보고 발걸음을 멈추었다.

역에서 가든 플레이스로 연결된 무빙워크는 좌우 벽이 광고용 공간으로 쓰인다. 그곳에 똑같은 포스터 수십 장이 죽 붙어 있었다.

사진전에 갈 때는 다른 출구로 나와서 보지 못했다. 똑같은 그림이 이어져 가슴이 탁 트이는 통로. 이렇게 눈에 확 띄고 세련된 공간에 이 정도 규모의 광고를 하려면 도대체 비용이 얼마나 들까. 스미레는 상상도 가지 않았다.

트럼프 카드의 퀸과 킹 같은 디자인으로 직사각형 포스터의 한가운데에 선이 비스듬히 그어져 있고, 그림체가 다른 애니메이션 일러스트 두 종류가 각각 그려져 있다.

오른쪽 위에는 기름한 눈에 시원한 미소를 머금고 총을 쥐고 있는 청년의 일러스트가, 왼쪽 밑에는 눈이 크고 수영복 같은 갑옷을 걸친 소녀가 도발적으로 검을 쥐고 있는 일러스트가 거꾸로 들어가 있다. 올 여름 최고의 화제작인 애니메이션 영화를 동시 상영하는 모양이다. 위에 선전 문구가 크게 박혀 있다.

『귀를 기울여 지금을 들어라! 급기야 이런 시대가 왔다는 것을 체감하라!』

그 밑에는 작품 제목이 표시되어 있다.

총을 쥔 청년 일러스트는 《다크웰》 원작 미키나가 마이(幹永舞) 만화 야마시타 리쿠오(夜眞下陸夫)로, 요 몇 년 사이 유명 만화상을 휩쓸다시피 한 대인기 만화다. 현재 일본에서 가장 잘나가는 소년만화지 《주간 소년 블랑》의 대들보인 이 만화는 현대사회를 무대로 치열한 두뇌 게임을 벌이는 서스펜스 호러물이다.

그러나 스미레가 눈길을 빼앗긴 쪽은 그 밑에 있는 검을 쥔 소녀 일러스트였다. 오른쪽 위의 《다크웰》의 그림체가 사실적인데 반해 이쪽은 전형적인 애니메이션 그림체다. 이른바 '모에계'.

파란 형광색 머리에 얼굴 면적의 절반을 차지하는 커다란 눈망울, 옷 위로 반쯤 드러난 육감적인 가슴, 상체를 살짝 틀고 미소 짓는 소녀의 이름은 매디. 왼손 약지에 낀 저주 반지의 힘으로 변신하고 싸우는 공주 캐릭터다.

《레이디 매디》 지요다 고키(チヨダ · コーキ).

글자가 거꾸로 되어 한눈에 알아보기는 어렵지만, 지요다 고키는 그런 점도 작품의 세계관에 부합한다며 승낙했다고 들었다. '급기야 이런 시대가 왔다'에 시선을 옮겼다. 이 광고 카피를 생각한 사람은 그를 담당하는 그 실력파 편집자일까.

"굉장하다."

스미레의 시선을 알아차린 마사요시가 겉치레나 가식 없는 말투로 중얼거리는 것이 들렸다. 끝없이 이어지는 통로 너머로 고개를 향하더니 이어서 말했다.

"여기 아키하바라가 아니라 에비스 맞지? 돈 많이 썼네. 에비스에서 광고한다는 발상 자체가 굉장해. 세련되고 멋있다. 우리 집 일인자는 역시 쭉쭉 잘나가는구나."

"그러게."

이렇게 대대적이지는 않아도 요즘 이 포스터가 여기저기 붙어 있는 것이 눈에 띈다. 극장 개봉일이 며칠 남았는지 카운트하는 신문광고도 봤다. 이 대인기 작품의 동시 상영은 어느새 온 국민이 들썩이는 행사가 된 것이다. 일류 애니메이션 제작진이 참여하고 대세인 젊은 배우가 성우를 맡는 등 노련한 마케팅도 한몫했겠지만, 가장 큰 요인은 두 작품 모두 원작의 완성도가 뛰어나다는 점이리라. 《다크웰》과 《레이디 매디》에 대한 평가는 다른 유사 작품에 비해 압도적으로 훌륭하다.

"스―, 이 《다크웰》 원작자 이름, 어떻게 읽는지 알아? 간에이 부?"

"아니야."

스미레가 웃는다.

"미키나가 마이라고 읽어. 평범한 이름이야."

"아, 그래? 그렇게 읽는구나. 여기저기서 보긴 했는데, 한자만 기억했지 발음은 생각해 본 적이 없었어. 웬만하면 지요다 고키처럼 알기 쉽게 가타카나로 표기하면 좋은데."

"그러게. 그런데 고 짱도 오늘 집에 있을까?"

스미레는 포스터에서 시선을 거두어 마사요시의 얼굴을 들여다보았다.

"있겠지. 마감이 겹쳐서 힘들다고 했으니, 아마 감금 상태일걸."

"항상 드는 생각인데, 고 짱은 일하는 속도가 빠른데도 왜 마감에는 번번이 빠듯한 걸까?"

"의뢰받는 일이 한두 작품이 아니니 소화할 양이 엄청나게 많겠지. 부럽게도 괴물 같은 능력을 가졌다니까. 다마키랑 고 짱이 우리 집의 대표 고수입자잖아. 이인자인 다마키도 늘 일을 빠듯하게 받더라."

마사요시가 혼잣말을 하듯 계속했다.

"뭐, 삼인자는 당연히 내가 될 예정이지만. '예정'인 점이 귀엽고 안타까워서 좋잖아."

"고 짱은 다마키가 헤어졌다는 걸 알면 축하 겸 위로 파티에 와 줄까?"

스미레의 말에 마사요시가 "하앙" 하고 히죽거린다. "스—, 너 정말 착하구나" 하고 칭찬한 뒤 덧붙였다.

"권해 보자. 아마 무조건 올걸."

(4)

노크를 해도 대답이 없는 것은 평소와 똑같았다.

지요다 고키는 작업에 집중할 때면 늘 그랬다. 그는 일과 상관없는 시간을 보내는 법이 없으며 집중하지 않는 시간도 존재하지 않는다. 따라서 슬로하이츠에서 202호의 대답이 없는 것은 지극히 당연한 일이었다.

"고 짱."

스미레의 목소리와 노크 소리에도 반응이 없다. 자고 있거나 헤드폰으로 음악을 크게 듣고 있을 것이다. 그러고 보니 기계 작동음으로 공기가 진동하는 듯한 그 특유의 느낌이 나는 것 같기도 하다. 소용없을지도 모른다는 생각을 하면서 스미레는 목소리를 한껏 높였다.

"고 짱! 다마키가 남자친구랑 헤어졌대! 다 같이 축하해 줄 건데, 이따 저녁에 시간 있어?"

대답이 없다.

일단 물러났다 나중에 다시 올까 생각하던 참에 안에서 다다다다 소리가 났다. 발소리가 구르는 듯한 속도로 문 앞까지 다가왔다. 마음이 앞서는 조바심이 느껴졌다. 문 여는 소리가 난다.

안에서 고개를 내민 지요다 고키는 놀라서 눈을 휘둥그렇게 뜨고 있었다.

"그게 무슨 말인가요?"

방에 며칠이나 틀어박혀 있었던 걸까. 얼굴을 보고 목소리를 듣는 것이 꽤 오랜만인 듯했다.

뻗칠 대로 뻗친 머리와 깎지 않은 수염. 건강함과는 거리가 먼 홀쭉한 볼살이 창백하고 까칠해 보인다. 원래 피부가 약해서인지, 학생 때 피부 관리에 소홀했던 탓인지 고키의 얼굴은 여드름 흉터로 성한 데가 없다. 그런데 오늘따라 상태가 심각해 보인다. 햇볕도 쬐지 않았건만. 아니, 반대로 햇볕을 쬐지 않아서일까?

세상 누구나 부러워할 것이 틀림없는 이 나라의 고액 납세자 중 한 명인 그는 며칠 전 마지막으로 봤을 때와 똑같은 셔츠를 입고 있었다. 본인은 옷이 많아도 마음에 드는 것만 입으니 의미 없다고 설명했지만, 아무리 그래도 한도라는 게 있지 않을까. 목덜미 부분이 누렇게 변색되기 시작한 티셔츠에는 미니카와 프라모델 전문 기업인 '타미야'의 로고가 그려져 있다. 휠라 추리닝 반바지 밑으로 뻗어 나온 다리도 걱정될 만큼 앙상하게 말랐다.

"고 짱, 미안해. 일하고 있었어?"

"일하고 있던 건 맞는데 괜찮습니다."

고키는 허둥대며 시선을 헤맸다. 당사자인 다마키의 모습을 찾는 것 같았다. 스미레 혼자 왔음을 확인한 뒤 왠지 안심한 표정을 짓는다. 그가 키가 껑충한 몸을 구부리고 빠른 말투로 물었다.

"다마키가 차였는데, 왜 축하를 합니까?"

곤혹스러워하는 듯한, 그러면서도 조금 화가 난 목소리였다.

헤어졌다고 말했을 뿐, 차였다는 말은 하지 않았다. 스미레는 속으로 쓴웃음을 지었다. 다마키는 차인 것이 아니라 찬 쪽일 것이다. 그러나 스미레는 굳이 정정하지 않았다.

고키는 마음씨가 매우 착하다. 가까운 누군가에게 불행이 생기면 그 불행을 최대한 나쁜 수준으로 해석하려 한다. 아무리 걱정해도 지나치지 않다는 뜻이리라. 과도하게 마음을 쓰기 때문에 그렇게까지 걱정하는 것임을 스미레는 알고 있다.

"그리고 왜 스—도 그렇게 침착한 건가요?"

"아니, 내가 울고불고 할 이유가 없잖아."

애당초 뭘 어떻게 동요하면 되는지 짐작도 가지 않는다. 그러나 그가 초조해하는 것도 이해는 갔다.

'세상은 원래 그렇다', '그쯤은 흔히 있는 일이다'라는 말을 듣곤 한다. 인간은 나이를 먹고 경험을 얻음에 따라 실제 사건을 보는 데 익숙해져서 각별한 감정이나 정서가 점점 마모되는 생물이라고 생각하는데, 고키는 그런 것이 전혀 없다. 유형화하거나 남을 비방함으로써 주변 사람들을 특징 없는 납작한 존재처럼 취급하지 않는다. 한 인간이 중심에 서 있는 하나의 현실임을 제대로 인식하고 있다.

"오늘 저녁에 시간 괜찮습니다."

처음에 건넨 질문의 대답을 고키가 시간차로 돌려주었다. 괜찮지 않다는 것쯤은 알지만, 일정을 조절하겠다는 의지가 뚜렷이 느껴졌다.

"시간 있는데, 뭐 도울까요?"

"장도 봐 왔으니 괜찮아. 하이츠 오브 오즈에서 초콜릿 케이크 사 왔거든. 이따 다 같이 먹자."

"아아."

고키가 무표정한 얼굴을 조금 누그러뜨렸을 뿐인 미묘한 미소를 머금었다.

"옛날 생각나는군요."

"그렇지? 다마키랑 나도 정말 좋아하거든."

신주쿠에 본점이 있는 이 케이크 가게는 지요다 고키의 초기 작품에 자주 등장했다. 주인공 소녀가 이곳의 초콜릿 케이크를 무척 좋아한다는 설정인 동시에 당시 작가가 매우 좋아하는 케이크이기도 했다. 그 무렵 하이츠 오브 오즈는 본래 고객층이 아닌 사람에게도 인지도를 많이 높였다고 들었다.

가격은 홀 케이크 하나에 1만 엔이다. 특별한 날이 아니면 먹을 엄두가 나지 않는 최고급 케이크.

"그리고 오늘 에비스에 갔었거든. 역 앞에서 애니메이션 영화 포스터 봤어. 커다랗고 끝없이 전시된 거."

"아아."

이렇게 대화하고 있자니 스미레는 지금 자신이 그 핵심 관계자와 관여하고 있다는 실감이 전혀 없어 신기한 기분이 든다. 고키는 자신의 일인데도 그저 고개만 끄덕일 뿐 반응이 시들하다.

"그거 굉장하더라."

"《다크웰》에는 졌습니다."

고키가 입술을 일그러뜨리며 웃었다. 진심에서 나온 미소일 테지만 고키는 볼살이 위로 움직이면 약간 흉악한 얼굴이 되어 조금 안쓰럽다.

그의 말에 스미레는 포스터 디자인을 떠올렸다. 트럼프 카드 구성. 위쪽에 정위치를 차지한 《다크웰》과 아래쪽에 거꾸로 놓인 지요다 브랜드의 《레이디 매디》.

"《다크웰》은 이번 애니메이션 상영이 끝나면 실사 드라마도 한다고 하고, 여기저기서 난리예요. 그 작품이 실사로 제작되다니 어떻게 나올지 벌써부터 기대됩니다. 배우도 성우를 맡았던 남자가 그대로 이어서 하나 보더군요."

고키가 자신의 작품을 제쳐 놓고 경쟁작에 대해 열정적으로 말했다. 다마키를 걱정하는 것도 그렇고 이 사람의 순수한 성격에 스미레는 이따금 놀라게 된다. 다른 작가의 작품을 앞에 두고 속상하지 않은지 묻고 싶어진다. 그러나 묻는 사람이 되레 어리석고 촌스럽게 느껴져 그러지도 못한다.

사실 고키는 스미레 일행보다 나이가 훨씬 많다. 그런데도 가끔 그 사실을 망각한다. 고키는 좋은 의미에서 어린아이 같다. 일반적인 서른두 살은 이렇게 순수한 목소리로 말하지 않는다.

스미레가 잠자코 있자 고키가 다시 불안한 표정을 지었다.

"정말 내가 도울 일은 없나요?"

"같이 있어 주는 것만으로 충분해."

스미레가 대답했다.

"여름이고 하니, 밥 먹고 나서 불꽃놀이 하자고 마사 군이 그러더라.”

“아아.”

고키는 마치 지금 처음 알았다는 듯 곱씹으며 말했다. 까칠한 볼을 손가락으로 가볍게 긁는다.

“그러고 보니 여름이군요.”

창밖에서 늦은 오후 특유의 지이이이 하고 조용히 우는 매미 울음소리가 들려온다.

(5)

가노와 다마키가 집에 도착해 보니 예고대로 진수성찬이 기다리고 있었다.

스미레가 한껏 솜씨를 발휘한 모양이다. 흐르는 물에 소면을 흘려 보내 건져 먹는 나가시소멘이 헬로키티 제품으로 차려져 있고, 저녁 햇살 아래 소스와 기름으로 반짝이는 불고기도 보였다. 옆에는 고기를 싸 먹도록 적상추가 가지런히 놓여 있다. 소면이 수북이 담긴 소쿠리 옆에는 게살이 샐러드 위에 올라가 있다. 아마도 캔에 든 게살이었을 것이다. 이 많은 음식을 준비하느라 얼마나 애썼을까.

세이부 이케부쿠로 선의 연선(沿線)에 있는 3층짜리 주택 슬로하이츠. 옛날에 전통 여관이었다고 하는 이 건물은 크림색 벽 표면에 군데군데 금이 가 있을 만큼 낡았다. 그런데 유일하게

3층과 지붕만 깨끗이 수리되어 있다.

집 뒤편의 작은 마당에는 한가득 음식이 차려져 있었다.

현관에 들어선 순간 "축하해, 다마키" 하는 목소리와 함께 마사요시가 딱총을 딱 터뜨렸다. 당사자인 다마키는 기분이 상한 것 같지도 않고 그저 "웬 호들갑?" 하고 어이없게 웃었다. "이 말도 안 되게 악취미한 선을 당당히 넘어오는 센스는 역시 마사 군답네" 하고.

평소 케이크와 맥주는 시원하게 냉장고에 보관했다가 먹기 직전에 꺼내 왔지만, 오늘은 벌써 마당에 나와 있었다. 모든 음식을 한꺼번에 차려 다마키에게 보여 주려는 마음 씀씀이임을 알고 가노는 기뻤다. 예상대로 첫 건배를 한 뒤 스미레가 케이크와 따지 않은 캔 맥주를 냉장고에 넣고 왔다.

"다마키, 애썼어."

스미레가 얼굴을 종잇장처럼 구기면서 다마키의 머리를 살포시 다정하게 쓰다듬었다. 지금껏 허리를 꼿꼿이 세우고 있던 다마키가 처음으로 멈칫하며 난감한 표정을 지었다. 스미레는 늘 이런 식으로 다마키를 쩔쩔매게 한다. 정신을 다잡고 있는 다마키의 마음속에 쏙 들어간다.

슬로하이츠에 사는 여성 두 명은 신기하게도 파장이 맞는다.

조그맣게 "응" 하고 끄덕인 다마키가 황급히 다시 괘씸한 듯 말했다.

"많이 늦긴 했지."

"그래. 솔직히 드디어 헤어졌구나 싶었다니까."

마사요시가 거침없이 말했다.

"전혀 안 어울리더라. 뭐랄까, 다마키가 남자를 사귀는 방식은 이벤트 같아. 일상이라기보다 무슨 사건이 일어난 것 같다고나 할까? 사랑하고 사랑받는 관계가 어떤 건지, 나랑 스— 같은 모범 커플이 곁에 있으니 보고 배우라고."

"나는 그렇게 못할 것 같아. 그런데 이번 일을 겪었더니 너희 둘의 관계가 좋아 보이더라. 부럽다는 생각이 들었어."

다마키가 천연덕스럽게 대꾸했다. 스미레는 쑥스러운지 볼을 붉히고 고개를 홱 돌렸다. 그 모습이 귀여워 보인다.

"그 사람은 이제 다마키를 포기할까?"

"그만하겠지. 여자한테 집착하는 모습을 보이기에 그 인간은 자존심이 너무 세. 아, 싫다, 남자의 자존심."

방울진 캔 맥주 측면을 만지작거리며 다마키가 지긋지긋하다는 듯 말했다. "그럼 그건 사랑이 아니네" 하고 마사요시가 단호히 말했다.

"자존심 때문에 물러나는 건 사랑이 아니라는 증거야."

"상대방을 위해 물러난다면, 그건 사랑인가?"

가노가 억양 없이 말하자 마사요시는 완강히 고개를 저었다. 부드러운 머리칼이 땅거미 지는 여름 노을 속에 가볍게 찰랑인다.

"다양한 경우가 있겠지만, 나는 상대방에게 헌신이나 대가를 요구하지 않는 사랑은 사랑이 아니라고 생각해. 아무런 보상도 받지 못한 채 상대방을 위해 물러난다는 건 그냥 자기만족에 도취된 걸로 보여."

"그럼 네가 생각하는 사랑이란 뭔데?"

실연해도 식욕은 있는지 다마키가 불고기를 입에 넣으면서 물었다. 아무래도 좋다는 가벼운 말투로 깊디깊은 명제에 대해 이야기하는 모습이 우스꽝스러웠다.

"사랑 이퀄 집착이지. 상대방한테 완전히 집착하는 것."

마사요시가 주저 없이 대답했다.

"다마키의 연애에는 그게 없잖아. 다마키한테도, 상대 남자한테도. 앞으로 어떤 남자랑 사귀게 될지 몰라도 이번에는 꼭 네가 없으면 안 된다며 울어 주는 사람을 만나. 물론 금전 문제가 얽혀서는 안 되겠지."

"다마키는 그 부분은 똑 부러져서 문제없어. 그 사람이 계속 졸라도 돈을 안 빌려준 건 정말 잘한 일이야."

스미레가 부드러운 말투로 얼른 다마키를 거들었다.

"당연하지. 그건 잘했다고 할 만한 수준의 이야기가 아니야. 그리고 마사요시가 말한 집착은 과하면 스토커가 되는 감정 아니야? 아슬아슬한데."

"그건 다마키가 집착을 받은 적이 없어서 인정하기가 싫은 거잖아. 스토커가 될 만큼 누군가한테 집착해 보고 나서 말하라고. 알고 보면 인간은 그만큼 상대방을 원하게 되어 있어. 안 그래, 고 짱?"

분홍색 용기 속에서 물과 함께 떠내려가는 소면을 묵묵히 건져 먹고 있던 지요다 고키를 붙잡고 마사요시가 웃으며 물었다. 갑작스러운 부름에 고키가 놀랐는지 자세를 바로잡고 조심스럽게 이쪽을 돌아본다.

"뭐가 말인가요?"

고키의 목소리는 거칠게 사포질을 한 것처럼 거슬거슬 쉬어 있다. 일부러 허스키하게 꾸민 것도, 몸 상태가 나빠서 쉰 목소리가 나오는 것도 아니라 원래 목소리가 이렇다.

가노는 늘 좋은 목소리라고 생각했다. 처음 만났을 무렵 말런 브랜도 같다고 말하자 고키가 몹시 쑥스러워하더니 쓴웃음을 지으며 "본 적은 없지만 고맙습니다" 하고 대답했다.

그러고는 며칠 지나지 않아 밤중에 202호 앞을 지나가는데 안에서 《대부》의 그 유명한 주제곡이 작게 흘러나오는 것을 듣고 가노는 그 순간부터 고키를 동경하는 작가가 아닌, 한 인간이자 친구로 좋아하게 되었다.

어느 날 고키가 민망해하며 "그리 비슷하지도 않았고, 앞으로 어떻게 나이를 먹든 그렇게 멋있어지지는 못합니다"라고 말했다. 그런데 이후에도 그는 방에서 말런 브랜도의 젊은 시절 영화 DVD를 틀어 놓았다. 지금도 좋아하는 배우 중 한 명에 해당할 것이다.

그 좋은 목소리로 고키가 계속했다.

"무슨 이야기인가요?"

"여자를 스토킹해 본 경험쯤은 있지 않으냐는 이야기."

마사요시가 짧게 날림으로 설명하자 그는 진지하게 생각한 뒤 "경악할지도 모르겠지만, 없지도 않군요" 하고 대답했다. 농담인지 진담인지 모를 목소리였다. 사실 고키가 연애 자체에 관심이 있는지도 아리송하다.

"고 짱, 거기서 살이 더 빠지면 큰일 나. 고기를 먹으란 말이야, 고기를. 소면은 칼로리는 좀 있긴 해도 영양가가 거의 없대."

다마키가 끼어들었다. 그러고는 "이렇게 다 모인 것도 오랜만이네" 하고 중얼거렸다.

"구로키 씨가 빠지긴 했어도, 뭐 그 사람은 항상 바쁘니까."

"다마키의 소식을 전했더니 웃던데요."

고키가 생각났다는 듯 말했다. 그 순간 다마키가 얼굴을 찡그리며 야단스럽게 "헐" 하고 소리 냈다.

"그런 이야기를 뭐 하러 해?"

"얼마나 애통하겠느냐고. 참석하고 싶어도 지금은 워낙 바쁜 시기라 대신 선물을 보낸다고 하더군요. 만약 남자를 소개받고 싶으면 그것도 가능하다고 했습니다."

"반가운 소리이긴 한데 거절할게. 구로키 씨가 하는 일은 전부 꿍꿍이가 있는 것 같아서 왠지 꺼림칙하거든. 특히 남자라면 더더욱."

구로키 사토시는 출판사 대대사에서 근무하며 고키의 담당 편집자 겸 매니저 같은 역할을 한다. 관리하기 까다로운 인기 작가의 뒤치다꺼리와 마케팅을 도맡아 하면서 고키와는 벌써 십수 년간 같이 일해 왔다. 은테 안경을 신경질적으로 올리는 동작이 보는 사람에게 냉철한 인상을 주는, 무시무시하게 유능한 직장인이다.

최근에는 바빠서 집에 거의 들어오지 않거나 집에 와도 죽은 듯이 잠만 잘 것이다. 사실 그는 출판사 근처에 원래 살던 집이 있다. 그런데도 이 집의 공동생활에 참가하는 것은 오직 고키를 관리하기 위해서일지도 모른다는 생각이 가끔 들어 온몸이 으스스할 지경이다.

"그러고 보니 오늘 면접한 남자는 어땠어? 합격했어?"

결과를 미리 예상했다는 말투로 스미레가 물었다. 가노는 씁쓸히 웃을 수밖에 없었다.

"나랑 대학 동창인 녀석을 데려갔거든. 스—하고 마사요시도 아는 사람."

이름을 말하자 두 사람이 "아아" 하고 고개를 끄덕였다.

"뭐야, 그 사람 정도면 괜찮지 않아? 밝고 쾌활하고 씀씀이 좋고."

"씀씀이 좋은 구석이 나는 싫더라고. 그 전까지는 뭐, 괜찮았는데."

다마키가 쌀쌀맞게 말했다. "그 전?" 하고 고개를 갸웃거리는 스미레에게 가노가 대신 설명했다.

"녀석이 옛날에 스— 생일에 하이츠 오브 오즈의 찻잔 세트를 선물한 걸, 내가 말해 버렸거든."

양과자점 하이츠 오브 오즈는 몇 년 전부터 식기도 취급하기 시작했다. 기능성을 잃지 않으면서도 자연스럽고 세련된 디자인을 콘셉트로 한 라인은 젊은 여성을 중심으로 인기가 높아 다마키도 예외가 아닐 터였다. 센스 있고 스미레와도 사이가 좋은 것을 어필하려고 밝힌 그 일화에, 그때까지 웃고 있던 다마키의 눈이 갑자기 서늘하게 굳었다.

그러고는 가노에게 물었다.

"언제 적 이야기야?" 하고.

어렴풋이 기억하기로는 4년쯤 전이라고 그가 가노를 대신해 대답했다. 다마키는 순간 관심을 잃은 듯 "그래?" 하고 영업용 목소리로 말했다. 그러고 나서 세 사람은 시시한 대화를 이어 나갔다.

그때 다마키는 잘 웃었고 수다스러웠기 때문에 당사자인 그는 알아차리지 못했을 것이다. 그러나 가노는 뚜렷이 느껴졌다. 뭐가 마음에 안 드는지는 몰라도 다마키가 그를 불합격시키기로 결정한 것을.

결국 그에게는 나중에 연락하기로 하고 카페 앞에서 헤어졌다. 집을 향해 걷기 시작하자마자 "뭣 때문에 안 되는 거야?" 하고 작게 묻자, 다마키는 무표정으로 "안 된다는 말, 안 했는데?" 하고 대꾸했다. 그러고는 덧붙였다.

"이제 할 거지만."

씁쓸히 웃더니 "4년 전은 마사요시가 직장을 옮긴 직후라 돈이 없었을 때야"라고 말했다.

"아무리 상대를 기쁘게 하고 싶어도 그렇지, 균형도 생각하지 않고 선물하는 성격은 좀."

"이 헬로키티 나가시소멘 세트는 어디서 났어? 빌린 거야?"

가노가 뒤늦게나마 묻자 스미레가 눈을 동그랗게 뜨고 쌀래쌀래 고개를 저었다.

"사 왔어. 요 앞 장난감 가게에서."

"나중에 인원수대로 정확히 돈을 부담시킬 테니, 여기 공동 물품으로 하자. 또 나가시소멘 파티 하면 되잖아."

마사요시가 즐거워 못 견디겠다는 듯 스미레 대신 말했다.

"실은 고 짱이 사겠다고 했는데 사양했어. 고 짱의 그 성격은 몇 년이 지나도 여전하다니까."

"아, 그랬구나."

고키를 제외한 모두가 일적으로 변변찮은 가운데 저 혼자만 잘나간다고 부담을 느끼는 것도 아닐 텐데, 고키는 무슨 일이 있을 때마다 돈을 내고 싶어 한다. 달리 돈을 쓸 데가 없다고 둘러대는데, 실제로 그가 벌어들이는 돈은 거액이기 때문에 그 정도 쓴다 해도 아무렇지도 않을 것이다. 그러나 이 집에서는 그 호의를 거절하는 것이 이제는 암묵적인 규칙이 되었다. 고키는 벌이 문제는 그렇다 치고, 자기 혼자만 나이가 많다는 핑계도 잘 댄다. 이에 가노 일행은 입을 모아 이렇게 대꾸한다.

"다마키는 우리보다 두 살 아래인데, 우리 전부 그녀한테 방을 빌렸잖아. 그건 어떻게 생각해?"

가노는 문득 먹던 손을 멈추고 다마키의 모습을 찾았다.

하늘에는 믿기지 않을 만큼 파랗게 빛나는 밝은 어둠이 펼쳐져 있다. 색이 거의 없는 달이 하늘에 달라붙은 것처럼 떠 있다.

다마키는 그것을 바라보며 가만히 서 있었다. 가노 일행의 떠들썩한 목소리가 귓가에 닿지 않음을 그 옆얼굴로 알 수 있었다. 이따금 눈을 천천히 깜빡인다. 그녀가 눈을 감으면 다시 언제 뜰지 그 짧은 순간에 걱정이 된다.

슬슬 음식을 정리하고 불꽃놀이를 하자는 이야기가 나왔을 무렵, 고키의 모습이 안 보인다는 것을 알아차렸다. 언제 사라졌는지는 몰라도 아까부터 그의 목소리가 들리지 않았다.

"고 짱은?"

다마키가 물었다. 고키의 방으로 찾으러 갔던 마사요시가 방에도 없다며 고개를 갸웃거리며 돌아왔다. 시각은 8시 반이 되려 하고 있었다. 편의점에라도 갔을까. 그나저나 한마디 해 주고 갔으면 좋았을 거라며 이야기하고 있는데, 현관 앞에서 끼이익 하고 녹슨 소리가 났다. 자전거 급브레이크를 밟는 소리였다. 잠시 후 고키가 마당에 돌아왔다.

자전거는 옛날부터 이곳에 놓여 있던 것인데, 워낙 낡아서 타는 사람이 아무도 없었다. 자전거 페달을 부지런히 밟았는지 고키는 여전히 가쁜 숨을 고르고 있었다.

"고 짱, 어디 갔었어?"

다마키가 묻자, 고키가 숨을 얕게 쉬며 "이거" 하고 말했다.

그가 내민 것은 녹색 그물망에 담긴 커다란 수박이었다. 초록 바탕에 검정 줄무늬가 삐죽삐죽 들어간, 속이 꽉 차 보이는 수박. 고키가 가는 팔로 낑낑대며 들어 올린 수박을 다마키가 양팔로 정성스레 받아 들었다.

다마키의 팔 모양을 보고 수박이 얼마나 무거운지 알 수 있었다. 그녀가 멍하니 "고마워" 하고 말한 뒤 덧붙였다.

"갑자기 웬 거야?"

고키의 얼굴은 익숙지 않은 운동 탓에 붉게 물들기는커녕 되레 점점 파랗게 질려 갔다. 그러고는 "여름이니까" 하고 불쑥 내뱉는다.

"와, 대단해, 고 짱."

집 안에서 얼굴을 내민 스미레가 뛸 듯이 기뻐하며 걸어왔다. 다마키의 손에 든 수박에서 시선을 떼지 않는다.

"역 앞 청과물 가게랑 이치하라 마트는 벌써 문 닫았잖아. 어디까지 갔다 온 거야?"

게다가 고키는 집 밖으로 거의 나가지 않아 동네 지리에도 어두울 터였다.

"그냥, 헤매고 다녔어요."

띄엄띄엄 대답하는 고키에게 어렴풋이 불안이 엿보인다. 자신의 행동을 사람들이 받아들여 줄지 불안한 것이다.

놀라서 눈만 말똥말똥 뜨고 있던 다마키가 안도의 한숨을 내쉰 것은 바로 그때였다. 그녀가 미소를 지으며 수박을 고쳐 들었다. 수박 옆면에 눌려 붉어진 팔 안쪽이 가노가 서 있는 곳에서도 보였다.

"고마워, 고 짱. 정말 기뻐."

익숙지 않은 분위기에 고키는 서먹한 듯 고개를 내저었다. 여자 두 명에게 수박을 맡기고 다시 소면이 있는 곳으로 갔다. 이런 분위기에 서툴러 쩔쩔매는 것이겠지만, 입가에 살짝 미소가 번져 있다.

결국 그날은 케이크 대신 수박을 디저트로 먹었다.

불꽃놀이를 하는 도중, 구로키가 근무하는 대대사에서 퀵서비스가 왔다. 다마키 앞으로 온 고급 과일 선물 세트였다. 동봉된 메시지 카드에는 '다음에도 힘냅시다'라고 적혀 있었다.

화낼까 봐 은근히 걱정하며 지켜보고 있는데, 다마키는 과일 선물 세트를 살펴보고 나서 "다행이다. 수박은 없어" 하고 빙그레 웃었다.

"구로키 씨는 돈은 들여도 수고와 체력은 절대로 들이지 않잖아. 고 짱하고는 그 점이 달라."

들어 있던 애플망고를 내일 아침상에 놓기로 약속하고 스미레와 다마키가 부엌으로 사라졌다.

화약과 여름 냄새가 자욱한 좁은 마당 앞으로 노인이 자전거를 끌며 지나간다. 내의 같은 흰 셔츠에 헐렁한 반바지 차림의 노인이 불똥이 흩날리는 가노의 손을 들여다보며 "한창 좋을 때구먼" 하고 중얼거린다.

"같이 하실래요?"

가노가 말하자, 노인이 허, 하고 짧게 웃더니 얼버무리듯 멀어져 갔다. 흔히 도시 사람들 사이에는 소통이 없다고들 하는데, 살아 보니 이 동네는 그렇지도 않다.

폭죽에서 피어오르는 연기 너머로 다마키와 고키의 모습이 보인다. 아동만화가가 되고 싶다는 꿈을 좇아 여전히 그 과정을 걷고 있는 가노 입장에서, 좋아하는 일을 최전선에서 하고 있는 저 두 사람은 일종의 롤모델이다. 방식은 조금 달라도 가노는 두 사람의 방향성을 존경한다.

반달 모양으로 자른 수박을 움쑥움쑥 먹어 치우는 고키의 턱에서 붉은 과즙이 뚝뚝 떨어진다. 다마키는 고키에게 고맙다는 말을 하는 걸까. 아니면 벌써 실연을 잊고, 고키의 작품 이야기라도 하고 있는 걸까. 가노가 서 있는 곳에서는 대화 내용까지는 들리지 않았다.

"사용한 폭죽은 양동이 물속에 잘 담가 둬야 해."

스미레가 모두에게 온화한 목소리로 주의를 주었다.

제2장

가노 소타는 회상한다

(1)

"같이 살래?"

다마키가 그렇게 제안한 것은 2년 전 여름이었다.

연인끼리 할 법한 말이었다. 그러나 그 목소리에서 달콤함이라고는 전혀 느껴지지 않았다. 다만 그 말이 연인의 대화일 경우와 공통점이 있다면, 그것은 다마키의 목소리에 두려움이 서려 있다는 것이다. 거절당하면 어떡하지, 하는.

그녀는 가노의 눈을 보지 않았다. 아카바네 다마키는 늘 상대의 얼굴을 똑바로 쳐다본다. 설령 마주 보지 않고 나란히 앉아야 하는 카운터 석에서 이야기를 나눌 때도 그 인상이 바뀐 적은 없기에, 그날의 그녀는 지금 생각해도 역시 조금 긴장했었던 것 같다.

"나하고 네가 그런 관계였던가?"

단어를 골라 가며 신중히 능청을 떨자 다마키의 어깨에서 긴장이 탁 풀렸다. 장난스럽게 웃으며 "말도 안 돼" 하고 무례하게 대답한다.

"꿈이 이루어질 예정도 없는 니트족(일하지 않고 일할 의지도 없는 청년 무직자)이랑?"

"말이 좀 심한데. 다마키의 과거 남친들도 다 비슷하지 않았나?"

"얼마 전 내가 각본에 참여한 영화, 기억나? 《붉은 바다의 공주》."

"어."

해외 영화제에 초청된 작품으로, 이바라키 현의 바닷가 마을에 사는 여자 초등학생의 일상을 그린 다큐멘터리 형식의 영화다. 영화 후반까지 거의 아무 사건도 일어나지 않고 그저 그 아이의 시선을 섬세하게 따라 가는 구성이다.

'영화'라고 한마디로 말하긴 쉽지만, 그 영화가 어떤 영화였는지 생각할 때는 다르다. 그것은 어떤 것의 영향이 가장 큰지 생각하면 된다.

언젠가 구입한 영화 잡지의 칼럼에서 이런 글을 읽었다.

그 영화가 좋은 이유는 연출과 영상, 각본 중 어느 것 덕분인가. 다른 분야로 확장할 수 있는가.

요즘 다마키가 참여한 작품은 대부분 각본 덕분이라는 평가를 받는다. 다마키 본인까지 나서서 그 영화들은 다른 분야로 확장 가능하다고 거리낌 없이 말했다. 다 본 뒤에 충족감, 혹은 안타까움이 느껴진다면 그것은 아마 세대적인 공감 때문이며 자신이 쓰는 각본은 소설, 애니메이션, 게임, 만화 등 그 어떤 분야에서도 구축될 수 있다고도 말했다.

다마키는 기회가 있을 때마다 자신은 노벨스(일본에서 신서판으로 간행되는 소설) 전반과 만화, 게임과 애니메이션을 접하며 자랐습니다, 하고 밝혀 왔다. 지금은 《붉은 바다의 공주》가 그녀의 대표작이자 출세작이 되었다.

"당연히 기억나지. 내가 좋아하는 작품이거든. 그 영화가 왜?"

"그걸 본 어떤 할아버지가 나한테 선물을 하고 싶다면서 집을 주셨어. 세이부 이케부쿠로 선 라인에 있는 집인데, 가장 가까운 역은 시나마치 역이고, 옛날에는 전통 여관이었대. 며칠 전에 보러 갔더니 낡아 빠진 주택이었는데, 나름 크기도 하고 뒷마당도 있어서 나쁘지 않더라. 역에서 거리가 좀 있긴 한데, 가노는 자전거 애용자라 그리 문제되지는 않을 거야."

"집?"

하마터면 흘려들을 뻔하여 놀라서 눈을 깜빡였다. 다마키는 시치미 뗀 얼굴로 "그래" 하고 냉큼 고개를 끄덕였다.

"소유자는 그 영화 촬영지인 이바라키에 살던 부자 할아버지인데, 젊었을 때 도쿄의 그 전통 여관에서 일했대. 인연이 닿아서 이제야 자기 소유가 되었는데, 지금은 그냥 방치되어 있으니 사용해 줬으면 좋겠다고 연락이 왔어."

"그것참, 뭐랄까."

선뜻 믿기 힘든 이야기였다. 그러나 믿기 힘든 것으로 따지면 다마키의 인생이야말로 그런 일의 연속이었다. 다마키의 주변에는 어떻게 된 일인지 공기의 밀도가 짙고, 시간의 흐름도 빠르다. 보통 사람이 빈둥빈둥 보내도 될 만큼 여유로운 24시간이 그녀에게는 몇 배는 더 촘촘하게 의식되는 것 같았다.

(2)

가노는 대학교 3학년, 다마키는 고향에서 갓 상경한 대학교 1학년의 여름날이었다.

내키지 않는데도 친구 때문에 억지로 참석한 싸구려 술집의 미팅 자리. 나타난 여학생들은 모두 즐겁고 세상 물정에 밝아 보였다. 그중에서도 가장 기가 세 보이는 여학생이 눈앞에 왔구나 싶었는데, 그녀가 바로 아카바네 다마키였다.

이야기는 그리 활기차지 않았다. 그런데 우연히 그녀의 쇼핑백 속을 보게 된 것을 계기로 가노는 그녀에게 친근하게 말을 걸어야겠다는 결심을 했다.

하얗고 폭신폭신한 털 제품. 여름철에는 숨 막힐 듯이 더운 짐이었다.

그러고 보니 다른 여학생들은 지갑과 휴대폰만 들어갈 만한 깜찍한 가방을 지녔는데, 그녀만 혼자 쇼핑을 하고 왔는지 큼직한 쇼핑백을 들고 있었다. 심지어 가방도 크고 무거워 보인다.

"그 하얗고 폭신폭신한 거 뭐야?" 하고 묻자 "쿠션"이라는 대답이 돌아왔다.

"오늘 장소가 여기라고 하기에, 그럼 이 쿠션 파는 가게에 들르면 되겠다 싶어서. 잡지에서 봤는데, 전부터 갖고 싶었거든."

아무래도 그녀에게 오늘의 메인이벤트는 이 술자리가 아닌가 보다. 소매 없는 검은 니트 위에 그 무렵 유행하던 긴 스카프를 둘러 늘어뜨리고 있었는데, 스카프는 흰 레이스 소재에 펄이 흩날리는 상큼한 것이었다. 그때가 첫 만남이어서인지 가노는 다마키 하면 폭신폭신하고 쓸데없이 화려한 이미지가 떠오른다.

도중에 가노의 친구가 "여름인데 웬 머플러? 추우면 긴 소매 옷을 입던지" 하고 놀리자, 다마키는 눈을 가늘게 뜨고 입술을 일그러뜨리며 "다음에는 그렇게 입지, 뭐" 하고 대꾸한 뒤 더는 상대하지 않았다. 이후 눈에 띄게 말수가 적어진 다마키에게 다른 여학생이 황급히 소리를 높였다.

"아, 다마키는 학교 연극부 소속이야. 각본을 쓰거든."

그 한마디에 지금껏 언짢아하면서도 조용했던 다마키가 표정을 바꾸었다. 남학생들이 마시던 잔을 테이블에 탁 내려놓고 "그렇구나" 혹은 "굉장하다" 하고 적당히 반응하는 것은 거들떠보지도 않고, 친구를 "하지 마" 하고 짧은 말로 말렸다.

"부끄러우니까 더 이상 말하지 마. 너무 부끄럽단 말이야."

부끄러워서 말리는 것이 아님을 그녀가 거듭 반복하는 그 목소리로 알 수 있었다. 초조함보다 더 깊은 곳에서 우러나오는 듯한 목소리. 다마키는 자신의 이야기가 화제에 오른 불운을 한탄하기보다는 지금 자신이 이곳에 앉아 있는 것, 오늘 이곳에 온 것 자체를 후회하는 듯했다. 각본을 써야 하는데 왜 여기 왔을까 하는.

사람에게는 말로 표현할 수 없을 만큼 좋아한다거나 이름을 쉽게 입에 올리지 못할 만큼 소중한 것이 있다. 가노는 그것을 알고 있다.

2차에 가는 다른 아이들에게 다마키는 빠지겠다고 하고 혼자 역 방향으로 걸어갔다. 가노는 머릿수를 채워야 하니 남으라는 말을 들었지만, 순간적으로 다마키를 따라갔다. 쇼핑백을 흔들거리며 역 앞 횡단보도를 건너는 그녀의 뒷모습에 대고 "저기" 하고 말을 걸었지만 들리지 않은 듯하다. 개찰구 근처에서 겨우 "다마키 짱" 하고 이름을 불렀다. 놀랐는지 발걸음을 멈추고 뒤돌아본 그녀의 얼굴을 보고 나서 지금은 이름이 아니라 성으로 불렀어야 했다는 것을 알아차렸다. 그러나 아까 분명히 들었던 성이 생각나지 않아 어쩔 수 없었다.

그리 먼 거리도 아닌데 달리느라 숨이 흐트러졌다. 숨도 고르지 않고 그냥 말해 버렸다. 그녀의 목에 감긴 스카프가 여름의 뜨뜻미지근한 바람에 살랑거리는 것이 보였다.

"나, 가노 소타라고 하는데, 기억해?"

"아까 들었어."

언짢아서인지 아니면 원래 그런지 알 수 없는 목소리다. 수상쩍다는 듯 눈을 가늘게 뜬 다마키를 앞에 두자 시간을 들여 충분히 설명하고 그녀를 이곳에 붙잡아 두는 것이 지극히 어렵다는 생각이 들었다. 언제 돌아서서 가 버려도 이상하지 않다.

"난 만화가가 되고 싶어."

뭐든 좋았을 터인 첫마디가 이렇게 단도직입적인 말이었다. 이날을 떠올릴 때마다 가노는 자신은 여자를 꾀는 데 소질이 없구나 하고 씁쓸히 웃는다. 상대가 다마키처럼 별난 사람이 아니라면 이런 말로는 절대로 여자를 붙들 수가 없다.

다마키는 그야말로 생뚱맞은 말에 놀라 눈을 동그랗게 뜨고 깜빡였다. 여름의 역 앞은 밤 9시가 넘었는데도 시끌벅적했다. 노래방 전단지를 돌리는 점원의 목소리가 들린다. 방금 건너온 횡단보도가 다시 파란불로 바뀌었는지, 옛 동요인 〈지나가세요〉의 멜로디가 흘러나온다.

"보여 줄래?"

잠시 후 다마키가 말했다. 아까 술집에서는 색이 들어간 조명 탓에 몰랐는데, 오히려 어두운 곳에서 보니 그녀가 의외로 동안이라는 것을 분명히 알 수 있었다.

오늘 얼굴을 마주한 뒤 처음으로 그 입가와 눈동자에 미소가 떠올랐다.

"어떤 만화를 그리는지 궁금해. 읽을거리는 뭘 좋아해? 만화 말고도 읽어?"

"후지코 후지오도 좋아하고, 데즈카 오사무 만화, 하기오 모토 작품, 우라사와 나오키하고 『베르세르크』도…… 꽤 많아. 소설이라면 지금은 『레이디 매디』라는, 그 《블랑》에서 연재하는……."

가노는 몹시 안심하며 설명했을 것이다. 그런데 잠시 후 다마키가 입을 열자 가노는 안심을 넘어 놀라움을 금치 못했다.

"나도 그거 진짜 좋아하는데!"

연기로 꾸민 것치고는 너무 들뜬 목소리였다. 조금 전까지 언짢은 듯 얼굴을 찌푸리고 있던 여학생의 입에서 나온 목소리라고는 믿을 수가 없었다. 지나치게 명랑하다.

"반지의 힘으로 변신하잖아."

조금 전까지의 점잔 빼던 얼굴과 완전히 다르다. 그녀가 오른손 약지를 가노 앞에 세워 보였다. 『레이디 매디』에 나오는 레플리카의 캐릭터 상품. 붉은 돌이 박힌 반지.

"원작에서는 왼손에 꼈는데, 그렇게까지 따라하면 미친 사람처럼 보이잖아."

다마키는 거기까지 말하고 나서 갑자기 정신이 들었는지 손을 오므렸다. 가노가 뜨악해한다고 생각했는지도 모른다. 그래서 가노는 웃는 얼굴로 고개를 저었다.

"그거 좋은데?"

다마키는 쑥스러운 듯이 고개를 숙인 채 힘차게 끄덕였다.

(3)

가노와 다마키는 마음이 잘 맞았다.

다마키는 이 사람이라면 안심하고 맡길 수 있다는 말을 듣는 각본가가 되고 싶고, 대규모 연극과 영화의 각본 일을 젊었을 때 최대한 많이 하고 싶다고 했다.

그녀의 각본은 재미있었다. 그래서 가노는 다마키라면 그렇게 될 수 있지 않을까 생각했다.

알고 지낸 지 몇 년 만에 다마키는 그 저명한 각본가의 후임자로 뽑혀, 물려받은 시간대의 드라마 각본을 고생하면서도 잘 꾸려 나갔다. 그 후 규모가 큰 각본 의뢰가 부쩍 늘어나고 동경하던 영화감독과 작가와 함께 작업을 했다. 그 일에 대해 설명하며 그녀는 몹시 흐뭇해했다.

"권력자 지인이 꼭 있어야 한다니까."

다마키가 농담조로 말했다.

"옛날에는 개봉 첫날 무대 인사하느라 줄 서 있었는데, 지금은 감독이 친히 나한테 시사회 초대장을 보내 준다니까. 굉장해. 그렇게 잘나가는 사람들이 나랑 아는 사이라니 흥분돼. 미안해서 어쩌나. 내가 또 유명인이라면 사족을 못 쓰잖아. 권력의 맛은 정말 짜릿해."

대단한 일이 아닌데도 '권력'이라는 말을 사용하는 것. 아는 사이가 된 사람들을 '잘나간다'는 척도로 평가 내리는 것. 그 모든 것에 고개가 갸웃거려지고 난감한 성격이라는 생각도 들지만, 그런 부분까지 포함해서 다마키다웠다. 그동안의 불우한 성장 과정을 생각하면 왠지 쓴웃음이 난다.

창작가가 성공하는 데 필요한 것은 재능과 노력과 운이다. 뭔가를 시작하겠다고 마음먹은 사람은 처음부터 재능을 어느 정도는 타고났기 때문에 재능 면에서는 걱정할 것이 없고, 일단 그것을 자각하고 쓰기 시작한 사람은 연습을 연습이라 여기지 않게 된다. 좋아하는 일에 몰두하는 것을 노력이라 부른다면 그 점에서도 아무 걱정할 것이 없다. 문제는 운이다. 결론부터 말하자면 다마키에게는 그것도 있었다.

가노는 다마키를 지켜보다 보니 운이라는 것은 처음부터 타고나는 것이 아니라 끌어당기는 것임을 알게 되었다. 눈앞에서 성공의 구체적인 예를 제시받는다는 것은 세상의 구조를 실감할 수 있다는 점에서도 좋다. 미디어는 어디선가 비밀 기계가 움직여서 만들어 내는 것도 아닌 데다 만화도 서점에 놓인 책 한 권 한 권 너머에 사람이 있다. 무엇보다 무모한 꿈이라도 이루어지는 순간이 있다는 것을 다마키는 가노 일행에게 가르쳐 주었다.

입 밖에 낸 일은 몽땅 이루어 온 다마키의 주변에는 믿기지 않는 일이 연달아 일어났다. 그리고 다마키는 아무튼 서프라이즈를 좋아한다.

누군가의 생일에 몰래 선물이나 케이크를 준비해 두는 이벤트는 물론, 자신에게 생긴 사건을 이야기할 때도 상대가 최대한 즐길 수 있도록 순서를 연출해서 이야기한다.

입을 열자마자 "같이 살래?"라고 말한다거나 할아버지가 집을 주셨다거나.

"3층짜리 집인데, 꼭대기 층은 옛날에 전통 여관 운영자가 전부 혼자서 사용했대. 2층까지는 객실이고 방 개수는 총 여섯 개. 워낙 옛날 여관 건물이라 부엌과 화장실, 욕실은 공동. 좀 널찍한 보통 집 같은 느낌이랄까. 여기 방 하나를 빌려 살면 어때?"

"요컨대 다마키와 마음이 맞는 친구들에게 빌려주겠다는 거지?"

"그래. 가노 입장에서도 나쁜 조건은 아니라고 생각해. 보증금과 사례금 없이 월세는 한 달에 1만 엔. 이건 공익비 정도로 생각하면 돼."

1만 엔이라는 금액에 가노는 "오호" 하고 감탄했다. 정말이다, 나쁘지 않다. 오히려 매력적이다. 다마키가 계속 말했다.

"나는 3층을 리모델링해서 사용할 건데, 1층과 2층은 리모델링까지는 아니고 업체 불러서 청소만 할 거야. 그래도 워낙 오래된 집이라는 점, 그건 각오해야 해. 어때? 꿈을 좇는 가난한 사람한테는 꽤 도움 되는 제안 아니야?"

"도움 되지."

가노는 머릿속으로 벌써 이사할 계획을 짜고 있었다.

"그런데 정말 그래도 괜찮겠어?"

"괜찮아. 어차피 공짜로 받은 거잖아."

"또 누구한테 같이 살자고 했어? 모모카 짱?"

"모모카는 대학 기숙사에 계약이 되어 있어서 일단 안 부를 거야. 나중에는 어떻게 될지 모르겠는데, 기숙사가 학교랑 더 가깝거든."

다마키의 여동생 모모카는 하치오지 시에 있는 대학 교육학부 학생이다. 두 사람은 유난히 사이좋은 자매로, 가노도 다마키와 친구가 된 직후 여동생을 소개받았다. 생김새도 쌍둥이처럼 닮아서, 다마키의 치켜 올라간 눈초리를 순하게 내리고 얼굴 전체를 약간 통통하고 부드럽게 하면 모모카의 얼굴이 된다.

집주인이 사는 3층을 제외하면 방 개수는 총 여섯 개. 모모카 말고도, 가노와 다마키의 공통 친구 중에 짐작 가는 사람이 있다. 아니나 다를까, 다마키가 입을 열었다.

"지금 생각 중인 사람은 마사요시랑 스— 커플 정도. 스—의 룸메이트가 이번에 방 빼고 남자친구랑 동거할 예정이래. 혼자 투룸 월세는 감당하기 힘들 것 같다고 고민하더라."

"마사요시가 같이 살자고 하는 것 같던데."

"그건 집을 따로 구한다는 게 아니라, 마사요시가 사는 원룸에 스—가 짐을 가지고 들어가는 거잖아. 꽤 좁아질 텐데. 그리고 마사요시가 보기와는 달리 까다로운 구석이 있어서 기획서를 쓰거나 일할 때 옆에 누가 있으면 집중이 안 될걸. 방 하나가 더 있다면 모를까."

"스―의 집에 마사요시가 들어가는 방법도 있어. 친구가 나간 다음에 말이야."

"마사요시네 회사랑 너무 멀잖아. 막차 끊겼을 때 걷거나 자전거 타고 집에 갈 만한 거리가 아니면 힘들어."

게다가, 하고 다마키가 덧붙였다.

"스―는 마사요시랑 좁은 공간에서 지내면 별로 좋지 않을 것 같아. 지금 그림을 그리는 것도 혼자만의 공간과 시간이 있으니까 가능한 거잖아. 같이 살면 마사요시한테 생활력이 있는 만큼 스―가 그림을 소홀히 하게 될지도 몰라. 뭐, 그것도 나름 나쁘진 않겠지만, 어쨌든. 그 그림을 썩히기는 너무 아깝잖아."

(4)

나가노 마사요시는 원래 가노의 친구였는데, 가노가 다마키에게 소개해 주어 다 같이 친구가 되었다.

가노는 자신이 좋아하는 친구에게 다른 친구를 소개할 때면 살짝 긴장한다. 특히 다마키는 사람에 대한 호불호가 뚜렷하기 때문에 유독 긴장했다. 그런데도 이 녀석이라면 괜찮겠다, 하고 처음 떠오른 사람이 바로 마사요시였다.

가노와 마사요시는 대학생 때 친구의 친구라는 어중간한 관계가 모이는 술자리에서 처음 만났다. 연예인처럼 곱상하게 생졌구나, 하는 것이 첫인상이었지만 솔직히 얼굴과 이름을 다 익히는 관계까지 가지는 않았으며 별 관심도 없었다. 영상 관련 전문학교 학생이었다는 것도 다른 사람에게 전해 들었다.

그 무렵에는 밤중에 갑자기 불려 나가는 술자리가 지금보다 훨씬 많았는데, 어느 날 밤에 나간 자리에 우연히 마사요시도 와 있었다.

늦어도 좋으니 아르바이트 끝나고 얼굴 좀 내밀라는 친구의 음성 메시지를 듣고 가노는 대학가의 작고 지저분한 술집 2층으로 찾아갔다. 모든 멤버들이 만취해서 곤드라진 가운데, 혼자 깨어 있던 사람이 마사요시였다. 뒤늦게 온 가노를 향해 마시고 있던 맥주잔을 기울여 "왔어?" 하고 인사하고는 "꽤 늦었는데 일부러 오다니, 너 바보처럼 성실하구나" 하고 말했다. 그러고는 덧붙였다.

"미안하네. 몇 번 본 것 같은데 이름이 생각 안 나. 가르쳐 줄래?"

마사요시는 어색해하지도 않고 자연스럽게 물었다. 여유롭고 센스 있게 걸친 셔츠 소매를 걷어 올리면서 "자기소개나 할까?" 하고 운을 떼었다.

"취미하고 특기, 좋아하는 영화, 존경하는 사람은 누구인지 등등."

"취미는 영화 감상과 독서. 특기는……, 자신 있게 말할 만한 게 솔직히 아무것도 없네."

가노가 씁쓸히 웃으며 점원에게 레몬 사워(sour, 위스키나 브랜디에 레몬이나 라임 주스를 넣어 마시는 칵테일)를 주문했다.

"좋아하는 영화는 《벌집의 정령》."

이어서 대답하자 마사요시의 표정이 멈췄다. "오호" 하고 내뱉더니 고개를 끄덕인다.

"빅토르 에리세."

"어떻게 이렇게 좋을 수가 있지, 하는 생각이 드는 영화야. 그 고요함과 영상미, 전부 특별해서 좋아하거든. 한 번 봤는데 다시는 못 보겠더라. 그 감독의 두 번째 작품도 아까워서 아직 못 보고 있어."

"내 취향하고는 안 맞을지도 모르겠네. 난 그거 전혀 끌리지도 않고, 좋아하는 건 여러 번 봐야 직성이 풀리거든. 마음에 드는 감독의 신작이 나오면 얼른 가서 보고."

"나가노 군은 무슨 영화를 좋아해?"

"동갑이니 그냥 마사요시(正義)라고 불러. 난 내 이름이 좋거든. 이름이 '정의'라니 멋있지 않아?"

그렇게 말한 뒤 마사요시는 좋아하는 영화를 단숨에 늘어놓았다.

"《피 틴토의 기적(El milagro de P. Tinto)》, 《파티7》, 그리고 《로열 테넌바움》 중에서 고민하고 있어."

"아아."

만들어진 나라도 스토리도 제각각이지만, 이 영화의 공통점은 잘 만들어진 코미디 요소를 갖추었다는 점이다. 듣고 보니 확실히 가노가 고를 만한 계열은 아니다.

"그런데 나는 영화 순위를 매기려 할 때마다 2위부터 매기게 돼. 어느 한 작품만 1위로 하기가 아까워. 입 밖에 낸 순간부터 아, 그 작품도 있었는데, 하고 후회할 것 같거든. 단연 최고라고 할 만한 게 없어. 그래서 너처럼 시원하게 콕 집어 말하는 녀석이 부러워."

"영상 관련 전문학교에 다닌다고 들었는데."

"작년에 졸업하고 지금은 아르바이트해. 장차 영화를 찍고 싶어."

"방금 말한 계열의 영화?"

"단순하고 좋은 이야기도 좋긴 한데, 워낙 잡식이라 상식을 깨는 작품도 좋아하고, 예스럽고 문학적인 작품도 좋아해."

마사요시의 입에서 '문학'이라는 말이 나오자 왠지 인공적으로 들렸다. 마치 외래어로 표현되는, 패션처럼 취급되는 발음 같았다. 신기하게도 빈정대는 것처럼 들리지 않아 가노는 호감이 생겼다.

"혹시 만화책도 봐?"

"당연하지, 만화책이든 그냥 소설책이든 얼마나 좋아하는데. 기본적으로 나도 취미는 너처럼 독서와 영화 감상이거든."

그때부터 이야기는 그동안의 독서 체험으로 흘러갔다. 책과 영화를 좋아한다 해도 그중에서 자신과 무엇이 딱 맞는지는 사람마다 다르다. 대화하다 보니 가노와 마사요시의 취향은 각자 A급으로 평가하는 구역인, 이른바 스트라이크존만은 크게 다르게 느껴졌고, 그 언저리의 B급 평가 구역은 그리 큰 차이가 없다는 것을 알게 되었다.

심야의 술집에서 가노와 마사요시는 신나게 이야기를 나누었다. 대화 도중 어떤 이름이 나오기까지 그리 긴 시간은 걸리지 않았다. 그 전까지 결코 겹치지 않았던 취향의 스트라이크존이 마치 필연처럼 갑자기 일치했다.

"그리고 난 그 작가도 좋아해. 지요다 고키."

"와, 정말?"

가노가 무심코 큰 소리를 내며 마사요시의 얼굴을 들여다보자, 그가 흐뭇하게 고개를 크게 끄덕였다.

"지금은 신간이 나오는 족족 사 읽는 건 아닌데, 나의 원점이라고나 할까. 고등학교 때 거의 잠도 안 자고 푹 빠져서 읽었거든. 그 사람 나이가 젊은 것도 엄청난 충격이었어. 그 전까지는 작가라고 하면 무조건 나이 든 아저씨인 줄 알았는데, 그 사람이 데뷔한 게 고2 때라고 하더라. 읽으면서도 이걸 내 나이 때 썼다니, 하고 생각하면 분하고, 온몸이 근질거려서 죽을 맛이었지."

"나도 알아!"

어찌나 기쁜지 가노의 목소리가 자연스레 커졌다.

"그 기분, 나도 잘 알아. 그 사람은 분명히 천재라서 일반인과는 다르겠지만, 그래도 뭔가를 하겠다고 마음먹은 사람은 나이 같은 거 상관하지 않는구나, 하는 걸 깨달았어. 그 전까지는 소설을 쓰거나 만화를 그리는 건 '언젠가' 어떤 계기가 생겨야 시작하는 거라고 늘 먼 훗날의 일처럼 생각했거든."

술기운이 알맞게 돌았구나, 하고 잠시 생각했지만 계속 이야기하는 것이 편안하고 좋았다. 술기운과 분위기에 맡겨 버리자. 가노는 기분 좋게 계속했다.

"시작하는 사람은 벌써 진작 시작했더라. 지요다 고키를 알고부터 그런 생각이 들었어. 분한 건 사실이지만 재미있었어."

"소설에 등장하는 사고방식이나 말 하나하나가, 나도 그때는 어렸으니까, 나에 대해 어떻게 이토록 잘 알고 있을까 싶어서 그를 대변인 또는 구세주처럼 생각했다니까. 참 신기하지? 현실에서는 일어날 리 없는 완전한 판타지 소설인데."

"흔히 말하고들 하는데, 지요다 고키는 '절망'에 대한 이야기를 정말 잘 써."

"맞아."

마사요시가 맥주를 가볍게 들이켰다. 가노가 오고 나서 벌써 두 잔째다. 오기 전에도 꽤 마셨을 테니 분명히 술이 센 것이다.

"'절망'이라, 그렇구나."

아까 '문학'과 마찬가지로 이번에도 외래어처럼 들렸다. '절망'. 그리고 그것은 지요다 고키의 소설에도, 마사요시의 성격에도 잘 어울린다.

마사요시가 노래하듯 읊었다.

"『이 마을이 죽을 때』."

가노와 동갑인 마사요시도 고등학교 1학년 때 그 작품을 읽은 걸까. 그것은 지요다 고키의 몇 번째인지 모를 히트작 제목이다. 마사요시가 마시던 맥주잔 측면을 가만히 바라본다. 그의 거짓말처럼 잘생긴 옆얼굴이 약간 아래를 향해 있다.

"난 아무것도 없는 시골에서 고등학교를 다녔어. 그냥 제목에 끌려서 집어 들어 읽었는데, 그때 내 심정과 너무 똑같아서 하마터면 울 뻔했다니까. 구체적으로 어느 대목이 있는 건 아닌데, 읽고 있으면 목소리가 들렸어. 멀리 가고 싶어, 멀리 가고 싶어."

"그런데 그 작품은 어디에도 가지 못하고, 여기 아닌 다른 곳은 없다는 결론으로 끝나지."

"그렇다고 현재 상황을 기꺼이 받아들여라, 포기하라는 것도 아니잖아. 어디 먼 곳에 가고 싶지만, 그런 '먼 곳'은 어디에도 없어. 그런데도 멀리 가라는 메시지잖아."

마사요시도 알코올의 영향을 받았는지 갈수록 열띤 목소리로 수다를 늘어놓았다.

"요즘은 희망을 이야기하는 게 무의미하다는 풍조가 있잖아. 좋은 이야기, 뻔한 이야기는 촌스럽고 재미없거든. 희망을 이야기하려면 얼버무리고 꼬고 또 꼬아서 알기 어렵게 제시하거나, 혹은 희망적인 결론으로 보이되 절망을 제시하지. 아는 사람만 여기에 구원이 없다는 걸 알아차리면 되고, 또 알고 싶지 않은 사람이 봤을 때는 단순히 해피엔딩으로도 해석할 수 있게 가공하는 식이야."

"응."

"그런데 고 짱은 아니야. 고 짱은 희망을 그대로 제시하지도 않는가 하면, 허울뿐인 희망 속에 절망을 섞어 넣지도, 그 반대도 하지 않아. 절망을 압도적인 절망의 모습 그대로 그렸더라. 굉장했고, 또——."

이때 가노가 마사요시에게 호감을 느낀 가장 큰 이유는 지요다 고키의 소설을 그저 소설로 이야기한 점이었다. 보통 지요다 고키의 이야기가 나오면 작품 속 철학이나 스토리를 완전히 무시하고 작가인 지요다 고키의 이야기가 되기 십상이다. 팬들에게 애칭 '고 짱'이라고 불리는 그 사람 자체에 대한 이야기로 말이다.

마사요시가 말했다.

"그런 일이 있었는데도 돌아와서 지금도 작가 생활을 계속하고 있잖아."

어느덧 술집의 배경음악이 사라졌다. 안쪽 주방에서 종업원들이 식기를 정리하는, 두꺼운 유리가 포개어지는 소리가 들린다. 마사요시의 목소리는 그저 조용히 울린다.

가노는 그 말에 어떻게 대답할지 잠시 생각했다. 그 폭풍 같은 사건 당시 일본 전역에 있는 지요다 고키의 독자는 각자의 입장에서 생각했을 것이다. 팬처럼 열광적이지 않더라도 그의 소설을 단 한 권이라도 읽은 독자라면 누구나 생각할 수밖에 없었을 것이다. 그야말로 많은 생각을.

"이제 이 녀석들 깨울까?"

유난히 긴 침묵이 흐른 것을 알아차렸는지, 마사요시가 가노의 대답을 기다리지 않고 먼저 입을 열었다.

"그래" 하고 대답한 뒤 가노는 깨어난 친구들이 집에 잘 걸어갈 수 있을까 싶어 우울해졌다. 친구를 어깨에 둘러멨을 때의 묵직함을 생각하면 진절머리가 났다.

"하던 이야기 마저 하면, 지요다 고키의 작품은 신기하게도 언젠가는 빠져나오게 되더라."

"어?"

"어느새 거기서 졸업했더라는 이야기."

마사요시가 빈 잔을 테이블 구석으로 가지런히 치우면서 말했다.

"그 사람은 지금도 소설을 쓰고 있잖아?"

"응. 나도 다 챙겨 읽는 건 아닌데, 매주 구입하는 잡지에 연재 중이라 그것만은 읽고 있어. 여전히 재미있어."

"아, 뭐야. 가노, 너 《블랑》 구독해? 난 읽지는 않아도 알긴 알아. 그렇구나, 그거 역시 재미있구나."

"찬반양론이 있긴 한데, 그거야 늘 그렇잖아."

대답하는 가노에게 마사요시가 살짝 고개를 끄덕였다.

"어, 맞아. 그 무렵의 높은 수준을 제대로 유지하고 있는데, 다들 어느새 고 짱을 읽지 않게 되었어. 한때 푹 빠져서 읽었던 일이 거짓말이었다는 듯 말이야. 현역 작가인데도 다들 그 사람에 대해 이야기할 때는 과거형이더라. 좋아했었다고.

딱히 주제성이 유치하지도 않고 보편성이 없는 것도 아닌데, 왠지 다들 야박하단 말이야. 좋아했을 때 열광적이었던 만큼 더 쉽게 식는 건가."

"뭐, 독서 경향이라는 게 나이 먹으면서 변하는 거니까."

"고 짱의 소설이 판타지라서, 혹은 모에 캐릭터 일러스트가 곁들여져서라는 이유로 멀리하는 건 아닐 거야. 그럼 내가 그 무렵에 가졌던 날카로운 감수성을 잃어버려서일까."

왠지 쓸쓸한데, 하고 말한 마사요시가 정말 그렇게 느끼는 것 같아서 가노는 묘하게 기뻤다.

"감정이입을 제일 잘하는 나이라는 게 있잖아. 실제로 지금 고등학생 사이에서 절대적 인기를 자랑한다더라."

"그 무렵에 실컷 도움을 받았으면서, 괴로운 시기에서 벗어나면 은혜를 잊는단 말이지."

그 시기를 선뜻 '괴롭다'라는 말로 표현한 것에 약간 놀라면서 가노는 "그러게" 하고만 대답했다.

마사요시가 친구들을 깨우고 계산을 마친 뒤, 몸을 가누지 못하는 사람은 그나마 상태가 나은 사람의 손에 맡기고 나서 "우린 갈게" 하고 시원스레 내뱉었다. 그러고는 가노를 데리고 자리에서 얼른 빠져나왔다. 내빼는 모양새가 아주 깔끔한 것으로 보아 많이 해 본 듯했다.

집에 가는 길에도 지요다 브랜드의 이야기는 끊이지 않았다.

그 소설의 그 장면이 좋더라, 밀림에서 상대를 죽이지 않은 주인공이 너무 멋있어 보이더라, 죽은 줄로만 알았던 그 캐릭터가 위기의 순간에 구하러 왔을 때도 뻔한 장면인 줄 알면서도 속으로 제길! 하고 울어 버렸지 뭐냐, 하고. 지요다 고키는 유행을 선도하면서도 클리셰를 지키는 점이 훌륭해, 하고.

이야기하는 사이 술에 취한 두 사람의 말투가 점점 느슨해지더니 급기야 그리움과 흥분으로 둘 다 눈물범벅이 되었다. 술집에서 부족했던 만큼 지나가던 공원 벤치에 앉아 한바탕 이야기꽃을 피웠다. 가노는 집에 도착해 샤워도 하지 않고 깊이 잠들었다.

이튿날 눈을 뜨자 오후 5시였다. 몸에서 땀내가 풀풀 나는 것을 깨달음과 동시에 체력이 다하도록 이야기를 나누었구나 싶어 웃음이 절로 났다. 어제는 정말 즐거웠다. 또 기회가 있으면 좋겠다는 생각을 한 뒤 마사요시와 연락처도 교환하지 않았구나 싶어 이번에는 쓴웃음을 지었다.

냉장고를 열자 아무것도 없었다. 목은 칼칼하고 배가 고팠다. 너무 자서인지 몸이 붓고 나른하다. 샤워를 하고 신주쿠에 갔다.

신주쿠 역 동쪽 출구에 있는 기노쿠니야 서점에 들어가 문예서 코너에서 지요다 고키의 책을 찾았지만 보이지 않아 점원에게 물었다. 그러자 다른 층의 만화책 코너로 옮겨졌다는 대답이 돌아왔다.

어젯밤 대화 내용을 떠올리자 온몸이 근질거리도록 읽고 싶어졌다. 읽지 않게 된 지난 몇 년간의 신간도 좋고, 물을 빨아들이듯이 닥치는 대로 읽었던 고등학교 시절의 구간도 좋았다. 읽고 싶은 책이 있다는 것은 얼마나 행복한 일인가. 가노는 책을 구입해 근처 패스트푸드점에라도 들어갈 생각이었다.

드디어 발견한 책장 앞에서 가노는 움찔 걸음을 멈추었다. 먼저 와 있던 손님의 뒷모습이 눈에 익었다.

"마사요시."

어제는 처음 만난 사람을 이름으로 부르기가 뭐해서 가노는 그를 '나가노 군'이라 불렀었다. 처음 입 밖에 낸 호칭에 마사요시가 돌아본다. "아" 하고 짧게 소리를 낸다.

다음 순간 그가 뛸 듯이 기뻐하며 "뭐야—" 하고 말했다. 그러고는 웃음을 터뜨렸다.

"대박, 우리 좀 바보 같지 않냐?"

마사요시도 어젯밤 집에서 잠든 뒤 오늘 오후 늦게 일어났을 것이다. 그가 어떤 기분으로 여기까지 왔는지, 가노는 손바닥 보듯 훤히 알 수 있었다. 가노와 통한 것이다. 다른 손님이 쳐다보는 것을 느꼈는지 마사요시가 목소리를 낮추고 말했다.

"이왕 만난 김에 밥이나 먹으러 갈래?"

이번에야말로 가노와 마사요시는 연락처를 교환했다. 스미레가 마사요시와 사귄 것은 그 두 달 뒤였다.

(5)

모리나가 스미레, 일명 스—의 개성을 한마디로 표현하면 그것은 '화가'였다.

"엄청나게 좋은 여자를 발견했는데, 좀 어려울 것 같아."

가노와 마사요시는 서로의 집에 드나들며 좋아하는 영화 DVD를 보고 만화와 소설 이야기를 나누었다. 양배추만 들어가 맛이라고는 없는 콩소메 수프를 먹거나 가끔 돈이 있을 때는 자극적인 맛의 피자를 시켜 먹기도 했다. 함께 시간을 보내는 일이 많아진 가을날, 마사요시가 불쑥 털어놓았다.

침대에 누워 만화책을 읽고 있던 가노는 그 말에 고개를 들었다. 가노의 방에서 얌전히 책을 읽고 있던 마사요시가 어느새 책을 덮고 허공을 바라보고 있었다. 밤이었다. 창밖에 펼쳐진 밤하늘은 보름달이 떠 있어 환하고 부드러웠다.

뜻밖이었다. 자세한 것은 듣지 못했지만, 마사요시는 여자를 많이 만난 데다 잘생기기까지 했다. 그런 그가 여자 때문에 속을 끓일 줄은 상상도 못 했다.

"어떤 여자인데?"

가노의 물음에 그가 가방을 끌어당겨 안에 있던 클리어파일에서 종이 한 장을 꺼냈다.

무슨 전단지 같았는데 앞장에 숲이 그려져 있다. 초록색이 끝없이 이어진 가운데, 위에서 아래로 갈수록 색의 농담이 깊어졌다. 나무 사이사이에 다양한 모티브가 가로놓여 있었다. 아이의 발, 토끼 귀, 고양이 꼬리. 소녀의 팔과 거북이 등딱지까지.

신비로운 그림이었다.

숲 전체가 그려져 있는데도 시선이 어디에 위치해 있는지 판단하기 어렵다. 완전한 조감도도 아닌가 하면, 그렇다고 숲의 내부에서 바라본 것도 아니다. 하나의 모티브를 쫓아가자 숲의 위치 자체가 어느새 모호해지는 구도는 마치 네덜란드 판화가 에스허르의 '눈속임 그림'의 불완전한 버전 같은 인상을 주었다. 더 신비로운 것은 이 그림을 그린 사람은 아마 그런 것을 의도적으로 계산하지 않았으리라는 것이었다. 완전히 즐기면서 자유롭게 그린 결과가 이 그림이라는 생각이 절로 들었다.

만화가 지망생인 가노는 당연히 그림을 그린다. 솔직히 별로 잘 그리지는 못한다. 스토리를 구축하고 콘티를 그리는 것이 가장 즐겁고, 그 두 가지로 승부할 수밖에 없다고도 생각한다. 그런데도 동세대 사람 중 자신보다 그림을 잘 그리는 사람을 만나면 속상하기도 하고 자기혐오에 빠지기도 한다.

그러나 그날 그 그림을 봤을 때는 전혀 그런 감정이 들지 않았다. 차원이 달랐기 때문이다.

푸른 숲 사이로 엿보이는 발과 팔. 그 모든 것에 이미 생명이 없음을 알 수 있었다. 다 죽어 있다는 것이 느껴졌다. 쪼개진 거북이 등딱지, 창백한 팔, 아이의 발에는 타박상인 듯 움푹 들어간 흔적이 흙빛으로 남아 있다. 전단지는 자체 제작 영화의 홍보용인 듯했다. 영화 제목이 들어가 있다.

《종말의 세계》.

평소 같았으면 진부한 단어를 조합했을 뿐인, 센스가 부족한 제목이라고 치부했을 것이다. 그러나 이 제목은 지금 이 그림 하나로 인해 무시할 수 없는 존재감을 갖추었다.

"이 그림, 좋다."

가노는 무심코 한숨을 내쉬며 중얼거렸다. 뒷장을 보니 그림을 그린 사람의 이름은 쓰여 있지 않았다. 제작 관계자의 이름과 인사말, 영화 스토리 소개와 상영 시간표가 나와 있을 뿐이다.

"좋지? 내가 좋아하는 사람이 바로 그 그림을 그린 여자."

"어디서 알게 됐어?"

"학교 후배의 친구. 그 전단지 속 영화를 찍은 사람이 내 전문학교 후배거든. 영화 뒤풀이에 초대받아서 갔는데 거기서 만났어."

문득 살펴보니 상영일은 바로 며칠 전이었다. 장소는 마사요시가 다닌 전문학교 강당이라고 되어 있다.

"내내 생글생글 웃고 있더라. 의젓하고 귀여운 여자구나 싶어서 관찰해 봤더니, 엄청난 속도로 술을 벌컥벌컥 들이켜서 웃음이 다 나더라니까. 맥주든 청주든 가리지 않고 잔을 비워대는데, 그 의외의 모습이 괜스레 좋아 보였어. 말을 걸었더니 그 그림쟁이라고 해서 어찌나 놀랐던지."

"오호."

그림쟁이라는 표현이 왠지 가슴에 와닿았다.

"그래서?"

"그림과 영상은 분야가 다르긴 해도, 처음 봤을 때부터 엄청나게 좋은 그림이라고 생각했거든. 어떻게 그런 그림을 그렸나 너무 부러울 지경이라 흥분해서 막 떠들어댔지."

마사요시가 난처한 듯이 어두운 표정을 지었다. "흥분해서 말이야" 하고 계속한다.

"술도 들어갔겠다, 무슨 이야기를 했는지 거의 기억이 나지 않아. 괜히 엉뚱하게 이상한 소리를 해서 언짢게 했을지도 몰라. 중간부터 기억이 흐리멍덩해."

"뭐야, 네가 불안해하는 이유가 그거야?"

가노가 대뜸 웃음을 터뜨리자, 그가 발끈해서 반박했다.

"번호 교환한 지 사흘이나 됐는데 아직까지 연락이 없다니까? 관심이 있으면 전화가 오고도 남았지. 아니, 이튿날 전화가 없는 시점에서 가망이 없다는 걸 눈치챘어야 했나?"

"네가 먼저 연락해 볼 생각은 안 해?"

"내가? 어휴, 난 절대 못 하지."

말 하나하나에서 마사요시의 그동안의 연애 패턴이 훤히 보였다. 좋아한다는 어쩌면 지극히 단순한 감정을 너무 진지하게 생각해서 웃음이 난다.

"이름이 뭔데?"

"모리나가 스미레."

"오호, 귀여운 이름이네."

"바보, 본인은 더 귀여워."

"어떤 사람이야?"

"어디 보자, 한마디로 말하면."

마사요시의 시선이 가노에게서 벗어났다. 잠시 골똘히 생각한 뒤 그가 대답한 말은 그것만으로 그 사람의 특징을 짐작하게 할 만한 표현이었다.

"아마 다마키의 마음에 쏙 들걸."

"아아."

고집이 센 다마키는 친구와 된통 싸우고 가노에게 자주 전화를 걸곤 한다. 자신과 비슷한 유형의 친구가 많아 부딪히는 일도 많은 것이다. 한밤중에 전화를 받고 그녀를 달래는 모습을 마사요시에게 벌써 여러 번 보였다.

다마키가 좋아하는 사람의 특징은 상냥하거나 재능이 있거나 둘 중 하나다. 가노와 마사요시는 다마키에 대한 이야기를 나눈 뒤 그렇게 결론을 내렸다. 다시 말해 그녀의 호언장담을 흘려들을 만큼 포용력이 크고 어른스러운 사람이거나, 혹은 그런 점이 없어도 상관없을 만큼 다마키가 존경할 만한 사람인가. 재미있는 글을 쓴다거나, 아름다운 것을 보는 눈을 가졌거나.

그런 기준으로 친구를 선별하는 것이 과연 옳은 일인지는 잘 몰라도, 가노와 마사요시에게는 다마키의 성격이 재미있었다. 본인도 자각은 있을 테지만, 그녀는 제법 좋은 방식으로 뒤틀려 있다.

상냥함과 재능.

모리나가 스미레는 그 두 가지를 갖추었다.

"좋은 사람을 발견했네."

"그렇지? 아, 그런데."

마사요시가 머리를 싸쥐고 호들갑을 떨며 안타까워하던 그때였다. 마치 거짓말 같은 타이밍에 그가 테이블에 내팽개쳐 놓은 휴대폰에서 멜로디가 흐르기 시작했다. 약한 진동이 가노에게도 느껴졌다. 그 곡이 무슨 노래인지 귀가 무의식중에 들으려는 것보다 빨리 그가 휴대폰에 덤벼들었다.

"여보세요."

마사요시의 입꼬리가 올라갔다. 상대방은 보지도 못하는데 황급히 표정을 가다듬고 가노에게 눈짓을 한다. 표정만 봐도 누구의 전화인지 알 수 있었다. "아니, 아니 지금은 괜찮아요" 하고 아직 말을 놓지 않았는지 존댓말을 섞어 말했다.

가노는 싱글싱글 웃으며 읽던 책을 다시 펼쳐 침대에 드러누웠다.

“아싸, 해냈어!”

전화를 끊은 마사요시는 한껏 들떠 있었다.

“오모테산도에서 친구들이랑 단체 전시회를 여는데, 시간 있으면 오라고 하네. 우와, 미치도록 기뻐.”

몇 달 후 가노는 마사요시에게 스미레를 소개받았다. 그녀는 레이스가 살짝 들어간 블라우스에 긴 플레어스커트가 잘 어울리는, 따뜻한 분위기를 지니고 있었다. 마사요시의 말대로 이름 못지않게 무척 귀여운 여자였다.

누구를 닮았는데, 하고 생각하다 누군지 기억이 났다. 어렸을 때 TV에서 보던 《즐거운 무민 가족》. 거기에 나온 리틀 미이의 언니 밈블과 분위기가 똑같았다. 여동생을 잘 돌보고 의젓하고 온화한 밈블. 스미레에게 취미를 묻자 “가드닝과 요리”라는 대답이 돌아왔기에 가노는 자신이 제대로 봤구나 싶어 혼자 뿌듯해했다.

그런데 술꾼이라니. 그 의외성이 좋았다는 마사요시의 말을 떠올리고 가노도 동감이라고 생각했다.

좋아하는 소설은 미하엘 엔데의 『모모』. 이유는 “거기 나오는 거북이를 좋아하거든요. 귀엽잖아요” 하고 대답했다. 그러고 보니 마사요시가 보여 준 그림에도 등딱지가 쪼개진 거북이가 그려져 있었다.

"《종말의 세계》 전단지 봤어요. 굉장하던데요?"

가노의 말에 그녀가 싱글싱글 웃으며 대답했다.

"별로 대단한 것도 아닌데요."

겸손인가 싶었더니 이어서 말했다.

"일정이 워낙 빠듯해서 솔직히 날림으로 그린 거라 완성도가 아쉬웠거든요. 떳떳하게 내 그림이라고 밝히기도 좀 꺼려지고요. 다음에는 야심 차게 그려 낼 테니 기대하세요."

"오호, 기대하겠습니다."

과연. 다마키가 좋아할 만한 성격이다.

가노는 마사요시가 한 말을 떠올렸다. 그 순간, 그런가, 이런 것이 의외성인가, 하고 거듭 생각했다.

"좋은 여자 맞지?"

당사자가 있는데도 마사요시가 거리낌 없이 칭찬을 했다. 스미레는 뺨을 붉히고 "그만해" 하고 고개를 숙였다.

그러고 보니 마사요시의 머리 모양에서 약간 다른 분위기가 느껴진다. 가노가 "이발소 바꿨어?" 하고 묻자, 그가 벙글벙글 웃으며 "괜찮지?" 하고 말했다.

"스—의 취미래. 좋아하는 남자의 머리를 직접 잘라 주는 게. 흔히 이발소와 초밥집은 바람을 못 피우고 다니던 곳만 계속 다닌다고 하던데, 맞는 말인 것 같아. 스—한테 머리를 맡기면 느낌이 전혀 달라. 진짜 좋아."

(6)

마사요시와 스미레, 그리고 다마키와 한 집에 산다는 것. 단순히 생각해서 재미있을 것 같았다. 욕실과 화장실, 부엌은 공동이지만 파격적인 월세를 생각하면 그리 큰 문제는 아니었다. 몇 년간 친구로 지내며 지켜본 바로는 모두 공동생활에 필요한 최소한의 규칙을 잘 지킬 만한 사람들이다.

"나머지 방은? 마사요시랑 스—를 부른다는 건, 엔야한테도 말해 본다는 건가?"

엔야 신이치.

다마키가 고등학교 때부터 친하게 지낸 친구로 마사요시 커플과는 반대로 가노가 다마키에게 소개받은 유일한 친구였다. 좋아하는 영화와 책, 음악 취향이 맞아서 마사요시 커플과 함께 술자리를 가질 때면 그도 대체로 동석했다. 영화 또는 개인전을 보러 갈 때는 이 다섯 멤버 중 누군가에게 권해서 같이 간 적도 많았다.

"그러려고. 실은 벌써 말했는데, 긍정적인 대답을 받을 수 있을 것 같아. 엔야는 대학교 때부터 부모님의 생활비, 학비 지원을 거절해서 빚이 꽤 있나 보더라고. 월세가 싸서 큰 도움이 되겠다며 반가워했어."

"엔야의 여자친구가 싫어하진 않을까?"

"나도 걱정했는데 괜찮은가 봐. 여자친구는 부모님 집에서 살고 있는데, 당분간 따로 나와서 엔야랑 같이 살 예정은 없대. 뭐, 가끔은 여자친구가 새 집에 놀러 오겠지."

"오호, 기대되는데? 나, 엔야 여자친구 한 번도 못 봤거든."

"나도 그래. 아마 다들 못 봤을걸."

엔야는 자신의 여자친구를 고집스러우리만치 꼭꼭 숨겨 왔다. 친구들과 만나게 해 준 적도 없거니와 사진을 보여 준 적도 없다. 그녀의 이름을 들은 적은 있지만 엔야가 좀처럼 화제에 올리지 않아 잊어버렸을 정도다. 끔찍이 아끼고 좋아해서 친구들에게 보이기조차 아까운 것인지, 아니면 여자친구가 수줍음 많은 소심한 성격이라 그런 것인지는 알 수 없었다.

그러나 같이 살기 시작하면 드디어 얼굴을 볼 기회가 생길지도 모른다. 가노는 기대된다고 말했지만, 다마키는 "딱히 관심 없어" 하고 매정하게 대답했다.

"나머지 두 개의 방에는 내 친구가 들어오기로 했어. 제대로 소개하는 건, 이삿날이 될지도 모르겠네."

다마키가 각본을 쓰면서 알게 된 업무상 관계자일까. 가노는 극단원일 수도 있겠다고 예상했다. 연극에는 돈이 들고 파격적인 월세는 큰 도움이 된다.

"나도 만난 적 있어?"

다마키는 고개를 가로저었다.

"아니, 아직 아무한테도 소개한 적 없어. 그런데 괜찮을 거야. 내가 잘 지낼 정도이니 다른 사람은 분명히 친하게 지낼 수 있을 거야."

"오호, 기대된다."

자신의 급한 성격을 잘 알고 있는 발언에 그만 웃음이 났다.

결국 가노는 그 자리에서 다마키에게 그 집에 들어가 살겠다고 말했다. 이사 일정과 짐 양에 대해 대강 협의한 뒤 가까운 시일 내에 집을 보러 갈 약속까지 잡았다. 며칠 뒤 다마키를 따라 간 그곳은 과연 그녀가 설명한 대로였다. 그 집은 역에서 15분쯤 걸어간 곳에 있었다. 벽에 군데군데 금이 간 흔적이 눈에 띄는 오래된 목조 건물은 볕도 그런대로 잘 들고 무엇보다 분위기가 좋았다.

뒷마당 한가운데에는 이름 모를 나무 한 그루가 우뚝 서 있었다. 나뭇잎이 건물 벽에 닿도록 가지가 힘차게 뻗어 있다. 그 나뭇잎 그림자가 집 앞의 정비되지 않은 먼짓길 위로 마치 그림을 그린 것처럼 또렷이 떠올라 살랑거린다.

나쁘지 않다.

방을 보기도 전인데 가노는 벌써 마음을 굳혔다. 다마키가 사용하겠다던 3층은 벌써 리모델링 공사에 들어갔는지 파란 비닐시트가 둘러쳐져 있다. 그 탓에 지붕이 무슨 색인지는 보이지 않았다.

"이름은 뭘로 할 거야?"

가노의 물음에 다마키가 입술을 오므리고 중얼거렸다.

"이름? 무슨?"

"이 집 이름 말이야. 다마키라면 세련된 이름으로 할 것 같아서."

"아아."

다마키가 시선을 허공에 던졌다. 아무래도 이름을 정해 놓지 않은 모양이다. 가노는 웬일인가 싶었다. 누가 뭐래도 그녀는 연출이 특기인 각본가다. 게다가 다마키는 늘 신중하고 용의주도하게 일을 진행하는 유형이다. 절대 실패하는 일이 없도록.

그녀가 생각에 잠긴 것은 겨우 몇 초간이었다. 다음 순간 고개를 들어 대답했다.

"슬로하이츠."

"슬로? 슬로라면 천천히의 슬로? 퀵이 아니라?"

평소 시간에 쫓기며 일을 하고 있는 다마키에게는 슬로보다 퀵이 더 어울린다. 무심코 입 밖에 내자 미간을 찌푸린 다마키가 "무례하네" 하고 내뱉었다.

"그래. 슬로라이프의 슬로. 천천히, 정성스럽게, 느긋하게의 슬로 맞아. 정신없이 일하다 보면 집만큼은 그런 걸 원하게 되어 있거든. 가노는 모르겠구나, 어쩜 부럽기도 하여라."

한 방 먹고 말았다.

"그리고 '하이츠'는 내가 하이츠 오브 오즈의 케이크를 엄청 좋아하잖아. 여기가 고지대나 언덕이 아니라는 것도 알고, 문맥도 이상하다는 건 아는데 그냥 넘어가."

"오호, '하이츠'가 고지대나 언덕이라는 뜻이었어? 어느 나라 말인데?"

"영어. 뭐야, 괜히 변명했잖아."

"뜻을 알았다고 해서 따지거나 말꼬리를 잡을 생각은 없어."

다마키와 이야기하다 보면 가끔 이런 일이 생긴다. 작은 실수 하나도 놓치지 않으려 옹고집을 부리는 일이. 남에게 무시당하지 않기 위해 철저히 앞서 나가는 자세가 싫지는 않지만, 가끔 딱해 보인다. 아무도 널 공격하지 않아, 하고 안타까운 생각이 든다.

"그런데 '무슨 무슨 하이츠'는 흔한 명칭인데, 그 집들이 죄다 언덕에 있는 것도 아니잖아."

"응. 완전히 일본어가 되었지, 뭐. 단순히 빌라나 아파트 이름으로 쓰일 때도 많아."

급하게 생각해 낸 듯한 슬로하이츠는 이야기하는 사이 그녀의 마음속에 깊이 스며든 모양이다. "결정했어" 하고 그녀가 말했다.

"집 이름은 슬로하이츠로 할 거야. 이 집에서는 다 함께 천천히 시간을 들여 대화를 나눠야 해. 그리고 그만큼 꿈과 이상을 후딱후딱 빨리 이루는 거야. 그렇게 하자."

"여전히 터무니없는 말을 하는구나."

"뭐야, 기껏 생각해서 말해 줬더니. 만화가가 되기 전까지는 본가에 얼씬도 하지 않겠다고 부모님께 큰소리쳤으면서."

두 사람은 집 주변을 한 바퀴 둘러보며 이야기를 나누었다.

다마키가 야단스럽게 한숨을 푹푹 쉬었다.

"나는 그거, 찬성하지 않아. 자기한테 취한 남자라니, 딱 질색이야."

"취한 걸까?"

"취했어."

다마키가 신랄하게 말했다. 그녀는 참견쟁이인 동시에 인정사정없다. 가노와 엔야는 제대로 하라며 그녀에게 혼나기 일쑤였다.

"귀여운 조카딸이 보고 싶은데도 참는다거나, 지금은 부모님을 뵐 낯이 없다거나. 그런 거 전혀 멋있지도 않고 대단해 보이지도 않아. 그건 가노 혼자만의 고집이잖아. 부모님도 아들이 보고 싶으실 거 아냐. 그런 즐거움을 몽땅 거부하고, 자신을 궁지로 내모는 자기 연출 따위, 팔자 좋고 어리석은 고민이야."

"귀가 따갑네."

가노가 장난스럽게 쓴웃음을 짓는다. 그러나 다마키는 웃음기 없이 진지하게 이어서 말한다.

"알고 있겠지만 말할게. 가노가 그리는 세계는 감정이 넘치는데도 거짓 같아."

다마키가 단호하게 말했다. 가노를 똑바로 쳐다보고 눈을 피하지 않는다. 다마키는 늘 그렇다. 언제고 누구와 진심으로 싸워도 좋다고 생각한다. 그리고 가노는 다투는 것을 싫어한다. 매사 원만히 해결하기 위해 저도 모르게 얼굴에 애매한 미소를 띠고 만다.

"'다른 사람을 위해 열심히 노력한다'는 말은 앞으로도 절대 사용하지 마. 그건 사실이 아니잖아. 자기한테 취해 있을 뿐, 귀여운 조카딸의 마음은 저버렸잖아. 자아가 아닌, 살아 있는 타인과 부딪히란 말이야."

"저버렸다고 할 만큼은 아니야. 만나지 못하는 걸 정말 한심스럽게 생각한다고."

"그럼 본가에 가면 되잖아."

다마키가 한 걸음 앞서 걸었다. 이제 방을 보여 주려는 모양이다. 낡은 문은 따가운 햇볕에 바싹 마른 것처럼 보였다. 페인트가 군데군데 벗겨져 절묘한 멋을 자아낸다.

잠자코 다마키의 뒤를 따라가면서 그 뒷모습에 대고 말했다.

"내가 한심하고 또 한심해서 미치도록 힘들 때도 있어."

"그러니까, 그게 바로 자아도취라고."

다마키가 돌아보지 않고 대답했다.

"가노의 만화를 읽으면 알게 돼. 어둠과 잔혹함을 철저히 배제한 탓에 오히려 진실미가 결여되어 있어. 곤란한 일은 절대 일어나지 않고, 좋은 의미에서든 나쁜 의미에서든 너무 착해. 아무리 아동만화라도 타협해야 할 때도 있는 거잖아."

"하긴, 맞는 말이야."

아픈 곳을 찔렸다. 다마키가 눈을 가늘게 뜨더니 "잘 들어" 하고 가노를 어린아이 다루듯 말한다.

"아마 가노는 오늘 내가 한 말을 싹 다 잊을 거야. 유일하게 기억하는 건, 방금 '가노의 만화는 너무 착해'라는 너한테 유리한 말이겠지. 그 말이라면 심적인 여유가 있어서 상처받지 않는 데다 무엇보다 듣기가 좋거든. 너무 착하다는 건 가노가 이상으로 삼는 '가노 소타상(像)'에 딱 들어맞잖아. 이번에는 틀림없이 '나는 너무 착하다니까' 하고 자아도취에 빠져 괴로움에 몸부림치겠지. 그런데 착각하지 마. 방금 내가 말한 '너무 착하다'는 '작가가 자신에게 관대하다'는 뜻이니까."

가노는 대답할 말을 찾지 못해 조용히 "알겠어" 하고 중얼거렸다. 다마키와의 이런 대화는 일상다반사라 익숙하다. 한 지붕 아래 살기 시작하면 더 자주 이렇게 되리라. 마음 단단히 먹어야겠네, 하고 가노는 속으로 몰래 한숨을 내쉬었다.

다마키의 말은 지당한 것도 있는가 하면 너무 엄격해서 본질에서 벗어날 때도 있다. 그러나 가노는 그녀가 친하지 않은 친구의 작업 결과물을 웃는 얼굴로 칭찬하는 모습을 본 적이 있다.

"정말 재미있었어요. 다음에 또 초대해 줄래요?"

진심이라고는 없는 그야말로 소리뿐인 그 목소리를 들었을 때, 가노는 제일 먼저 공포를 느꼈다. 말로 설명할 수 없지만, 다마키와의 말다툼은 전혀 두려워할 필요가 없는 것임을 깨달았다. 다마키의 입에서 저런 목소리가 나오면 끝장이다.

(7)

슬로하이츠의 내부는 상상한 대로였다. 원래 전통 여관이었다더니 당시의 정취가 묻어났다. 널찍한 현관 앞에 크게 자리한 복도. 여기가 옛날에 로비였을 것이다.

천장이 훤히 트여 있어 고개를 들면 2층과 3층 통로 일부가 보인다.

"여기는 모두의 공용 공간으로 하자. 거실 같은 거지."

다마키가 말했다.

"부엌도 이 근처니까 다 같이 여기서 밥도 먹을 수 있어. 볕도 잘 들고."

거실에 나 있는 큼직한 창문은 뒷마당과 연결되어 있는 듯하다. 아직 커튼이 없는 창문에서 한낮의 밝은 햇살이 쏟아진다. 고개를 왼쪽으로 돌리자 그녀의 설명대로 싱크대가 중심이 된 공간이 있었다. 가스대와 냉장고를 설치하면 부엌이 될 것이다.

"왼쪽에 세탁기 놓는 자리랑 욕실이 있어. 말했다시피 거기는 공동이야. 나중에 순서대로 돌긴 할 건데, 오른쪽에 각자의 방이 있어. 크기는 다 똑같고."

그러고는 혀를 살짝 내밀었다.

"3층만 엄청나게 넓고 고급스러워서 미안."

"아니, 괜찮아. 충분히 마음에 들었거든."

"그래?"

다마키는 흐뭇한 기색이었다. 방을 하나하나 안내하면서 "2층과 1층 중에 원하는 곳이 있으면 말해 봐" 하고 계속했다.

"아까 그 이야기 말이야. 솔직히 다마키는 철들었을 무렵부터 모든 것을 혼자 해 왔잖아. 부럽긴 한데."

방을 다 구경하고 나서 가노가 이야기를 다시 되돌렸다. 다른 의견을 가진 사람과 대화하는 것은 나름 즐거운 일이다. 가구 하나 없는 거실로 돌아와 다마키가 고개를 끄덕이더니 토라져서 말했다.

"맞아. 어차피 나는 못 하는 사람의 마음은 이해 못 해."

"알아. 딱히 비난하는 게 아니라, 그냥 뭐랄까, 다마키는 균형이 좋잖아. 네 말대로 내 만화에는 감정이 넘치는데, 반대로 마사요시의 영화에는 감정이 전혀 없지."

"마사요시도 극단적이긴 마찬가지라니까."

마사요시가 그리는 스토리는 완벽한 계산을 토대로 성립되어 있다. 신기할 정도로 등장인물에게서 체온이 느껴지지 않는다. 잘 만들어진 웃는 얼굴과 우는 얼굴의 가면을 쓰고 연기하는 것 같다. 매우 정교하게 만들어진 가면을.

영화 스토리를 만들어 내는 그 자신이 작품 속 비극과 희극에 감정을 이입하지 않는 것이 훤히 드러난다. 그 캐릭터를 조합해 이루어 내는 코미디는 좋은 평가를 받지 못하고 있다.

"진심으로 생명을 불어넣으란 말이야" 하고 다마키가 지적하면, 그는 얼버무리듯 웃으며 "만든 사람의 얼굴이 보이면 창피하잖아" 하고 변명했다.

하루는 가노가 "계산으로도 영화는 만들 수 있겠지만, 감정을 풍부하게 담은 휴먼 드라마가 가슴을 울리는 법이잖아" 하고 조심스럽게 설득했다. 그러나 마사요시는 물러서지 않았다. 언짢다는 듯이 눈을 가늘게 뜨고 코웃음을 쳤다.

"몇 번이든 보고 또 볼 수 있는 영화는 코미디 쪽이잖아."

그 말에 가노는 할 말을 잃고 입을 다물었다. 자신의 감정을 절대로 드러내지 않겠다, 이야기에 짜 넣지 않겠다는 마사요시의 자세는 그에게 확고한 신념이나 철학 같은 것임을 깨달았다. 이후 가노는 마사요시와 그 점에 대해 다시는 논의하지 않았다.

그런데 다마키는 이따금 가노에게 넋두리를 한다. "마사요시는 그것만 극복하면 대성할 수 있는데 안타까워" 하고.

"마사요시는 연애 센스도 탁월하고, 감정이 어떤 건지 제대로 알고 있는데 말이야. 아까워라."

"내 친구한테 말했거든. 다마키와 마사요시와 같이 살 거라고."

"응."

조금 전 이름이 생긴 슬로하이츠. 아직 청소하기 전인 살풍경한 방에는 둥글게 뭉쳐진 회색 먼지가 드문드문 떨어져 있었다.

"그 친구가 재미있겠다고, 부럽다고 하더라. 각본가, 영화감독, 화가. 죄다 창작가만 모였다며."

정확히는 다마키 외에는 모두 '창작가 지망생'으로 '알'에 불과한 데다, 그 알이 부화할지 어떨지 불명이지만. 다마키가 지적할 수도 있겠다 싶었지만, 그녀는 별다른 참견 없이 그저 다음 말을 재촉했다.

"그러네. 그래서?"

"그 친구가 굉장하다며, 마치 도키와 장 같다고 하더라."

'도키와 장'은 1950~60년대에 저명한 만화가들이 모여 살았던 다가구주택의 이름이다.

만화의 신이라 불리는 『철완 아톰』의 만화가 데즈카 오사무가 살던 집에 그를 존경하는 젊은 만화가들이 하나둘 모여 살기 시작했다. 『도라에몽』의 후지코 후지오, 『사이보그 009』의 이시노모리 쇼타로, 『오소마쓰군』의 아카쓰카 후지오. 지금으로서는 믿기지 않을 만큼 호화로운 면면의 만화가들이 한 지붕 아래 살면서 하나같이 만화를 그렸다. 이제는 전설처럼 다루어지는 유명한 이야기다.

자신들이 과연 그 만화가들처럼 될 수 있을지는 아직 염려스러울 만큼 미지수라 과분한 이야기일지도 모른다. 그러나 그 말을 듣고 순수하게 기뻤다. 가노는 계속했다.

"다마키를 제외하면 아직 구체적인 데뷔 전망도 서지 않았지만. 데즈카 오사무 같은 위치에 한 명이 서 있고 모두가 거기로 모인다는 그림은, 듣고 보니 도키와 장과 닮았구나 싶었어."

가노의 설명을 들은 다마키는 잠시 잠자코 있었다. 재미있어하며 달려들 줄 알았건만. 이윽고 다마키가 시원하게 툭 내뱉었다.

"으음, 데즈카 오사무는 내가 아니야. 암, 절대 아니지."

"어? 웬일로 약한 소리를 다 하네?"

늘 자신감 넘치는 그녀로서는 보기 드문 발언이었다. 친구들 중 다마키가 제일 잘나간다. 사실이기도 하고 가노 일행도 그렇게 생각한다. 그것은 게임 같은 것이다. 누구 한 명을 추어올려 리더로 여기는 롤플레잉 게임. 그리하여 그녀의 엄격한 비판도 감수하고 재미있어할 수 있는 것이다. 이에 더해 가노는 다른 사람을 앞에 세우는 것이 특기인 자신의 캐릭터를 비교적 마음에 들어 한다.

"그래? 그렇지도 않은데, 어쨌든 데즈카 오사무는 내가 아니야."

다마키는 얼버무리듯 웃을 뿐, 여러 말은 하지 않았다.

(8)

이사는 각자의 일정에 맞춰 조금씩 진행하게 되었다.

정직원으로 일하는 마사요시는 물론, 스미레와 엔야, 가노도 꿈을 좇는 것 외에 낮에는 아르바이트를 하느라 바쁘다. 다마키는 툭하면 가노 일행에게 "이 니트족들" 하고 말하지만, 프리터족(아르바이트로 생계를 이어가는 사람)은 니트족과는 다른데, 하고 가노는 씁쓸히 웃는다.

"하여간, 이 집 남자들 때문에 내가 못산다니까."

다마키는 가노 앞에서 장난스럽게 한탄을 하곤 한다. 농담조로 "너희 모두 빨리 따라잡으란 말이야" 하고 닦달한다. 확실히 다마키는 가노를 비롯한 친구들 사이에서 혼자만 훨씬 앞질러 가고 있다. 모두 개인적으로 창작가를 목표로 하고 있는데도, 가끔 자신들은 밴드 같다고 생각할 때가 있다. 그 밴드에는 홀로 카리스마를 내뿜는 멤버가 있어서 작사, 작곡도 늘 도맡아 하고, 다른 멤버가 쓴 곡은 앨범에 겨우 한두 곡 들어갈 뿐이다. 물론 실제로는 밴드를 결성하기는커녕 아무런 공동 작업도 하고 있지 않고, 각자 따로따로 작품을 만들고 있는데도 한 사람에게만 부담을 강요하는 기분이 들어 신기할 따름이다.

일을 쉬는 타이밍이 가장 빨리 돌아온 사람은 가노였다.

다마키에게 받은 열쇠를 손에 쥐고, 짐을 가득 실은 자전거를 타고 부지런히 달렸다. 큰 짐은 어쩔 수 없지만, 자잘한 것은 자전거로 여러 번 왕복해서 옮길 생각이었다. 몇 번은 넘어질 뻔하면서 간신히 균형을 잡고 집 앞에 도착했다.

이마의 땀을 닦으며 새삼 슬로하이츠를 전체적으로 바라봤다. 리모델링 공사를 마친 다마키가 거주할 3층은 비닐시트가 치워져 있었다. 1, 2층의 지저분한 크림색 벽과 달리 새것처럼 페인트가 칠해진 3층 벽에는 금이 간 흔적이라고는 찾아볼 수 없었다.

"돈이 없어서 미안. 내가 살 곳만 리모델링했어."

다마키가 농담처럼 애교 섞어 한 말이 떠올랐다.

"돈 많이 벌면 자기 부담으로 리모델링해. 아, 대성하면 여기서 나가겠구나."

같은 계열의 색인데도 벽면이 뚜렷이 구분되어 있어 마치 케이크 단면도 같다. 윗부분의 생크림과 그 밑의 스펀지. 그 위에서는 햇볕을 흠뻑 머금은 지붕이 빛을 잔뜩 반사하고 있다. 얼마 전 비닐시트에 가려 보이지 않았던 지붕은 선명한 파란색이었다.

먼저 온 사람이 있음을 알아차린 것은 지붕을 올려다본 뒤 고개를 되돌렸을 때였다. 포장이 충분히 되어 있지 않은 길가에 물색 경트럭이 서 있었다.

집 안에서 남자 목소리가 났다.

"어이, 책 좀 처분하고 오라고 그렇게 말했잖아. 이번 집에는 다 보관할 수가 없다고."

낮으면서도 힘 있는, 왠지 모르게 위압감을 주는 목소리였다. 이어서 누군가 뭐라고 대꾸했다. 작고 희미해서 가노에게는 들리지 않았다. 조금 전 목소리가 다시 들린다. 2층인 듯하다.

"임대 창고라니……. 빌린다 해도 거기까지 가지도 않을 거면서. 버리든지 팔든지 해. 처분은 그런 걸 가리키는 거라고."

가노는 자전거에서 내렸다. 앞 바구니와, 뒷자리에 동여맨 짐을 놔두고 집으로 걸어 들어갔다. 다마키에게 빌린 열쇠를 쓸 것도 없이 문손잡이에 손을 대자 문은 금방 열렸다.

"짐을 이렇게 싼 것부터가 이상하잖아. 나도 모르겠다, 알아서 해."

그때 퍼뜩 떠올랐다.

슬로하이츠에는 가노의 친구들 말고도 다마키의 지인 두 명이 더 들어오기로 되어 있다. 안에 들어가자 예상대로 차곡차곡 쌓인 박스가 눈에 들어왔다.

순간 놀랐다.

이삿짐을 담은 박스마다 측면에 그림이 인쇄되어 있었다. 원래는 프라모델이나 애니메이션 완구, 피규어가 들어 있던 박스임을 바로 알 수 있었다. '건담', '라이징오', '사이버 포뮬러'. 가노가 아는 것은 그 정도다. 학교 다닐 때 일정 시기 이후로 애니메이션에서 멀어진 탓에 요즘에 나온 것은 전혀 모른다.

완구 박스를, 그것도 이사할 때 쓸 만큼 커다란 박스를 이렇게 많이 모았다는 것은 애니메이션을 무척 좋아한다는 증거다. 정교한 장난감은 크기가 작은 경우가 많다. 돈을 어느 정도 내면 고품질에 크기도 큰 것을 살 수 있겠지만, 예전에 어떤 상점에서 가격표를 보고 하마터면 기절초풍할 뻔한 적이 있다.

마니아는 박스도 애지중지할 법한데, 쌓아 올려진 박스는 애착이라고는 없다는 듯 측면에 매직으로 글씨가 쓰여 있었다.

'식기', '책(소설)', '책(만화)', '의류(겨울)', '게임(플레이스테이션 외)'.

플레이스테이션 외라니, 무슨 기종이 들어 있을까. 맨 밑에 있는 박스를 유심히 지켜보던 그때였다.

"난 간다."

문을 여닫는 소리가 나더니 한 남자가 계단을 내려왔다. 눈이 마주쳤다.

"어?"

가노가 들어왔을 때 인기척을 전혀 느끼지 못했던 모양이다. 그런데도 별로 놀란 기색도 없이 그가 말했다.

"자네는 이 집 사람인가?"

계절은 여름에 접어들었지만, 짙은 회색 정장을 말쑥하게 차려입은 그는 넥타이조차 느슨히 매지 않았다. 신경질적인 동작으로 금속제 안경테를 살짝 밀어 올리는 그는 가노의 주변에 지금껏 없었던 유형이다. 안경 속 기름한 눈이 날카롭게 빛났다.

한창 이사 중이지 않은가. 목소리만 들었을 때는 추리닝, 아니 적어도 편한 셔츠와 청바지를 입은 사람이 작업 중인 줄 알았다. 당황해서 대답할 타이밍이 한발 늦어졌다. 그사이 그가 "잘 부탁하네" 하고 무감동한 말투로 말했다.

그가 정장 안주머니에서 검은 가죽 명함집을 꺼내 가노에게 명함 한 장을 건넸다. 누군가에게 이렇듯 깍듯하게 명함을 받은 것은 처음이었다. 그 명함을 들여다보는데 눈앞에서 그가 직접 자기소개를 했다.

"구로키라고 하네. 아카바네 씨에게 들었나 모르겠군. 다음 달부터 여기 살게 되었으니 잘 부탁하네. 자네도 그렇지?"

"네. 가노 소타라고 합니다."

명함을 보고 속으로 우와, 하고 놀랐다. 얇은 흥분의 막이 가노의 마음을 살포시 어루만진다. 명함에는 '주식회사 대대사'라고 쓰여 있었다. 그 글자와 나란히 '주간 소년 블랑 편집장'이라고 쓰인 것을 보고 숨을 삼켰다. 다마키는 누가 오는지에 대해 귀띔조차 해 주지 않았다.

대대사는 가노가 좋아하는 출판사 중 한 곳이다. 특히 《주간 소년 블랑》을 좋아해 매주 발행일이 돌아오기만을 기다렸다가 구입할 정도다. 만화와 소설, 한창 인기 있는 작가들의 인터뷰 기사 등으로 구성된 종합 엔터테인먼트 잡지. 우후죽순으로 생겼다가 사라지는 동종의 잡지와 달리 오랜 역사와 뛰어난 수준을 자랑한다.

"제가 《블랑》은 매주 사 보거든요. 와, 구로키 씨, 편집장이시군요."

흥분하며 겨우 말했다. 이 사람, 몇 살일까. '편집장' 직함은 나이가 지긋한 사람이 다는 줄 알았건만.

구로키는 웃음기 하나 없이 대답했다.

"인재가 턱없이 부족한 거지. 매주 읽고 있다니, 고맙군."

"아닙니다. 다음 내용이 궁금한 만화와 소설이 해마다 줄어드는 가운데 《블랑》의 연재물은 전혀 그렇지 않거든요."

"고맙네."

구로키가 입가는 꿈쩍도 않고 눈꼬리만 슬며시 내려 미소 지었다. 애매한 미소였지만, 마음에도 없으면서 예의상 과장되게 기뻐하는 것보다는 훨씬 나았다.

"앞으로 신세를 지겠군. 자네도 오늘 이사하나?"

"짐을 조금씩 옮기려고요. 구로키 씨도요?"

밖에 세워 놓은 자전거 바구니 짐이 생각나자 지금 옆에 쌓여 있는 프라모델과 완구 박스에 절로 눈길이 갔다. 구로키는 "하아" 하고 작게 한숨을 쉬었다.

"오늘은 내가 아니라 도와주러 왔는데, 슬슬 가야겠군. 더는 못 봐주겠어."

질렸다는 말투였다. 2층 방에서는 아직 누군가 작업하는 소리가 이어졌다. 구로키가 몸을 틀어 그쪽을 향해 외쳤다.

"그럼 고키. 나는 갈 테니 무슨 일 있으면 전화하도록."

"알겠어."

그제야 구로키와 이야기하던 사람의 목소리가 들렸다. 바로 아래층에서 들어도 여전히 알아듣기 힘들 만큼 작은 목소리였다. 감기에 걸렸을 때처럼 거칠고 쉰 목소리. 마치 거칠게 사포질을 한 듯 명배우 말런 브랜도의 목소리와 아주 비슷했다.

구로키는 가노에게 2층에 있는 사람을 소개하려 들지도 않고

"또 보세" 하는 말만 남기고 얼른 나가 버렸다. 오죽 시간이 아까웠으면, 아니면 원래 그런 것에 신경 쓰지 않는 성격일까. 가노도 말할 타이밍을 놓쳐 버렸다. 하는 수 없이 직접 계단을 올라갔다.

방으로 걸어가며 박스를 보니 이삿짐을 담기에는 적합하지 않은 것들도 눈에 띄었다. 가로세로 30센티미터밖에 안 되는 피규어 박스는 누가 봐도 이삿짐 포장에 부적합하다.

'책'이라고 쓰인 박스가 눈에 들어왔다. 겨우 두세 권 들어갈 만한 크기라, 책을 담기도 꺼내기도 번거로울 텐데 굳이 사용하다니. 마니악한 박스가 많다는 것을 자랑하려는 의도로밖에 보이지 않는다.

작업 중인 그의 방을 들여다봤다. 2층 가운데 방인 202호를 사용하는 모양이다. 그는 방 안에 웅크려 앉아 박스에서 내용물을 하나하나 꺼내 바닥에 늘어놓고 있었다. 가노가 들어온 것을 알아차리자 몸을 요란하게 뒤로 젖히더니 앉음새를 바로 했다.

키가 껑충하고 마른 남자였다.

팔이 길고 손바닥이 큼직하다. 방금 일부러 등허리를 꼿꼿이 세워 앉았는데도 새우등인 것이 티가 났다. 빗질도 하지 않은 듯한 부스스한 머리에 가려 얼굴이 보이지 않는다.

굽은 등과 긴 팔. 이 체형을 어디선가 본 기억이 있다, 하고 생각하고 곧바로 알아차렸다. 시야 끝에 있는 피규어 박스가 눈에 들어온다. 거기에 있는 그림, 사회현상까지 일어난 대인기 애니메이션 《신세기 에반게리온》 초호기의 보라색 몸체에 눈이 빨려 들어간다. 그는 이 몸체를 많이 닮았다.

명작 SF 영화인 《블레이드 러너》의 포스터 그림이 프린트된 티셔츠에 아디다스 추리닝 바지. 아까 만난 구로키와 달리 이 사람은 이사 작업에 걸맞은 옷차림이다. 그러나 일부러 작업복을 챙겨 입은 것이 아니라 그냥 평상복이라는 생각이 들었다.

"아, 죄송합니다. 안녕하세요."

서먹서먹한지 그가 고개를 숙이고 말했다. 역시 그 거슬거슬한 쉰 목소리다. 머리카락 사이로 간신히 보이는 얼굴 표면에 여드름 흉터가 번져 있었다.

"여기 사람인가요?"

"아, 네. 1층으로 이사 온 아카바네 다마키의 친구 가노 소타라고——."

합니다.

말이 나오다 말았다. 인사를 주고받는 도중 그가 고개를 돌리는 바람에 앞머리 사이로 눈동자가 뚜렷이 보였기 때문이다. 기억 속 깊은 곳에서 뭔가가 가시처럼 따끔따끔 찔러댄다. 갑작스러운 자극에 가노는 당황했다. 축적된 기억의 표면 위로 어떤 광경이 하나 펼쳐졌다.

여기는 그때 그 집이 아니다.

그러나 기억은 이곳 슬로하이츠를 배경으로 재현되었다. 이 집의 현관, 아까 가노가 들어온 입구 앞으로 셀 수 없이 많은 마이크와 카메라가 몰려든다. 그가 나오는, 그 한순간의 얼굴을 포착하기 위해 어두운 밤에 플래시를 터뜨린다. 마구잡이로 셔터를 누르다 보면 그 결정적인 순간을 카메라에 담을 수 있다고 기대해서인지, 몇 번이나 몇 번이나.

문이 열린다. 사람의 목소리가 하나로 뭉쳐지면 말의 의미는 지워지고 그저 '우우—' 하고 웅성거리는 소리로밖에 들리지 않는다는 것을 가노는 고등학교 2학년이던 그날 알게 되었다. 나오면 안 돼, 하고 입술을 깨물었다. 속이 울렁거렸다. 안 돼, 나오지 마. 여기서부터 그 폭풍이 시작된다.

——책임을.

오오—, 와아—, 사람들은 고약하게도 흥분의 도가니에 빠져 환성을 질렀다. 그중 누군가 소리쳤다. 문을 연 그는 눈을 휘둥그렇게 떴다. 공포나 혐오감, 불쾌감도 없이 그의 표정에는 오직 경악만이 있었다. 잔혹하게도 그는 자신의 주변에서 무슨 일이 일어났는지 전혀 알지 못했다.

——책임을 느끼십니까?

가노의 머릿속에 되살아난 플래시백은 카메라의 셔터 소리와 함께 하얗게 섬광을 번쩍이고 갑작스레 사라졌다.

모습을 본 것은 그때가 처음이자 마지막이었다. 당시 계절은 지금과 같은 여름이었다. 카메라 앞에 나타났던 그는 지금과 마찬가지로 티셔츠와 추리닝 바지 차림이었다. 차이가 있다면 티셔츠에 마쓰모토 레이지의 만화 『스탠리의 마녀』 속 폭격기가 그려져 있던 것과, 추리닝이 반바지였다는 것이다.

아까 구로키가 불렀던 이름. 고키.

다마키는 누가 오는지에 대해 귀띔조차 해 주지 않았다.

산더미처럼 쌓인 프라모델 박스. 그라면 자랑하기 위해서가 아니라, 그냥 요령이 없을 뿐이라는 것을 알 수 있었다. 무섭도록 냉정하고 똑똑한 반면, 실생활에서의 요령이 무섭도록 없다고 언젠가 그의 작품을 읽었을 때 짐작했다. 박스 측면을 다시 읽어 본다. '책(자료-총)', '교정쇄(레이디 매디)', '자료(대대사)'.

――데즈카 오사무는 내가 아니야.

다마키의 목소리를 떠올리고 당했다, 하고 생각했다. 제길, 그 서프라이즈를 좋아하는 권력 지향자!

하마터면 '고 짱'이라는 애칭을 입 밖에 낼 뻔한 것을 참았다. 목과 입술이 긴장과 흥분으로 바짝바짝 타 들어가고 어깨에서 열이 난다. 가노는 어안이 벙벙한 채 물었다.

"작가, 지요다 고키 씨, 인가요?"

"아아, 네. 맞습니다. 접니다."

눈앞의 지요다 고키가 싱겁게 고개를 끄덕였다.

아카바네 다마키가 소집한 슬로하이츠의 생활은 그렇게 일곱

명으로 시작하게 되었다. 우선 3층에는 집주인인 다마키가 산다.

101호에는 가노.

102호에는 마사요시.

103호에는 스미레.

201호에 배정 받은 사람은 다마키의 고등학교 동창인 엔야. 그러나 그는 이미 나갔다. 지금은 빈방이다.

203호, 2층 가장 안쪽은 대대사의 구로키.

그리고 202호. 그곳에는 위대한 작가 지요다 고키.

제3장

지요다 고키에 대해 이야기하자

(1)

다마키는 한 파티에서 지요다 고키를 만났다.

그 파티는 OVA(오리지널 비디오 애니메이션의 약자로, TV 방영이나 극장 상영 없이 DVD나 블루레이로 출시되는 애니메이션 작품) 제작 발표 행사였다.

그 무렵 다마키는 그 제작사의 또 다른 애니메이션 영화의 각본 의뢰를 받은 상태였다. 한 작가의 여러 단편소설을 몇몇 각본가의 손을 거쳐 옴니버스 형식으로 엮는 기획인데, 다마키는 그중 딱히 뜨겁게 달아오르거나 차갑게 가라앉는 요소가 없는 잔잔한 이야기의 각본을 맡았다.

수록 순서는 세 번째 혹은 네 번째. 처음 두 편도, 마지막 두 편도 아닌 그 순서를 생선회에 비유하자면 회에 곁들이는 채소나 해초 같은 느낌이었다. 기름지고 고소한 붉은 살도, 감칠맛

있고 얇은 흰 살도 아닌, 그 생선회 밑에 깔아 놓는 무채처럼 '부수적인 것' 말이다. 공간을 채우기 위해 존재하면 되고, 대부분 의식되는 일 없이 버려지는 곁다리. 그렇기 때문에 누군가 관심을 가지려 해도 번거로움이 따른다.

다마키는 지난해에 어느 정도 규모가 큰 영화제에서 각본상을 수상한 직후였다. 시기가 맞아떨어진 것이다. 젊은 작가의 단편소설을 더 젊고 최근 화제에 오른 각본가에게 의뢰한 것이다. 제작사 측에만 이롭고 다마키에게는 그리 매력적인 제안이 아니었지만, 그녀는 흔쾌히 받아들였다.

그 소설의 원작자는 지요다 고키. 그도 올 테니, 시간 괜찮으시면 오세요. 그 파티는 애니메이션 제작사의 프로듀서에게 그런 경위로 초대받은 것이었다.

"저기 있다, 저기, 지요다 선생님."

길게 늘어선 인파를 헤치며 다마키를 안내하던 프로듀서가 그의 이름을 불렀다. 도쿄 진보초에 위치한 호텔 내 행사장의 높은 천장에서 옛날식의 노랗고 센 조명이 내리쬔다.

조명이 민소매 밖으로 드러난 팔에 닿는 것이 느껴진다. 그를 소개받기 전에 다마키는 가슴에 달린 큰 리본 모양을 다듬어 놓으려 했지만 기회를 놓치고 말았다. 뒤늦게 후회가 된다.

고개를 들자 그가 있었다.

아무도 음식을 거들떠보지 않는 가운데, 그가 혼자 큰 접시를 들고 닭튀김을 먹고 있었다. 갑자기 이름을 부르는 소리에 식사 중이던 그가 움찔 허리를 폈다. 입을 오물거리며 놀란 눈으로 이쪽을 돌아본다.

키가 껑충한 새우등 체형. 파티 자리에 전혀 어울리지 않는 티셔츠와 청바지 차림.

"아아, 야마모토 씨――."

그가 쉰 목소리로 다마키 앞에 선 프로듀서의 이름을 불렀다. 고키의 시선이 야마모토를 지나 뒤에 있는 다마키를 봤다. 검은 정장 원피스 차림의 다마키를 포착한 순간 안색이 굳으면서 눈알을 이리저리 굴렸다. 모르는 사람을 만나면 쉽게 긴장하는 성격일까. 그가 쩔쩔매는 눈빛으로 야마모토를 쳐다봤다. 고키의 얼굴에는 놀라다 못해 혼란스러워하는 기색이 역력했다.

그는 정말 난감하다는 듯이 그 자리에 우뚝 서 있었다.

그가 바로 지요다 고키다. 세 가지 정도가 다마키의 눈에 절로 들어왔다.

하나는 식사 중이던 고키의 입가에 묻은 닭튀김 부스러기와 기름. 파티로 떠들썩한 가운데 정신없이 먹어서인지 그는 입이 지저분해진 것도 모르는 듯했다.

두 번째는 젓가락질이 그냥 주먹을 움켜쥔 모양인 것. 엉터리 젓가락질로 아슬아슬하게 음식을 열심히 집어 입에 넣다니, 그동안 상상했던 지요다 고키의 모습과 잘 어울린다고 내심 고개를 끄덕였다.

그리고 세 번째는 그가 입은 티셔츠였다. 데즈카 오사무의 만화 캐릭터가 그려져 있는데 이름이 생각나지 않아 민망하다. 만약 그 캐릭터에 관한 대화가 오고가면 다마키는 눈만 말똥말똥 뜨고 있어야 한다.

"이런 데 와서 열심히 드시는 건 여전하네요, 지요다 선생님."

야마모토가 고키에게 다마키를 소개하기 앞서 가볍게 입을 열었다. 그의 입에서 '선생님' 소리가 나올 때면 친근감이 깃든 놀림조로 들렸다. 다마키는 두 사람의 관계가 무척 가깝다는 것을 알게 되었다.

"아카바네 씨. 지요다 씨는 식습관이 상당히 극단적이랍니다. 그래서 이렇게 말랐지요. 얼마 전에는 진짜 영양실조로 쓰러졌다고 하더군요. 웃을 수도 없고 참."

야마모토가 치아를 드러내고 호쾌하게 웃으며 말했다. 이번에는 '선생님' 대신 '씨'를 붙여서 부른다. 평소에는 그렇게 부르는 듯하다. 다마키는 최대한 부드럽게 들리도록 "그런가요?" 하고 미소로 끄덕였다.

"지요다 씨, 이쪽은 이번에 지요다 씨 작품의 각본을──."

야마모토가 한 발 옆으로 비켜서 다마키에게 앞으로 올 것을 권했다. 이어지는 내용을 다마키는 마음속으로 준비해 놓고 있었다. 야마모토가 "각본을 담당하는 아카바네 다마키 씨입니다" 하고 소개하면 다마키는 우아하게 미소를 머금을 생각이었다. 오래전부터 준비해 온 것이다. "처음 뵙겠습니다, 지요다 선생님" 하고 친근감이나 장난기 없는 담담한 말투로 진심을 담아 그의 이름을 부르는 순간을 줄곧 기다려 왔다.

그러나 그렇게는 되지 않았다.

다마키가 한 발 앞으로 나온 그때였다. 고키가 정면에서 다마키의 얼굴을 빤히 쳐다보나 싶더니 이내 시선을 싱겁게 피하고 도망치듯 자신의 발끝을 봤다. 그러고는 말했다.

"아아. 오랜만입니다."

작게 중얼거린 그 목소리에 다마키는 한껏 준비했던 미소를 거둬들였다. 표정이 굳는다. 옆에 있던 야마모토가 "헉" 하고 놀라는 소리가 들렸다.

고키는 조용히 서 있었다. 왜 그러냐는 듯 야마모토와 다마키의 얼굴을 번갈아 봤다.

"지요다 선생님, 정말 너무하시네. 그건 또 무슨 장난입니까? 누구랑 헷갈리는 거예요?"

다시 '선생님'을 붙여 말하는 야마모토는 명백히 초조해하고 있었다. 그 모습이 안쓰러워 다마키는 애써 미소를 지어 보였다. 그 쓴웃음을 보고 고키가 퍼뜩 깨달았는지 "아앗!" 하고 요란하게 소리를 질렀다. 그러고는 허둥지둥 다마키의 얼굴을 들여다본다.

"죄송합니다, 제가, 딱히, 그……."

그가 진지하게 횡설수설하는 모습을 보고 있자니, 방금 그 인사말이 사람을 잘못 보고 한 말임을 인정하는 것 같아 괜히 비참한 기분이 든다. 내가 왜 여기 있는 걸까, 원피스까지 차려 입고. 전혀 상관없는 것까지 신경에 거슬리더니 뜬금없이 불안해진다.

"아뇨."

다마키는 최대한 평정을 가장해 말했다. 이 사람에게 자신의 존재는 하찮은 것이라는 말을 들은 것이나 다름없었다. 고키는 아마 다마키가 그동안 써 온 각본을 하나도 확인하지 않았고, 지금 작업 중인 그의 애니메이션 영화 일도 기가 막힐 만큼 무관심할 것이다. 소설을 쓰는 것 말고는 아예 관심을 두지 않는 것이다.

그가 지요다 고키인 것이다.

다마키는 새삼 미소를 짓고 가슴을 펴고 말했다.

"처음 뵙겠습니다. 아카바네라고 합니다. 지요다 선생님의 왕팬이에요."

악수하려고 오른손을 내밀자, 고키가 한참을 망설이더니 손을 천천히 뻗어 왔다. 큼직한 손이 깨지기 쉬운 물건을 감싸듯 양손으로 다마키의 손을 감싼다. 악수는 각자 한 손을 내어 맞잡는 것인데, 그는 양손으로 다마키의 손을 잡았다. 닿을 듯 말 듯 표면을 쓰다듬는 듯한 체온을 살짝 남기고 금방 물러갔다. 그렇게까지 황송해할 필요 없건만, 그는 손을 떨고 있었다.

"……죄송합니다."

손을 놓는 순간 그가 울 것 같은 목소리로 말했다. 이 상냥하고 섬세한 사람의 눈에 자신의 모습이 비치는 일 없이 다른 사람으로 잘못 보고 넘어갈 뻔했다고 생각하니, 괜히 슬프고 억울해졌다. 다마키는 속으로 이제 됐어요, 그만하세요 지요다 선생님, 오랜만입니다라니 너무하잖아요, 하고 읊조렸다.

(2)

지요다 고키에 대해 이야기해야겠다.

지요다 고키. 본명은 지요다 고키(千代田公輝), 필명은 가타카나 지요다 고키(チヨダ・コーキ)로 표기한다. 중고등학생 사이에서 절대적인 인기를 자랑하는 소설가. 인물을 자유자재로 구사해 슬랩스틱 코미디와 블랙 유머가 특기인 반면, 그 안에 사회적 풍자와 현대인의 병폐라는 모티브를 교묘히 짜 넣는 작풍을 추구한다.

그는 15년 전 고등학교에 재학 중이던 17세에 『V.T.R.』로 대대사에서 노벨신인상을 수상하며 데뷔했다. 이후 차근차근 작품을 발표하여 데뷔 2년 뒤 『모르핀의 선물』(대대사 간행)이 그의 작품 중 처음으로 TV 애니메이션으로 제작되었다. 그 후 발표된 지요다 고키의 소설은 대부분 애니메이션과 게임, 만화책 등 다른 매체로 확장되었다.

소설이나 애니메이션, 피규어 등의 굿즈. 그가 창조한 세계와 관련된 모든 것은 총칭 '지요다 브랜드'로 불린다.

가벼운 문체로 필요한 것만을 명확한 말로 전하는 메시지성. 검과 마법, 총이 등장하는 이세계를 무대로 하고, 현실 세계 속에도 거의 있을 수 없는 판타지 세계관을 들여온다. 그러면서도 '현대사회의 사실적인 모습'을 그려 내는 자세가 높이 평가되어 '오늘날을 도려내는 작가'로 불린다. '오늘날을 도려내다'라는 표현은 그의 소설 『FLOW』(××××년, 대대사 간행)의 등장인물 사쿠라이 도모미가 지닌 '시간을 도려내는' 특수 능력에서 유래한다.

출신지와 학력 등 그의 구체적인 경력은 무엇 하나 알려지지 않았다. 인터뷰나 대담 의뢰를 받아도 모습을 드러내지 않고 진행한다. 물론 얼굴도 비공개다.

지요다 고키는 10년 전에 3년간 펜을 놓은 것을 제외하면 일이 매우 순조롭게 풀린 현역 작가다.

현재 엔야가 나간 뒤 슬로하이츠에서는 세입자를 모집 중이다. 가노와 마사요시는 각각 친구에게 전화해 이 집에서 살면 어떻겠느냐고 제안했다. 그런 다음 친구들의 반응을 살폈지만 만족할 만한 반응은 웬만해서는 나오지 않았다. 사실 불합격자가 속출하는 다마키의 면접에 도달하는 것조차 어려운 일이다.

"야, 너희 건물에 지요다 고키가 산다던데, 진짜야?"

이렇게 나직이 속삭이듯 말해서는 안 된다. 호기심이 동해 적극적으로 반응해도, 또 금기 사항을 언급하듯 지나치게 신중한 태도를 보여서도 곤란하다.

"그 지요다 고키가 살고 있다니."

너무 경계하는 반응을 접하면 당연히 가노도 안타깝고, 무엇보다 그런 태도는 집주인이 허락하지 않는다. 정작 당사자인 고키는 여느 때처럼 "어쩔 수 없어요" 하고 말할 뿐이지만.

"어쩔 수 없어요. 평생 사람들의 입에 오르내릴 각오가 되어 있고, 반대로 아무도 언급하지 않으면 서운하게 생각할 지경까지 사태가 진행되었을지도 몰라요. 다들 내가 필요 없나? 하고 불안해할 것 같아요."

"사태라니요?"

알게 된 지 얼마 안 되었을 무렵 물어본 적이 있다. 그때 가노는 고키에게 존댓말을 썼다. 그가 다섯 살이나 많고 무엇보다 동경하던 작가였기 때문이다.

"사태는 제 병의 진행 상황을 가리킵니다."

"병이요?"

"네. 병명은 피해망상이죠."

웃어 버렸다.

"피해망상을 병이라고 한 것부터가 자각이 있다는 거잖아요."

"네. 그래서 상처도 얕고 증상도 가볍습니다."

고키의 피해망상은 10년 전 그날 시작된 걸까, 아니면 원래 있었을까. 그러나 결코 장난스럽지 않게, 가벼운 뉘앙스로 자연스럽게 말하는 그의 모습이 가노에게는 매우 강인하고, 과장해서 말하면 고귀해 보였다.

(3)

10년 전 고등학교 2학년인 가노가 방에서 입시 공부에 힘쓰고 있는데, 거실에 있던 어머니가 "안 씻니?" 하고 불렀다.

눈앞의 시계를 보니 밤 10시가 넘었다. 가노는 "네에" 하고 뭉그적뭉그적 대답을 하고 문제집을 덮었다. 거실을 지나쳐 가는데, 어머니가 "얘, 저것 좀 봐라" 하고 불러 세웠다.

"에구, 끔찍해라. 후쿠시마 현 산속에서 서로 죽고 죽이는 일이 벌어졌다는구나."

"서로 죽고 죽여? 무슨 소리야?"

당시 가노의 방에는 TV가 없었다. 마침 10시 뉴스 프로그램 시간이라 거실 TV를 들여다봤더니 흥분에 휩싸인 아나운서의 목소리가 들렸다. 오랜만에 빅뉴스가 터진 듯했다. 화면 속 앵커들의 얼굴이 평소보다 험악해 보인다. 스튜디오에도 왠지 긴장감이 느껴졌다.

생각건대 인간이란 여유로운 비일상에 노출되었을 때, 거기서 이벤트성을 발견해 내는 생물이다. 단조로운 일상에 나타난 이벤트에 매달려 그 일에 관계되기를 간절히 바라고 만다.

『후쿠시마 현경 본부 앞에서 전해드립니다. 지금 발견된 시체의 신원 확인을 위해 계속해서 유가족으로 보이는 분들이…….』

직업상 공공연한 자리에 서 있으면서도 도취에 가까운 자의식 과잉과 흥분. 끔찍한 일이 벌어졌습니다, 하고 안타까워하는 비통한 목소리마저 그 고양감의 결과로 들린다. 그 개인이 나빠서가 아니다. 그것은 인간의 천성이다.

"서로 죽고 죽이다니, 무슨 소리야? 몇 명 죽었는데?"

"아직 확실한 건 모른다고 하는데, 열다섯 명이나 발견되었다는구나. 에구, 무서워라. 산속에 폐업한 병원이 있는데 거기서 다 같이 죽으려고 했나 봐. 집단 자살이라는 거 있지?"

"응."

갈아입을 옷과 수건을 바닥에 내려놓고, 가노는 거실에서 뉴스를 더 지켜보기로 했다.

"요즘 저렇게 알지도 못하는 사람끼리 만나서 죽는 걸, 집단 자살이 아니라 집합 자살이라고 부르는 게 옳다고 하던데."

"그래, 그거라고 하더구나."

어머니는 아들의 말은 아무래도 상관없다는 듯 자신의 맥락만으로 말을 이었다.

"편하게 죽는 방법을 알고 있다면서 사람을 모집했는데, 알고 보니 건물 안에서 서로 죽고 죽이기였다는구나. 무슨 생각을 하는 건지, 원. 가장 어린아이는 겨우 열다섯 살이란다, 중학교 3학년. 그 나이에 죽으려고 하다니 말도 안 돼."

중고등학생이 사건에 휘말리는 일은 이제 드물지 않다. 예외가 한 번 생기면 인간은 그다음을 쉽게 허락해 기존의 상식을 끝없이 무너뜨린다. 피해자에 그치지 않고 가해자가 되는 중고생들의 사건에도 가노는 이제 놀라지 않게 되었다. 그리고 그런 사건에 진저리를 친다.

타이밍을 잰 듯이 TV 화면에 후쿠시마 현의 어느 중학교 앞이 나왔다. 얼굴 대신 목부터 아래만 나온 교복 차림의 여학생이 띄엄띄엄 말했다. 옆에 '피해자로 보이는 소년의 급우는――' 이라고 흰색 자막이 들어가 있다.

『……군은 얌전하고, 친구는 없었을 거예요. 왕따 같은 건, 잘 모르겠어요.』

이번 사건의 주모자도 젊은 사람일까. 처음에 사람을 모으기 시작한 인물.

정보를 알아내고 사건의 윤곽을 파악하려고 호기심에 TV를 보는 가노의 귀에 그때 믿기지 않는 말이 날아들었다.

"소타, 너 '지요다 고키'라는 소설, 아니?"

놀란 나머지 귀를 의심했다. 가노는 "뭐?" 하고 어머니를 돌아봤다. 눈을 부릅뜨고 쳐다보는 아들에게 어머니는 차분한 목소리로 같은 말을 반복했다.

"너도 아니? 유명하다고 하던데."

"……알지."

잘 안다. 그리고 정확히는 '지요다 고키'라는 소설이 아니라,

'지요다 고키'라는 소설가다. 그 어설프고 어중간한 지식을 어머니는 어디서 알게 되었을까. 그것은 어머니가 언급할 만한 종류의 단어가 아니었다.

뜬금없이 그건 왜? 하고 물으려던 그때, TV 화면이 갑자기 더 소란스러운 영상으로 바뀌었다.

『지요다 씨!』

고함 소리가 들렸다. 몰아세우는 듯한 비난의 목소리였다.

『지요다 씨, 안에 있죠? 당장 나와요, 지요다 씨!』

'오늘 밤 9시 반경'이라는 자막이 들어가 있다. 사건이 발각되고 몇 시간 후의 영상임을 알 수 있었다. 작은 빌라 앞에 엄청난 수의 마이크와 카메라가 몰려들었다. 노란색 플래시가 쉴 새 없이 터진다. 웅성거리며 떠드는 소리가 예사롭지 않다.

화면을 쳐다보며 어머니가 가르쳐 주었다.

"서로 죽고 죽이게 한 범인이 글쎄, 그 소설을 흉내 내서 사건을 일으켰다는구나."

가노는 숨을 들이마셨다. 잠시 그 숨을 멈추고 다급하게, 그야말로 집어삼킬 기세로 화면을 다시 쳐다봤다.

벌써 수없이 방영된 영상이리라. 어머니는 별 감흥 없이 그것을 보고 있었다. "지요다 씨!" 하고 외치는 소리가 들린다.

그만해, 하고 가노는 거의 무의식적으로 생각했다.

폐허가 된 병원에서 서로 죽고 죽이는 이야기. 가노의 머릿속에 소설 하나가 떠올랐다.

『투명한 불길』.

가까운 미래의 가공 도시를 무대로 한 지요다 브랜드의 초기 작품이다. 도시가 대규모 홍수에 휩쓸리면서 산속 병원이 외부로부터 고립된다. 적은 연료와 밀어닥치는 물에 대한 공포. 바깥에서 헤매다 들어온 주인공은 혼란에 빠진다.

자신들을 맞이하는 사람들 중 누가 환자이고 누가 의사인가. 애초에 이곳은 정말 병원이 맞는가. 주어진 정보를 믿는 것으로밖에 인간은 각 존재의 이름을 발견해 낼 수 없는 것인가. 애초에 그런 것에 의미가 있는가.

의심에 사로잡혀 이성을 잃은 사람들이 서로 죽고 죽이는 이야기를 하면서 동시에 인간의 정체성을 명제로 다루는 진지한 소설이다. 그렇다, 그 소설에서는 확실히 사람이 죽는다. 마지막에는 아무도 살아남지 못한다.

그렇더라도 이게 웬일이란 말인가.

"저 사람, 몇 살이니? 저런 식으로 살인 이야기만 써대는 거야? 너도 읽어 본 적 있어?"

어머니가 눈살을 찌푸리며 물어본다. 가노는 대답할 마음이 조금도 일지 않았다.

워낙 왕팬도 아니거니와 수많은 열광적인 팬에 비하면 자신은 무시되어도 어쩔 수 없는 하찮은 수준의 독자다. 그러나 외치고 싶었다. 나는 이 사람의 책을 읽고 있다. 2층 내 방에 가면 책장에 그의 소설이 가지런히 꽂혀 있고, 일주일에 한 번,

화요일 저녁 6시에 하는 애니메이션도 챙겨 본다.

문제집을 10페이지 풀면 지요다 브랜드의 단편소설을 하나 읽어도 된다. 그런 식으로 규칙을 정해서 좋아하는 음악을 헤드폰으로 들으며 소설을 읽는 것이 큰 즐거움이다.

지요다는, 고 짱은 그런 작가다. 엄마, 그의 소설이 얼마나 재미있는데.

그 말을 입 밖에 내 봤자 이해해 주지 않으리란 것을 안다. 전부터 지요다 브랜드가 우리 세대의 소설임을 알고 있었다. 독서를 권장할 터인 부모나 학교 교사도 자식이나 학생이 지요다 브랜드를 읽으면 못마땅해 할 것이다. 그렇게 숨어서 즐기는 재미로 그의 책을 좋아하고 아껴 온 것에 대한 대가를 이제 와서 갑자기 치르도록 요구받는, 그런 기분이었다.

여유롭기 때문에 누릴 수 있는 이벤트.

이 말은 사실 슬로하이츠에 살게 되면서 다마키가 지적한 것이다. 그녀는 타인의 가치에 의존하는 것을 싫어한다. 특히 자신이 뭐라도 되는 양 자기 영웅주의에 심취해서 타인의 가치에 편승하는 것을 극도로 싫어한다.

"독자도 즐겼을걸."

어느 날 밤, 고키가 없는 자리에서 다 같이 그 사건에 대해 이야기를 나눴을 때 다마키가 말했다.

"'나도 읽어 본 적 있는 작가'. 그 사실은 자신과 세계를 연결하기에 안성맞춤이지. 고 짱이 짊어진 것을 공유함으로써 독자는 지요다 고키를 통해 그 이벤트와 세계를 가까이 느낄 수가 있어. 그러면서도 실제로 자신들은 아무것도 '책임'질 필요가 없지. 기분에 쾌감을 주는, 쉽사리 자아도취에 빠질 수 있는 이벤트인 거야."

다마키의 말도 이해가 되었다. 그 사건 후 지요다 고키는 단숨에 인지도가 올라가 지금껏 그의 작품을 읽어 본 적 없는 아이들도 자발적으로 읽게 되었다. 그 사건 때문에 관심을 가지게 되었을 뿐만 아니라, 개중에는 '원래 그를 알고 있었다' 하고 허세를 부리고 싶어서 읽는 아이도 있었다. 갑자기 목청껏 지요다 브랜드를 극찬하거나 반대로 심할 정도로 깎아내리는 식이었다.

다들 이벤트를 가장 좋은 자리에서 구경하며 함께 열광하고 싶어서 안달했을지도 모른다.

"그런데 고 짱은 그걸 용서했더라."

마사요시가 말했다.

"그게 흥분이었든 이벤트였든 자신의 아픔에 의존한 독자에게 일일이 감사하고 있어."

"맞아. 그래서 나는 딱히 그걸 나쁘다고는 생각 안 해."

스미레의 맞장구에 다마키가 고개를 내저었다.

"내가 한 말은 한낱 감상에 불과해. 그 사건 후 멋대로 분석한 거고. 인간의 심리를 입맛대로 억측하다니, 나도 벌써 직업

병에 걸렸나 봐."

『지요다 씨, 책임을 느끼십니까?』

문이 열린다. 지요다 고키가 얼굴을 내민다. 가노의 몸속에 소름이 쫙 돋았다.

창백한 얼굴에 비쩍 마른 몸으로 망연히 서 있는 청년.

지금껏 구체적인 경력은 무엇 하나 공개된 바가 없으며, 대중매체 앞에 모습을 드러내는 일 없이 소설을 써 온 그의 모습이 강렬한 빛과 함께 빌라 2층에 떠오른다. 눈동자는 경악의 빛으로 가득했다. 그는 그날도 내내 방에서 소설만 쓰는 바람에 아직 무슨 일이 일어났는지 알지 못했다.

흥분으로 상기된 뺨을 가라앉히며 그를 둘러싼 기자들이 앞다투어 지요다 고키에게 사건의 개략을 설명했다. 그는 눈을 휘둥그렇게 뜬 채 자초지종을 듣고 있었다. 그는 자신의 의지와는 상관없이 상황에 휩쓸리고 있었다.

『이 섬뜩한 눈초리에, 바깥 세상에 겁먹고 벌벌 떨기나 하는 수상해 보이는 남자가 고 짱이었다니, 실망이야. 하나도 안 멋있잖아.』

『그러게. 그동안 왜 얼굴을 공개하지 않았는지 알 만한 외모라 더 안타깝더라.』

팬들이 블로그를 비롯해 SNS에 쓴 댓글을 며칠 뒤 어떤 신문에서 게재한 것을 봤다.

그러나 가노는 뉴스를 보면서 저 사람이야말로 틀림없는 지요다 고키라고 생각했다. 지금껏 어떤 삶을 살았고 어떤 식으로 소설을 써 왔는지는 전혀 모른다. 그러나 틀림없다. 그가 자신들을 열광시킨 바로 그 고 짱이다.

겁먹고 벌벌 떨었다고 쓰여 있었지만, 그것은 처음 몇 분에만 해당되는 이야기였다. 무슨 일이 일어났는지, "당신 소설 때문에 사람이 죽었다고요"라는 말을 듣고 그의 눈 속에 갑자기 날카로운 빛이 깃들었다.

『정말입니까?』

흔들림 없는 목소리가 오히려 되묻는다.

『정말 그런 일이 벌어졌습니까?』

파랗게 질린 얼굴. 그러나 그의 표정에 당혹감과 초조감은 온데간데없이 사라져 있었다.

그에게는 데뷔 당시부터 그를 보살펴 온 실력 있고 뛰어난 브레인, 즉 담당 편집자인 구로키가 있다. 그를 취재하는 자리에는, 설령 그 취재가 다른 출판사의 기획이라 하더라도 반드시 동석하던 구로키가 유독 그날만 한발 늦은 것이다. 구로키는 연결되지 않는 전화에 지쳐 편집부를 뛰쳐나와 택시를 타고 고키의 집으로 향했다. 그러나 교통 체증에 발이 묶여 택시 안에서 휴대용 TV로 고키의 발언을 듣게 되었다.

그 후 실컷 물의를 빚게 되는 한마디를, 고키는 브레인 없이 온전히 제 목소리로 내뱉었다.

『만약 그게 사실이라면.』

희미하게 떨리는 그 목소리로 그는 한 마디 한 마디를 또박또박 발음했다.

『제가 쓴 것이 그렇게까지 사람에게 영향을 준 것을 어떤 의미에서는 영광으로 생각합니다. 인간의 가치관을 뒤흔들다니, 소설이란 제가 생각하는 것보다 훨씬 굉장하군요. 작가로서 더 할 나위 없이 행복합니다.』

그 말에 택시에 있던 구로키는 머리를 싸쥐었다고 한다.

그때 고키는 그 밖에도 다양한 말을 같은 목소리로 했을 것이다. 희생자에 대한 애도의 뜻과 사죄의 말도 아마 전했을 것이다. 그러나 언론은 그 말들은 보도하지 않았다. 순수한 작가로서의 한 측면인 이 발언만을 악의를 품고 받아들였다.

TV 앞에서 고등학교 2학년인 가노 소타는 할 말을 잃고 부스스한 머리의 지요다 고키를 바라봤다. 믿을 수가 없었다.

그의 탓이 아닌데, 이런 일이 벌어지다니 불쌍하다.

조금 전까지 가노는 그렇게 생각했다. 작품을 순수하게 즐기는 팬들도 앞으로 눈총을 받을 것이 뻔하다. 이상한 놈 하나 때문에. 그렇게 생각했다.

자신은 상관없다고 주장해야 할 장면에서 고키는 의연하게 이렇게 대답했다.

"지요다 씨, 책임을 느끼십니까?"

고약하고 센스 없는 질문. 책임을 느낄 필요가 전혀 없는데도 불구하고 그의 대답은 명료했다.

책임을 느끼고, 제 탓입니다, 하고.

이 사람이 지요다 고키.

가노는 이를 악물었다. 그리고 생각했다. 작가라는 거 끝내주게 멋있구나.

(4)

"왜 우리랑 같이 살기로 한 거예요?"

처음 만난 날, 한창 이사를 하던 중에 가노는 작심하고 고키에게 물어봤다.

그라면 이런 작은 집에 살지 않아도 될 텐데. 파격적인 월세에 끌렸다 해도 상대가 지요다 고키라면 설득력이 없다.

"엇, 안 됩니까?"

그 질문에 당황했는지 고키가 어두운 표정으로 허둥지둥 되물었다.

"역시 민폐가 되는군요."

역시, 라니 뭘까. 고키는 민폐가 된다면 당장에라도 짐을 다시 쌀 기세였다. 아까부터 부지런히 비웠을 터인 박스를 어찌할 바를 모르겠다는 듯 내려다본다. 이번에는 가노가 허둥지둥 고개를 저었다.

"아뇨, 그게 아니라 그냥 지요다 씨라면 여기보다 넓은 집을 얼마든지 빌릴 수 있을 것 같아서요. 이 집은 방만 따로 있을 뿐, 복도와 거실이 공동 공간이고 또 집필에 방해가 되는 게 아닐까 싶거든요."

"아아, 괜찮습니다. 저는 쓰기 시작하면 다른 소리가 거의 안 들리거든요."

고키가 안심했다는 듯 그제야 미소를 보였다.

"워낙 소심해서 넓은 방은 되레 진정이 되지 않아요. 전에 살던 집은 방이 세 개였는데, 그중 두 개는 창고나 다름없었죠. 방 하나만 쓰면서 구석에 움츠려 있는 게 마음 편합니다. 더 있어 봤자 쓰지도 못하는데요."

"아, 왠지 알 것 같아요."

"옛날부터 그랬거든요. 고향이 후쿠시마의 시골인데, 시골집은 친척이 모이는 걸 감안하고 지어서 굉장히 넓습니다. 그곳에서도 저는 방 한구석만 사용했지요."

"그 장면을 상상하니 왠지 자시키와라시(座敷童子, 오래된 집의 툇마루에 어린아이의 모습을 하고 나타난다고 알려진 집의 정령) 같은데요?"

가노는 미소가 절로 지어졌다. 오늘 가져온 이삿짐을 다 정리한 가노는 고키의 짐이 어마어마하게 많아 정리를 도우려 했다. 그러자 고키가 "아뇨, 아뇨. 괜찮습니다" 하고 약간 힘주어 거절했다.

그 말투에서 사양이 아닌 다른 종류의 뉘앙스를 감지하고 입을 다물자 고키가 미안하다는 듯 머리를 숙였다.

"기분 나빠하지 않았으면 좋겠군요. 그리고 이상하게 생각해도 어쩔 수 없지만, 듣기 거북하면 말해 주세요."

"네."

"저는 다른 사람에게 도움을 받는 게 불가능합니다."

"불가능하다고요?"

"……네."

"익숙하지 않다는 건가요? 부담스럽다는 거죠?"

고키가 큰 어깨를 잔뜩 움츠리고 "죄송합니다" 하고 조그맣게 사과한다.

"익숙하지 않다기보다는 정말 불가능합니다. 가족이나 웬만큼 허물없이 지내는 친구가 아니면, 제 물건을 만지지도 못하게 하고 밥을 해 줘도 못 먹습니다. 믿을 수 있는가 하는 문제와도 조금 다른데, 음식은 특히 남이 직접 만들어 준 건 못 먹습니다. 피해망상이 심해서 그런 건지도 모르죠."

"그건——."

가노는 심호흡을 하고 말을 신중히 골랐다. 그것은 과연 '피해망상' 수준일까. 위화감을 느꼈지만, 이내 그의 감각으로는 피해망상이 맞을 거라는 생각이 들었다.

그 사건의 영향으로 그렇게 되었을까. 목구멍까지 나온 말을 겨우 삼키자, 분위기를 알아차린 고키가 먼저 설명해 주었다.

"타고난 성격일 뿐 무슨 일이 있어서 이렇게 된 건 아닙니다. 초등학교 때 친구 집에서 놀다 보면 친구의 어머니가 밥을 차려 주는 분위기로 흐를 때가 있지요. 그럴 때도 전속력으로 도망쳐 나왔습니다. 남의 집 밥에 엄청난 거부감이 있거든요. 운동회와 소풍 때도 친구와 도시락 반찬을 교환하는 건 꿈도 못 꿨죠."

"그럼 너무 힘들잖아요."

"네, 무척이요. 한번은 등산을 하다 도시락을 쏟은 겁니다. 친구들이 반찬을 조금씩 나눠 주려는 걸 거절했어요. 원래는 감동적인 일화가 되었을 법한 이야기인데 저 때문에……. 그 후에는 등산이 어찌나 힘들던지, 정상 근처에서 빈혈을 일으키는 바람에 내려올 때는 선생님 등에 업혔습니다. 어떤 의미에서는 득을 본 거죠."

"음, 뭐랄까, 지요다 씨는 남에게 폐가 되는 사람이군요."

"네."

꽤 가까워졌다 싶어 가노가 장난스럽게 한 말에 고키는 얼굴색 하나 변하지 않고 수긍했다.

"자주 듣는 말입니다. 죄송합니다."

"남이 직접 만들어 준 걸 못 먹는다니 심각하네요. 음식점에서는 어떻게 해요? 그야말로 완전한 남이 만드는 거잖아요."

"오히려 완전한 남이면 문제가 안 됩니다. 돈을 내면 거래가 성립되는 거니까요. 그들은 일로써 금액에 합당한 서비스를 해 주는 거라고 납득할 수 있습니다. 이사도 지금 가노 씨가 도와주는 건 미안해서 부담스럽지만, 업자에게 부탁하면 아무렇지도 않아요."

그가 "가노 씨"라고 불러 순간 대단하다고 생각했다. 아까 한 번 밝혔을 뿐인데, 고키는 이름을 정확히 기억하고 있다.

"왠지 잘 알 것 같기도, 또 전혀 모를 것 같기도 하네요."

가노가 소리 없이 웃자 고키도 덩달아 웃었다.

"그런데 신문을 자주 떠들썩하게 하는 이물질 혼입 사건은 결국 시판 먹거리에서 나오고, 식중독 사건도 돈을 낸 음식점에서 대부분 발생하잖아요."

"아아, 그건 문제가 안 됩니다. 한번은 스스로도 좋지 않은 것 같아 곰곰이 생각해 본 적이 있는데, 먹은 후에 식중독에 걸리거나 이물질이 혼입되었다 해도 상상해 보면 의외로 아무렇지도 않더군요. 그러고 보니 어렸을 때, 사 온 과자 속에 애벌레 같은 작은 벌레가 들어 있던 적이 있습니다."

"애벌레요? 어휴, 어쩌다 그런 게."

가노가 얼굴을 찌푸리자 고키는 평온하게 고개를 내저었다.

"그때는 지금처럼 과민한 세상이 아니었거든요. 그래도 제조사에 알려야 하나 싶어 박스 뒤에 있는 번호로 전화를 걸었더니 고객 센터 여직원이 죄송하다고 사과하는 겁니다. 그다음 주에 집으로 과자가 한 박스 배달되었고요."

초등학생인 고키가 과자를 손에 들고 있는 모습을 상상해 본다. 왠지 비현실적이다.

"그런 거였나요?"

"네. 그런 겁니다."

"배달된 과자, 먹었어요?"

"맛있더군요. 그런데 벌레가 들어 있던 과자도 처음에는 모르고 먹었습니다. 이미 삼켜 버린 건 어쩔 수 없잖아요."

"아."

가노는 웃었다.

"그런 거군요."

"네, 그런 겁니다."

고키는 쓴웃음을 짓고 "그러니 결과가 아닌 겁니다. 제가 두려워하는 건 분명히" 하고 결론을 내린다.

"모르는 호텔의 입식 파티에서도 아무렇지도 않습니다. 그 파티가 회비제가 아니라 제가 돈을 내지 않더라도 주최자와 호텔 간의 서비스 거래가 성립되는 걸 아니까요. 설령 소란한 가운데 독이 혼입돼도 저는 그걸 받아들이는 건 두렵지 않을 것 같아요. 아, 역시 나는 운이 나쁘구나, 하고 생각하며 의식이 흐릿해지리라 예상합니다만."

"까다로운 사람이네요."

"아뇨, 단순하다고 생각합니다."

확실히 완고하면서도 그 나름의 조리가 서 있는 이론이리라.

"그래서 그렇게 마른 거예요?"

"먹을 때는 위 속에 저장하듯 억지로라도 먹으려 합니다. 귀찮을 때는 집 밖에 한 발자국도 나가질 않아서요."

고키는 창피한지 머리를 긁적였다.

"특히 일에 집중하기 시작하면 그렇거든요. 몸속에 있는 지방의 한 조각까지 태울 기세로 일하느냐고 자주 혼납니다. 스스로는 자각하지 못하지요. 내내 컴퓨터 앞에 앉아서 어느새 정신을 차리면 날짜가 며칠이나 바뀌어 있고, 일어서려고 한 순간 힘이 들어가지 않아 쓰러지는 일도 허다합니다."

"그럴 때는 어떻게 하나요?"

현대 일본에서 고키 같은 고액 납세자가 영양실조에 걸리다니. 고키는 딱히 웃기려고 그런 말을 하는 것도 아닌 듯했다. 나라가 쓸데없이 풍요로워졌나 싶어 실소가 나온다.

"남은 힘을 쥐어짜 전화기까지 기어가서 지인에게 연락합니다. 얼마 전에는 그럴 힘도 없어서 꽤 혼났지요. 몸이란 일단 본격적으로 망가지면 큰일이더군요. 어른이 되어 처음 병원에 입원까지 했다니까요. 고작 일주일뿐이었지만 어찌나 힘들던지, 그 이후로는 조심하고 있습니다."

"저도 알아요."

가노는 고개를 끄덕였다. 전혀 다른 경험이지만, 부모 곁을 떠나 대학에 다니기 시작했을 무렵에 폐렴에 걸려 충격을 받은 일이 떠올랐다. 곁에 아무도 없는 환경에서 건강을 해치면 울고 싶을 만큼 불안해진다. 입원을 했다면 그 몇 배의 충격을 받았을 것이다. 그렇게 생각하고 있는데, 고키가 고개를 얕게 끄덕이더니 뜻밖의 말을 꺼냈다.

"제가 입원한 병원은 노트북을 못 가져오게 하더군요. 긴급 외래로 실려 와 그대로 입원했으니 어쩔 수 없었지만, 다음부터는 노트북을 반입해도 되는 병원으로 가야겠다고 생각했습니다. 너무 힘들었거든요. 아무것도 쓰지 못하고, 남아도는 시간을 주체할 수가 없었어요. 때 되면 밥이 나오는 건 뭐, 좋았지만 말이에요."

가노는 놀라서 고키를 쳐다봤다. 그가 계속했다.

"편집자가 만화책과 애니메이션 비디오를 가져다주긴 했는데, 그걸 보는 것도 고문이더군요. 굉장히 좋은 에피소드를 접하고, 우와, 다음에는 이런 걸 써 봐야지, 하고 생각해도 당장 어떻게 할 수가 없으니까요. 어찌나 속상하던지. 뭐, 종이에라도 쓰고야 말겠다는 열정조차 없는 저도 문제이겠지만, 글씨를 너무 못 쓰는데 어떡합니까."

"지요다 씨는 굉장하네요."

"네?"

가노는 진심으로 말했다.

영양실조로 쓰러져 몸도 성치 않았을 텐데. 도대체 이 사람의 머릿속은 어떻게 생겼을까. 샘물처럼 솟아나는 그 의욕은 어디서 생기는 걸까. 아마 가노의 자아도취와도, 다마키의 반골 정신과도 전혀 다른 곳에서 생기리라.

"굉장하지 않습니다" 하고 고키가 빈정대거나 겸손해하지 않으며 말했다.

"쓰러지지 않는 강인한 몸을 지닌 사람이야말로 가장 훌륭한 겁니다. 저는 근력도 체력도 거의 바닥이에요. 운동과는 담을 쌓았고 그 흔한 동아리 활동 한 번 안 했지요. 옛날부터 이상한 고집만 품고 방에 틀어박혀 나만의 세계에 갇혀 지냈습니다. 몸은 아예 글러 먹었지요."

고키는 이번에도 진심으로 미안하다는 듯 그렇게 말했다.

(5)

"다마키가 '얼마나 가까워야 가족이라고 할 수 있어?' 하고 묻더군요."

결국 짐을 푸는 고키의 모습을 지켜보는 형태로 가노는 그곳에 남았다. 사람이 일하는데도 보기만 하고 거들지 않는 건 눈치가 보이지만 그가 도움을 거절한 것이라 어쩔 수가 없다. 그리고 동경해 마지않던 지요다 고키와 좀 더 대화하고 싶었다.

"이번에 제 『사이트 제로』라는 단편집이 영화로 만들어지는데, 각본을 다마키가 맡게 되었어요. 가노 씨는 벌써 소식을 들었을지도 모르겠군요."

"몰랐어요. 처음 듣는 이야기예요."

아마 서프라이즈를 좋아하는 다마키가 일부러 숨겼을 것이다. 평소보다 훨씬 공들인 연출이었다. 유명한 작가나 감독과 친분이 생길 때마다 그것을 '권력'이라 부르고 흐뭇한 표정으로 가노 일행에게 보고하던 그 아이가 이번에는 내내 입을 다물고 있었다. 그녀가 지요다 고키를 특별한 권력자로 인정한 것은 틀림없었다.

고키는 방금 그녀를 자연스럽게 '다마키'라고 불렀다. 알게 된 지 꽤 되었다는 이야기다. 가노는 다마키가 지요다 브랜드의 일을 맡은 사실조차 몰랐다.

"잠깐 이야기를 나누고 친해져서 메일로 연락을 주고받게 되었거든요. 제 책에 대한 감상을 정성껏 써 줘서 저도 신간이 나올 때마다 보내게 되었습니다. ……그런데 이제 와서 생각해 보면 일종의 압박이었더라고요. 바빠도 틈틈이 읽으라고 강요한 셈이었어요."

"그건 피해망상인데요."

가노는 웃으며 고개를 가로저었다. 다마키는 분명히 기뻤을 것이다. 고키는 "그런가요?" 하고 반신반의한 표정으로 중얼거리고 나서 말했다.

"어느 날 메일로 묻더군요. 얼마나 가까워야 가족이라고 할 수 있느냐고요. 가족이 아닌 사람이 만들어 주는 음식은 못 먹는다고 했는데, 그럼 연인이 만들어 준 건 먹을 수 있느냐고 말이에요."

"지요다 씨는 여자친구 없나요?"

"없습니다. 안타깝게도."

고키가 과장되게 고개를 툭 떨구는 시늉을 하고 씁쓸히 웃는다. 허풍이나 체념이라고는 느껴지지 않는 동작이었다.

아까부터 이야기를 듣다 보니 이 사람은 무섭도록 순도 높은 완벽함으로 가득한 세계를 내면에 품고 있음을 알게 되었다. 지요다 고키가 아니면 살아갈 수 없는 세계를 말이다. 그래서 애인의 필요성을 느끼지 못하는 것일 수도 있다.

"'우리랑 같이 살래?' 하고 권해 주더군요. 싫으면 어쩔 수 없지만 우연히 집이 생겼고 아직 빈방도 남았다면서요. 같이 살 사람들 모두 좋은 사람들이니 걱정할 필요 없다고 해서 이사하기로 한 겁니다."

거기까지 말하고 나서 고키가 무턱대고 다시 저자세를 취하며 사과했다.

"다른 사람들은 처음부터 친구 사이였다고 하더군요. 거기에 괜히 제가 끼어들어 죄송합니다."

"아뇨, 전혀 문제될 것 없어요."

오히려 영광스러운 일이다. 모두 놀라면서도 기뻐할 것이다.

무엇보다 가노는 다마키의 두둑한 배짱에 놀랐다. 어느 정도 가까워졌다고는 하나 상대는 그 유명한 지요다 고키다. 같이 살자고 하기에는 이 집이 너무 작고 낡아 기죽었을 법도 한데.

애당초 저 혼자 리모델링한 3층에 살기로 하고 그에게 좁은 방을 배정한다는 생각부터 이해할 수가 없다. 다마키 녀석, 도대체 어쩔 셈인지.

"그런데도 용케 승낙하셨네요?"

"옛날부터 소설만 쓴 탓에 환경이 바뀔 때마다 인간관계를 몽땅 리셋하는 습관이 들었거든요."

고키는 꽤 묵직한 이야기를 담담히 털어놓았다.

"중학교 때도 고등학교 때도. 그 시기에 사귄 친구를 리셋해서 제 인간관계는 3년 주기로 바뀌었습니다. 운동부나 동아리에 들어간 적도 없어요. 누군가에게 뭔가를 권유받지도 못한 채 살아왔지요."

고키가 쑥스러운 듯 말했다.

"그래서 이런 일은 살면서 거의 처음 겪어요. 해 봐도 되겠다는 생각이 들더군요."

"여기 들어올 예정인 사람 중에 모리나가 스미레라는 여자가 있는데요."

"네."

"음식 솜씨가 정말 끝내줘요. 다마키한테는 전혀 기대할 수 없지만 스미레가 만드는 음식이라면 지요다 씨도 분명히 드실 수 있을 거예요. 언제 한번 부탁해 보세요."

"그래도 될까요?"

거칠게 쉰 목소리가 아까보다 더 나직해졌다.

"그럼요, 꼭이요."

가노는 그에게 웃어 보이고 그렇게 대답했다.

고 짱의 이상형은 다마키 같은 여자가 아닐까, 하고 별생각 없이 다마키에게 가볍게 물어본 적이 있다.

지금껏 주어진 환경 속에서만 인간관계를 지속해 온 그가 타인과 살아 보겠다고 한 것이다. 거기서 어떤 심경의 변화를 상상하는 것은 당연한 일이었고 그것이 연애라면 고개가 절로 끄덕여진다. 무엇보다 그 지요다 고키를 상대로 기죽지도 않고 그의 가슴속에 파고들 만큼 강인한 개성의 소유자는 그의 주변에 거의 없지 않을까.

그러나 다마키는 노골적으로 얼굴을 찌푸리고 불쾌함이 묻어나는 목소리로 "농담 그만해라" 하고 내뱉었다.

"내가 그 사람을 처음 만났을 때 고 짱이 뭐라고 했는지 알려줄까? '오랜만입니다'라고 했단 말이야. 믿어져?"

이런 굴욕은 처음이야, 하고 말하듯 다마키가 대놓고 분개하는 표정을 지었다.

"사람을 전혀 식별하지 못하나 봐. 처음 만났는지 아닌지조차 모르더라니까. 내가 고 짱의 이상형이 아닌 것만은 확실해. 만약 이상형이었으면 내 얼굴을 똑똑히 기억했겠지. 고 짱은 나 같은 건 안중에도 없었어. 대충 인사하고 넘어가려 했으니까. 괜히 프로듀서만 중간에서 쩔쩔매는 모습이 어찌나 불쌍하던지.”

농담이 섞여 있긴 했지만 진지하게 하는 말임을 알 수 있었다. 그녀는 진심으로 속상해하는 것 같았다. 그런데 웬일로 따지려 들지도 않고 오히려 체념하는 구석이 있었다. 상대가 지요다 고키라면 어쩔 수 없다, 기꺼이 패배를 인정한다고 말하듯이.

“각본 일도 마찬가지야. 지금껏 고 짱한테 내가 쓴 각본에 대해 감상 한마디 못 들었다니까. 작업한 걸 DVD에 담아서 보내봤자 ‘고맙습니다’라는 말 외에는 돌아오지 않는데, 그건 감상도 뭣도 아니잖아. 안 봤을 리가 없는데 그래서 더 화가 치민다니까.”

“자신과 작풍이 너무 달라서 그런 거 아닐까? 그래서 코멘트할 입장이 아니라고 생각할 수도 있지.”

고키라면 충분히 그럴 법하다. 그러나 다마키는 이번에도 고개를 가로저었다.

“××××, 본 적 있어?”

“있지. 나는 중반에 여자아이가 공놀이하는 장면이 좋더라.”

그녀가 언급한 것은 영화 제목이었다. 그녀의 출세작 《붉은 바다의 공주》를 찍은 감독의 전작. 이쪽은 다마키가 아니라 약간 나이든 작가가 각본을 썼고, 작품에 대한 평가도 높다.

“고 짱이 그 영화를 엄청 좋아하거든. 전에 그 영화 이야기가 나왔을 때, 저런 취향의 영화 중에서는 빼어나게 훌륭하며 그

스토리는 신이라는 말까지 했어."

다마키는 한숨을 쉬었다.

"알겠어? 자신과 방향성이 겹치는지 여부는 관계없어. 빼어난 수준까지 가면 고 짱의 가슴에 가닿는다는 뜻이야. 그런데 내 이야기는 가닿지 못했어. 일방통행인 짝사랑이야, 우스꽝스러운 이야기지."

나는 이렇게 사랑하고 있는데.

심통이 난 듯 다마키가 중얼거렸다.

"그 사람이 쓴 소설을 읽으면 알잖아. 분명히 스―나 모모카처럼 상냥한 타입을 좋아할걸. 모모카를 딱 한 번 소개했을 뿐인데 얼굴이랑 이름을 금방 외우더라니까? 결국 그런 거지."

하긴, 고키 같은 타입은 다마키 같은 분위기를 부담스러워할지도 모른다. 대학생 때부터 오늘날까지 그녀의 옷차림은 늘 눈에 띄게 화려해서 소심한 남자 입장에서는 멀리하고 싶어 할지도 모른다.

(6)

작가 지요다 고키의 이야기를 할 때 하나 더 빼놓을 수 없는 것이 있다. 그의 우수한 브레인인 대대사의 구로키 사토시의 존재다.

가족이 아니면 이사할 때 도움을 받지도, 음식의 조리를 맡기지도 못하는 고키가 유일하게 처음부터 이삿짐 풀기를 시킨 인물. 고키를 담당하는 유능한 편집자.

대대사는 원래 작은 출판사였다. 15년 전에는 도쿄 이다바시에 있는 작은 잡거빌딩 3층이 전부였던 출판사로, 인지도는 거의 없는 것이나 다름없었다. 그런데 지금은 롯폰기며 오다이바에 사무실을 여러 개 거느린 대기업으로 급성장했다. 그 요인은 구로키와 고키 덕분이라고 알려졌다.

구로키가 지요다 고키를 데뷔시키고 지요다 브랜드를 신설한 뒤 모든 것이 달라졌다.

'새로운 일을 하고 싶다'가 입버릇인, 늘 골드러시(새로운 금산지를 발견하여 많은 사람이 그곳으로 몰려드는 현상) 정신을 잊지 않는 남자.

고키의 작품이 이렇게까지 지지받는 것은 작품의 재미는 물론이거니와 뛰어난 마케팅 덕분이기도 하다. 독자를 확보하기 위한 이런저런 활동 말이다.

고키가 다른 출판사와 작업할 때도 출판사별로 특색을 살려 일하도록 지시하고, 브랜드 전체에 흠이 생기지 않도록 철저하게 관리했다. 인기 작가라고 해서 자신의 출판사에서만 독점하는 것이 아니라 미디어 전체를 끌어들여 지요다라는 작가를 띄우는 방법은 기발하면서도 참신했다. 그리고 메인 인기 시리즈는 무조건 자신의 출판사에서 꽉 잡고 있었다. 고키의 절대적인 신뢰를 무기로 다른 출판사가 한 발짝 앞으로 나오는 일은 절대로 허락하지 않았다.

구로키가 편집장을 맡고 지요다 고키를 메인으로 앉힌 《주간 소년 블랑》은 현재 발행 부수 2백만 부를 넘는 대인기 만화지다.

처음에 슬로하이츠 현관에서 맞닥뜨리기 전까지 가노에게 구로키는 소문으로 들었을 뿐인 환상의 존재였다. 그의 이름조차 몰랐다.

"아까 그 구로키 씨라는 사람이 지요다 씨의 매니저인가요?"

"아, 네. 제 담당 편집자입니다. 만났나 보군요?"

"네, 저기 현관에서요."

미리 알았으면 긴장해서 말도 제대로 안 나왔을지도 모른다. 아까 그에게 어떤 식으로 인사했더라.

――얼마나 가까워야 가족이라고 할 수 있어?

다마키가 했다던 질문이다. 고키의 이사를 도와야 했던 구로키는 그에게 틀림없는 '가족'일 것이다. 어떤 인터뷰 기사에서 고키가 그를 절친이라고 한 것을 읽은 적이 있다.

그 사건으로 펜을 놓은 지요다 고키를 불과 3년 만에 출판업계로 다시 불러들여 브랜드를 완전하게 부흥시킨 주역.

사건의 충격으로 세상이 한창 떠들썩한 가운데 그 대응과 지요다 고키의 이미지 관리를 위해 동분서주하면서도 그는 당시

가장 효율적인 방법을 이용해 엄청나게 많은 돈을 벌었다.

저명한 사회학자와 심리학자를 통해 지요다 브랜드를 분석하고 저술가를 통해 사건에 관한 책을 만들었다. 책의 제목은 『지요다 브랜드의 실추』. 가뜩이나 의욕이 꺾인 자신의 작가를 깎아내리는 일도 서슴지 않아 보이는 제목에, 도대체 이 작가와 출판사는 어떤 관계일까 하고 아직 고등학생이었던 가노조차 위화감을 느꼈을 정도다.

매스컴에서 지요다 고키를 읽음으로써 생기는 악영향에 대해 부르짖기 시작하자 그것을 역으로 이용해 그의 작품을 대대적으로 중쇄하고 모든 작품에 '당신이 직접 읽고 판단하라'라는 띠지를 둘렀다. 검은 바탕에 흰색 글자. 서점에 들어선 순간 눈에 띄는 위치의 평대 위에 산더미처럼 쌓인 그 책을 보고 충격을 받은 기억이 있다. 자신이 잘 알고 있던 책이 전혀 다른 존재로 변모한 듯한 위화감을 느꼈다.

여러 명의 희생자가 나온 비극 앞에서 오히려 그것을 마케팅의 일부로 승화시키는 강인함과 담대함. 그것이 좋은지 나쁜지는 알지 못했다. 결과적으로 책은 폭발적으로 팔렸고 그 말도 안 되게 요사스러운 상업주의는 작가 지요다 고키와 함께 세간에서 차마 눈 뜨고 볼 수 없을 만큼 심하게 비난받았다.

고 짱이 다시는 돌아오지 못하는 것이 아닐까 하고 생각하게 할 만큼.

대대사도 어쩌면 자포자기했을지도 모른다는 생각이 들었다.

마지막으로 돈이나 왕창 벌고 지요다 브랜드를 버리려는 게 아닐까 하고 걱정될 정도였다. 어쨌든 그들은 무를 수 없을 지경까지 떼돈을 벌어들였다.

구로키에게는 그럼에도 불구하고 그를 온전히 다시 불러들일 수 있다는 절대적인 자신감이 있었던 걸까. 아니면 망해도 상관없다는 심정으로 허술하게 내기를 했던 걸까. 결과적으로 지요다 고키는 완벽하게 복귀했지만.

"구로키 씨를 처음 만난 건 고등학교 때입니다. 그날 이후 저는 그 사람에게 지배되다시피 해 왔지요."

구로키에 대해 이야기할 때면 고키는 수다스러워진다.

애증이 반반임에 틀림없는 자신의 관리자. 동시에 그 사람이 좋아서 어쩔 줄 모르겠다는 것이 훤히 보였다.

"처음이었거든요. 애니메이션이든 만화든 소설이든 음악이든. 그 사람은 무슨 이야기를 꺼내든 저보다 많이 알더군요. 친구들은 저와 그런 이야기를 하면 모르면서도 건성으로 대답하거나 반대로 정색을 하고 조사해 와서 저를 이겨 먹으려 안달하는 경우가 많았습니다. 그런데 구로키 씨는 다르더군요."

그 이야기를 하는 고키는 몹시 즐거워 보였다.

"제가 모르는 작품이 있으면 생색내지 않고 자연스럽게 추천해 주었고, 반대로 자신이 모르고 제가 잘 아는 작품은 관심 있게 들어 주더군요."

구로키의 성격을 한마디로 말하면 하이퍼쿨이다.

가노가 좋아하는 껌 맛의 이름이다. 졸음에 시달릴 때면 종종 애용하는 '하이퍼쿨'은 유사품에 비해 맛이 훨씬 싸하다. 한 번 씹으면 코끝에서 찡하고 싸한 맛이 쑥 빠져나간다.

냉정해서 손해를 보거나 득 될 것이 없는 일에는 절대로 관여하지 않는 그가 고키의 이야기를 흥미진진하게 들어 주었다. 그동안 대등하게 이야기할 상대가 없었던 고키 입장에서 얼마나 기뻤을까.

"생긴 건 그렇게 딱딱하면서 알고 보니 엄청난 오타쿠더군요."

내 사람을 자랑하며 말할 때 일부러 비하하듯 말하곤 한다. 고키가 그렇게 말하는 대상은 오직 구로키뿐이다. 자신이 구로키에게 있어 친구인 동시에 그 이상의 상품이라는 것. 편집자인 구로키의 일에 이용되고 있다는 자각도 있을 터인데 고키는 기꺼이 그렇게 말했다.

지요다 고키에게 구로키는 강력한 동기부여 중 하나일지도 모른다. 구로키에게 인정받고 싶다는, 더 정확히 말하면 미움받고 싶지 않다는.

"구로키 씨도 여기 사는 건가요?"

"아, 그렇죠. 그런데 그 사람은 지금 살고 있는 집도 그대로 놔둬서 여기는 별택처럼 사용하려나 봅니다. 짐을 보관하는 식으로요."

고키가 머리를 긁적이며 대답했다.

"제가 여기로 이사한다고 했더니 잠깐 생각한 다음 아직 빈방이 있느냐고 묻더군요. 그러고는 10분 뒤 다마키에게 전화로 혼났지 뭐예요. '구로키 씨한테 말했지? 나 그 사람 부담스럽단 말이야' 하고. 사과했더니 용서해 주긴 했지만요."

"왠지 안 봐도 알 것 같아요."

"그런가요?"

물건을 사는 것처럼 간단하게 선택하는구나 싶어 기막힘 반, 감탄 반의 심정으로 있자 고키가 덧붙였다.

"그 사람이 평소에 다마키를 칭찬한 거 보면 그녀를 《블랑》에 끌어들이려고 이리로 이사 오는 건지도 몰라요. 그렇다면 죄송합니다."

딱히 고키가 사과할 만한 일이 아닌데도 괜히 흐뭇해져서 "아뇨, 아뇨" 하고 고개를 내저었다.

"구로키 씨는 나이가 어떻게 돼요?"

"저보다 일곱 살 많으니 올해로 서른일곱이군요. 나이에 맞지 않게 정말 아이 같은 사람이지만요."

"결혼은 아직이고요?"

"인기가 없지는 않을 텐데 말이에요."

"그렇죠. 능력 있는 남자이니."

가노는 쓴웃음을 지었다.

그것이 2년 전 이사할 때 일이니 현재 구로키는 서른아홉 살이다. 마흔을 앞두고도 그의 골드러시 정신은 조금도 퇴색하지 않아 가노는 혀를 내두를 수밖에 없었다. 심지어 금을 캐내는 척을 하며 실은 석유를 찾는 개성. 그것이 구로키 사토시다.

지금이야 허물없는 사이가 되었지만 그래도 역시 그는 허투루 볼 수 없는 사람이다.

"나더러 아이 같다니, 고키가 한 말인가? 흐음, 그 말을 고스란히 되돌려 줘야겠군."

언젠가 카페에서 가노가 작품의 향후 전개에 관해 구로키와 상의하던 중 우연히 고키의 이야기가 나왔다. 구로키는 커피를 마시며 어이없다는 식으로 말했다.

"지요다 선생이야말로 무구한 어린아이지. 그래서 그런 이야기를 쓸 수 있을 테지만, 보살피는 입장에서는 힘든 일도 많아. 나 참, 얼른 자립해서 자기 일은 좀 알아서 했으면 좋겠군."

금전 감각도 엉터리이고.

그가 혼잣말처럼 중얼거리고 가노를 쳐다봤다.

"그게 언제였더라, 몇 년 전에 협의할 일이 있어 신주쿠에 갔다 돌아오는 길에 불쑥 요도바시카메라(일본의 가전제품 양판점)에 들르고 싶어 하더군. 따라갔더니 그 자리에서 플라스마 TV를 충동구매 하는데, 성실하게 일해서 돈 버는 내가 괜히 짜증이 나서는. 어느 게 좋을까 중얼거리면서 최신형을 고르기에 지요다 선생, 장난이 좀 심하네, 라고 말해 줬지. 그 무렵 고키의 집에는 엄청나게 좋은 대형 평면 TV가 있었거든. 어찌나 분하고 짜증이 나던지."

고키가 없는 곳에서도 구로키는 이렇게 그의 이미지를 만드는 일을 잊지 않는다. '너는 남달리 뛰어난 감각과 엉터리라는 이름의 탁월한 센스를 지녔다. 그러나 한편으로 그것은 사회 속에 녹아들 수 없는 것이므로 너는 아무것도 하지 못한다'라는 식으로.

반복되는 각인과 암시는 헐거운 쐐기 같은 것으로, 그들은 서로 자각하고 있다. 구로키는 불안을 이용해 고키를 얽매어 왔다. 그럴 의도도 없으면서 '언제든지 버림받을 수 있다'라는 강박관념을 품게 한다. 대신 자신을 따라오면 안심할 수 있다, 는 평온을 제공한다.

"그런데 얼마 후 집에 가 보니 플라스마 TV가 도무지 보이지 않더군. 어디 있느냐고 물었더니, 자세히 봤더니 연결하기 번거롭길래 남한테 줘 버렸다나 뭐라나. 순간 기가 막히는 걸 넘어 살의마저 느껴지더군."

구로키는 참으로 흐뭇하게 말하고는 가노에게 덤처럼 조언해 주었다.

"가노, 자네는 고키와 달리 아무리 잘나가도 지금의 금전 감각과 상식을 유지했으면 좋겠군. 자네는 그런 타입이야."

슬로하이츠에는 이렇듯 개성 넘치는 작가가 상식에서 벗어난 카리스마를 뿜으며 살고 있다.

집과 일상이란 만남이나 이별을 통해 조금씩 변화하며 만들어진다. 그렇다면 이번에는 이 집에서 나간 사람에 관해 이야기하려 한다. 상냥하고 성실하지만 고집 세고 융통성이 없는 탓에 이곳에 머물 수 없게 된 그의 이야기를.

제4장

엔야 신이치는
떠나 버렸다

(1)

엔야 신이치. 그가 슬로하이츠를 떠난 것은 석 달 전이다.

엔야는 다마키와 고등학교 동창이다. 다마키가 사이타마 현의 고등학교에 다녔을 때 같은 반 학생이자 친한 친구였다.

다마키는 초등학교와 중학교 때 전학을 밥 먹듯이 다닌 데다 가정환경도 복잡해서 친한 친구가 한 명도 없었다고 들었다. 그 이야기를 들었을 때 가노와 마사요시, 스미레는 생각했다. 그것은 전학이나 가정환경 탓만은 아닐 것이라고.

아카바네 다마키는 지기 싫어하는 기질이 강하고, 뼛속부터 반골 기질이 가득하다.

"네가 다른 사람과 잘 지내지 못하는 것도 어쩌면 당연해. 성격이 나빠도 웬만큼 나빠야지."

한번은 가노가 그렇게 지적하자 다마키는 그것을 미소로 받아들였다.

"고마워. 그만큼 각본을 잘 쓰니까 용서해 줄래? 대신 잘 쓰지 못하게 되면 그때는 무슨 말을 해도 달게 받을게."

그것은 스티그마, 즉 성흔이 아닐까 생각한다.

오랜 시간이 지나도 잊히지 않는 마음속 깊이 새겨진 기억. 평소에는 아물어 있다가도 문득 떠올리면 피가 뿜어나는 것.

대학교 때 가노는 다마키를 만나 성흔이 현실에 존재한다는 것을 처음 알았고, 동시에 자신에게는 성흔이 없다는 것도 알게 되었다. 그리고 다마키와 자신이 이렇게까지 잘 지낼 수 있는 것은 가노가 그 사실을 분명히 자각하고 있기 때문이다.

엔야는 그렇지 않았다. 그래서 이 집을 떠났다고 생각한다.

다마키와 알고 지내고 나서 얼마 후 그녀가 엔야를 소개해 주었다.

"내가 태어나 처음으로 친한 친구라고 생각한 사람이야" 하고 다마키는 말했지만, 가노는 솔직히 다마키가 그를 좋아하거나 그 반대이거나 해서 그들이 연애 감정을 느끼는 사이가 아닐까 싶었다.

그런데 카페에서 엔야를 소개받고 나서 10분 만에 가노는 자신의 짐작이 틀렸음을 깨달았다. 두 사람은 그런 분위기와는 완전히 거리가 멀었다.

엔야는 키가 작고, 체형은 너무 뚱뚱하다고 할 정도는 아니지만 통통하긴 했다. 옷에 크게 신경 쓰는 편은 아닌 듯했고 체크무늬 셔츠를 청바지 안에 깔끔하게 넣어 입는 스타일이었다. 태어나서 한 번도 염색한 적이 없어 보이는, 검은 윤기가 자르르 흐르는 짧은 바가지머리에 동그란 안경.

다마키와 나란히 앉은 그는 마치 반에서 가장 기가 센 여학생에게 걸려든 모범생처럼 보였다.

"고집이 보통이 아니야."

그것이 사전에 다마키에게 들은 엔야에 관한 정보였다.

"학교에서 작문을 쓰거나 숙제로 일기 같은 거 내 주잖아? 그거 쓰는 데 세월아 네월아 하더라니까. 적당한 말로 무난한 걸 쓰면 되는데, 거짓을 쓰고 싶지 않다는 이유로 그러질 못해. 그걸 보는데 어찌나 답답하던지."

고등학교와 대학교 때 만화 연구회 소속이었다는 그는 컴퓨터를 잘 다루고, 애니메이션과 게임을 무척 좋아한다고 했다. 그의 말투에서는 비루함이 전혀 느껴지지 않았다. 참으로 산뜻한 말투로 "그럼 나는 '아키바계(아키하바라를 중심으로 유행하는 애니메이션, 만화, 게임 등이 취미인 사람)'인가. 실제로 아키하바라를 아주 좋아하기도 하고" 하고 웃었다. 다마키의 집 컴퓨터 설정도 거의 그가 해 준다고 한다.

"고2 여름방학 때 전국 시나리오 공모전이 있었는데, 다마키짱이 거기에 응모했지."

엔야는 다마키와 친해진 계기에 대해 밝고 명랑하게 말했다.

그녀와 오랫동안 알고 지냈는데도 이름을 줄여 부르지 않고 깍듯이 '다마키 짱'이라고 부르는 거리감에 가노는 마음이 따뜻해졌다.

"다마키 짱이 그 공모전에 입상했다는 걸 담임선생님이 조회 시간에 알려 주셨거든. 대단하다 싶어서 각본 좀 보여 달라고 부탁했지. 그게 계기였어. 그 전까지 다마키 짱은 내가 같은 반에 있는지도 몰랐을걸. 주변에 통 관심이 없어 보이기도 했고. 그런데 그 각본을 읽어 보고 깜짝 놀랐어. 그걸로 드라마를 찍어도 될 만큼 제대로 된 각본이었거든."

엔야는 원래 재미있는 것이라면 사족을 못 쓴다고 한다. 그것을 위해서라면 여태껏 한 번도 말을 섞어 본 적이 없는 까다로워 보이는 여학생에게 말을 거는 것쯤은 아무것도 아니라고 했다.

외모에서 풍기는 캐릭터적인 요소도 강하지만 엔야에게는 상냥한 매력이 있었다. 사람의 마음을 훈훈하게 하는 건전함을 갖춘 것이다.

"엔야, 네 생각과 달리 나는 널 알고 있었어. 안 그랬으면 보여 달란다고 해서 각본을 보여 주지는 않지."

"아, 그런 거였어?"

알고 지낸 지 꽤 되었을 텐데 엔야는 그 말을 처음 듣는 눈치였다. 그가 고개를 갸웃거리며 물었다.

"네 각본을 누구든 좋으니 자랑하고 싶었던 거 아니었어? 다마키 짱은 칭찬받는 걸 좋아하고 나쁜 점을 지적하면 대놓고 싫은 티를 팍팍 내면서 화내잖아. 자기가 쓴 게 칭찬받으니까 단순히 기분 좋아서 보여 주는 줄 알았어."

"아니야. 뭐야, 그 이미지는."

다마키가 얼굴을 찌푸리며 고개를 흔들었다.

"엔야, 너는 잊었을지도 모르겠는데, 너 방과 후에 반 남자애랑 싸웠었잖아. 좋아하는 책 때문에."

"엇, 거짓말. 누구랑?"

"구사노 군이었나. 아무튼 대판 싸우면서 '읽지도 않고 대충 나쁘게 말하면 안 돼'라면서 고함치더라."

"그랬나?"

엔야는 기억나지 않는지 어리둥절한 표정을 지었다. 그에게는 그리 대단한 사건이 아니었으리라.

"제법 괜찮은 애구나 싶더라."

다마키가 거만하고 도도한 말투로 거침없이 말했다. 그런데도 엔야는 거부감 없이 듣고 있었다.

"저 아이는 책이나 만화 같은 허구의 세계를 위해 현실의 친구와 이런 식으로 싸우는구나, 하고 생각했더니 괜히 좋게 보이더라. 재가 내 이야기를 읽어 주는 것도 나쁘지 않겠다 싶었어. 그래서 각본을 보여 준 거야."

가노와 마사요시도 금방 엔야를 마음에 들어 했다.

그가 다마키를 존경하는 것이 훤히 보였다. 연애 감정과도 우정과도 조금 다른 순수한 마음. 그것을 사이에 둔 두 사람의 모습을 보고 있으면 재미있었다.

엔야는 줄곧 다마키 곁에서 그녀의 각본을 읽어 왔다. 같은 교실의 좁은 공간에서 나란히 책상에 앉았던 친구 사이인 만큼 가노와 마사요시 일행과는 애초에 마음가짐부터 달랐다.

슬로하이츠에 살기 전부터 아니, 다마키가 각본가로 데뷔하기도 전인 대학교 때 일이었다.

가노와 마사요시, 스미레, 엔야는 마사요시의 집에 모여 다마키의 신작 시나리오를 읽었다. 지인의 극단에 가져가 볼 생각이라는 그 각본은 완성도가 뛰어났다. 가노 일행은 각본이 얼마나 훌륭한지 입을 모아 칭찬했다. 다 읽은 사람부터 순서대로 집을 나와 다마키와 함께 동네 공원에서 소감을 이야기했다. 그날은 우연히 다마키의 각본을 다 같이 감상했지만, 가노가 그린 만화를, 또 마사요시가 만든 영화를 감상할 때도 있었다. 물론 스미레가 그린 그림을 다 같이 감상하기도 했다.

각본을 다 읽은 스미레와 마사요시가 가노와 엔야를 방에 남겨 두고 먼저 밖으로 나갔다.

가노는 그들보다 조금 늦게 각본을 다 읽었다.

선뜻 말이 나오지 않았다. 다마키는 어쩌면 이렇게 혼을 깎는 일을 할 수 있을까 싶었다. 그녀가 쓴 각본의 매력은 강한 메시지성에 있다. 성흔에 쇠못을 박아 속을 휘젓는 작업. 그것을 반복함으로써 태어나는 스토리.

가노 옆에서 엔야도 간발의 차이로 다 읽은 듯했다. 엔야가 숨을 크게 들이마셨다. 그 소리를 듣고 고개를 들자 엔야와 눈이 마주쳤다. 그의 얼굴이 붉게 달아오르고 눈에서는 열기가 느껴졌다. 흥분한 탓에 무심코 마음의 빗장이 풀렸으리라. 평소에는 결코 드러내지 않던 엔야의 감정이 엿보였던 것이다.

"아아, 제길."

무방비한 목소리였다. 엔야는 한 번으로는 부족한지 이를 악물고 거듭 말했다. 이번에는 입술을 거의 다물고 있어 목소리가 되지 못한 채 그의 속에서 사라져 갔다. 그러나 무슨 말이 하고 싶은지는 충분히 알 수 있었다.

제길, 제길, 제길.

건전함의 우리(檻)에서 비어져 나온 통증은 끝없이 확장되었다. 가노는 놀라지 않았다.

"엔야, 만화 그려? 아니면 소설이나 각본을 쓰나?"

엔야가 눈을 동그랗게 뜨고 가노를 뚫어지게 쳐다봤다. 가노는 엷게 미소 지었다.

"뭔지는 몰라도, 맞지?"

"어떻게 알았어?"

"모를 수가 없지."

사실 가노는 다마키에게 엔야도 뭔가 그리거나 쓰고 있지 않느냐고 여러 번 물어 왔다. 엔야 본인은 대학에서 경제학을 전공하고 있으니 졸업하면 회사에 취직하면 된다고 말했지만, 알고 보면…….

다마키는 "아무것도 안 할걸" 하고 매몰차게 대답했다. "그렇게까지 해서 그 애의 캐릭터를 부각시켜야겠어? 그만두지 그래?" 하고.

그런데 당시 엔야의 반응은 정직했다. 스미레의 그림을 입이 마르도록 칭찬하고, 마사요시의 영화와 가노의 만화를 봐도 괜히 신나게 떠들어댔다. 다마키의 각본을 읽고는 기분이 들떴다가 순식간에 밑바닥까지 가라앉는 듯했다. 몹시 분해 보였다.

무엇보다 이 모임에 태연히 놀러 오는 것이야말로 엔야가 뭔가 하고 있다는 증거라고 생각했다. 다마키를 과하다 싶을 만큼 존경하는 그가 이 창작가 지망생들과 계속 어울리며 지낸다.

이윽고 엔야가 단념했다는 듯 털어놓았다.

"만화 그려."

"나랑 같네. 혹시 방향성도 같은가?"

"아니, 가노보다는 타깃 연령이 좀 높아. 아동만화가 아니라 소년만화나 청년만화를 읽는 층이 타깃이야."

"다마키의 이번 각본이 네가 원하는 방향성과 겹쳐?"

"아니, 그게 아니라."

엔야 스스로도 자기 안에서 끓어오르는 감정에 이름을 짓지 못하는 듯했다. 기분이 왜 이토록 들떴는지 혹은 가라앉았는지.

이것은 분노인지 슬픔인지. 어째서 흘러나오는 말이 '제길'인지.

"그냥, 분해."

잠시 후 엔야가 불쑥 내뱉었다.

"방법을 모르겠어. 동갑인데 이렇게까지 잘할 수 있구나 생각하면 나 자신이 왠지."

엔야는 다음 말을 잇지 않았다. 가노도 묻지 않았다.

얼마 후 엔야가 자신의 만화를 보여 줬는데, 그 만화는 그야말로 엔야답게 반듯한, 어둠 하나 없이 밝은 모험 활극이었다. 여행을 떠나 대결을 하고 간간이 개그나 코미디 요소를 넣은 뒤 이따금 진지한 분위기를 조성하는 식이었다. 다마키가 그리는 세계관과는 전혀 비슷하지 않았다.

그런데도 엔야는 정말 분했을 것이다. 각본과 만화라는 서로 다른 분야라도, 메시지와 핵심이 달라도. 엔야는 다마키를 지나치게 의식했다.

"얼른 다마키한테 소감을 들려주러 공원에 가야겠다. 오늘은 꽤 늦어질 것 같네."

"그러면 곤란한데, 집에 빨리 가야 해."

엔야가 씁쓸히 웃으며 고개를 흔들었다.

"좋은 걸 읽으면 몸에 열이 올라서 못 견디겠어. 빨리 집에 가서 만화를 그려야겠어."

엔야는 소년만화에 묘사된 행동을 그대로 실천하는 사람이구나, 하고 생각하고 있는데 그가 갑자기 미안한 표정을 지으며 "내가 만화 그리는 거, 다마키한테는 비밀로 해 줄래?" 하고 부탁했다.

그렇지 않아도 그럴 생각이었다. 가노는 고개를 끄덕여 알겠다고 했다.

엔야는 무의식적으로 솔직했다. 가노에게 사실을 털어놓고 마사요시에게 만화를 보여 주게 되고 나서도 스미레와 다마키에게는 말하지 않았다. 동성친구가 편하다는 이유가 전부는 아니었다고 생각한다. 가노와 마사요시, 두 사람의 작품에는 뭔가 결정적인 요소가 빠져 있었다. 엔야는 그 치명상을 알아차린 동시에 거기에서 여유를 발견한 것이다.

스미레와 다마키의 작품에는 치명상도 없고 그녀들의 작품은 상품으로 충분히 통용되는 수준이었다. 그래서 지기 싫어하는 엔야는 그녀들에게 아무것도 보여 주지 않은 것이다.

하여튼 내가 생각해도 한심하기 짝이 없는 사내들이다.

(2)

다마키의 데뷔가 결정되었을 때 일이다.

그날 다마키는 밖에서 밥을 먹을 때도 영 기운이 없었다. 긴장한 듯 입을 다물고 있고 말수도 먹는 양도 평소에 비해 적었다. 지금 생각하면 폭탄을 안고 있었기 때문이리라. 다 먹은 뒤 가노의 집에 가서야 입을 열었다.

다마키는 남들 앞에서 눈물 흘리는 것을 싫어한다.

눈물은 쉽게 무기가 되기 때문에 비위에 거슬린다고 말한 적이 있다.

그런 다마키도 감격이 복받쳤던 모양이다. 눈물 한 방울 보이지 않았지만, 가노의 집에 도착할 때까지 그녀는 희소식을 밝히지 않고 꾹 참았다.

그녀의 말을 듣고 모두 흥분하며 기뻐했다.

"역시 제일 먼저 데뷔하는 건 다마키였어."

마사요시가 말했다.

"그리고 지금 내가 기뻐할 수 있다는 것도 좋아. 솔직히 우리 중 누군가가 먼저 성공하면 무조건 못마땅한 기분이 될 줄 알았거든. 나 진짜 대단한데. 흥분되고 순수하게 기뻐."

"잘 모르지만, 각본가는 어떻게 하면 되는지 몰라서 그림이나 만화에 비해 엄청 어려울 거라 생각했어."

스미레가 울먹이며 말했다. 다마키가 흘리지 않는 눈물을 그녀가 대신 속눈썹 사이로 뚝뚝 흘리는 듯한 모습이었다.

"그래서 나는 내 그림이 아무 데도 실리지 못한 게 창피하고, 지금 여기 이렇게 있는 것도 한심스러워."

스미레가 말했다. 그것은 듣는 이로 하여금 불쾌감을 느끼게 하는 말이 아니었다. 하지만 그녀가 자연스레 입 밖에 낸 '그림이나 만화'라는 말. 그 말에 확실히 반응한 사람이 있다는 것을 가노는 알고 있었다. 자신의 일이야 어떻든, 알고 있었다.

엔야는 다마키의 말을 듣고 흥분하며 "굉장하다" 하고 소리쳤다. 쭉 뻗어 나가는 듯한 높은 목소리로 "역시 다마키 짱이야" 하고 무릎을 탁 쳤다. 다른 친구들과 함께 기쁨을 나누었다. 처음에는 그랬다.

스미레가 다마키에게 채택된 각본을 읽고 싶다는 말을 꺼냈다. 다마키가 한 부만 가져왔기 때문에 다 같이 근처 편의점에 가서 복사를 하기로 했다. 복사하다 혹시라도 내용이 보이면 재미없으니 다마키 혼자 복사 작업을 하고, 그사이 가노 일행은 잡지 코너 앞에서 다마키의 앞날에 대해 이야기를 나누었다.

그날 밤은 달이 가느다랗게 야위어 있었다. 마침 초승달의 끝 무렵. 도시의 쪽빛 어둠에 떠오른 노란 달은 딸깍 깎은 손톱처럼 혹은 껍질이 닿을락 말락 할 때까지 베어 먹은 멜론처럼 보였다.

엔야만 혼자 조용했다.

아무 말도 하지 않고 그저 눈을 들어 하늘을 향하고 있었다. 그의 시선이 어디에 가닿았는지 살피려고 등 뒤로 다가서고는 알아차렸다. 엔야는 달도 어둠도 밤도, 아무것도 보고 있지 않았다. 그것을 알게 되자 이내 깨달았다.

그는 지금 함께 있는 친구들을 보고 있지 않다. 마사요시도, 스미레도, 경쟁 분야가 같은 가노마저. 심지어 자신도, 혹은 만난 적 없는 그의 소중한 여자친구마저.

엔야는 처음부터 다마키만 봤던 것이다.

이윽고 복사가 끝나고 다마키가 돌아오자 다 같이 가노의 집까지 걸어갔다. 그때 엔야는 평상시 상태로 돌아와 있었다. 모두에게 맞춰 흠잡을 데 없는 부드럽고 상냥한 호감형 청년의 모습을 관철시켰다.

그날 다마키의 데뷔작을 읽었다.

제목은 『거짓 울음을 짓는 여자의 말로』.

"『거짓말쟁이 여자의 최후』로 해도 됐었는데."

다마키가 밝게 말했을 때 가노는 그리 깊게 생각하지 않았다. 확실히 '거짓말쟁이'보다 '거짓 울음을 짓는'이 더 임팩트 있겠다고 태평하게 대꾸했다.

그러나 시나리오를 다 읽은 뒤, 가노는 그렇게 말한 다마키의 얼굴을 제대로 쳐다볼 수가 없었다.

읽는 도중 심장이 걷잡을 수 없이 뛰었다.

비유가 아니라 말 그대로 숨이 막혔다. 이것을 읽고 있는 공간에 이 시나리오를 쓴 장본인이 있다는 사실이 괴로웠다. 견딜 수 없었고 도망치고 싶었다.

"다마키, 이거……."

스미레가 고개를 들었다. 얼굴이 새파랗게 질려 있었다.

"응?"

다마키는 초연한 얼굴로 잡지를 읽고 있었다. 가노가 매주 구입하는 《블랑》의 최신호. 그것을 팔랑팔랑 넘기며 시원스러운 목소리로 말했다.

"뭐가? 스—, 벌써 다 읽었어? 빠르네."

"그게 아니라……."

난감해하며 말하는 그녀의 기분을 손바닥 보듯 헤아릴 수 있었다. 하지만 차마 끼어들 수가 없었다. 엔야도 그녀들의 대화가 전혀 들리지 않는다는 얼굴로 말없이 복사본을 노려보고 있다.

"스—."

마사요시가 말했다.

"일단 마지막까지 읽어 보자. 이거 내년 가을에는 공중파에서 전국에 방영될 거야."

그 말에 스미레의 얼굴이 더 창백해졌다. 마치 백지장처럼 하얗게 핏기를 잃어 갔다.

"그렇지? 다마키."

마사요시가 다마키를 본다.

"채택된다는 건 그런 거지?"

"맞아."

다마키의 목소리는 가벼웠다.

"이걸 실제로 TV에서 볼 수 있다니, 기대돼."

친구들이 어떤 기분인지 알면서도 다마키는 상대하지 않았다. 모두의 시선을 기꺼이 받아내며 미소를 짓더니 다시 읽던 잡지에 얼굴을 파묻었다.

다마키가 울음을 터뜨리지 않는 것이 신기했다.

이 각본에 대해 나중에 그 거물 각본가가 이렇게 평가했다는 것을 가노는 알고 있다. '애처로우리만치 지독하다', '억척스러우리만치 취향이 고약하다'.

그것은 다마키 어머니의 이야기였다.

다마키가 대학교 2학년이던 해 봄에 교통사고로 세상을 뜬 친어머니의 이야기였다. 전편에 걸쳐 딸의 시선으로 그려진 그 각본 속에서는 이것이 실화임을 강조하고 또 강조하고 있었다. 자기 인생을 파는 듯한, 혼을 깎는 듯한 시나리오였다. 그것이 팔린다는 것을 완벽히 숙지한 프로의 작업이었다.

거짓말쟁이에 사치를 좋아하는 이기적인 여자.

채워지지 않는 위장을 가지고 그 속에 보석이며 드레스를 닥치는 대로 집어넣는다. 만족하지 못한 채 먹고 또 먹는다. 이윽고 용량을 초과해 위장에 구멍이 뚫렸는데도, 구멍이 뚫렸다는 이유로 보석을 끊임없이 먹지 않고서는 견딜 수가 없게 된다. 단적으로 말해 그런 한 여자에게 휘둘리는 사람들의 이야기였다.

친어머니를 규탄하는 딸의 생생한 시선. 각본에서 비어져 나온 그 요소가 이 각본을 탄탄하게 하는 뼈대가 된 것은 명백했다.

스토리 중반에 여자는 자신의 딸을 버린다. 아버지도 그 여자의 아이는 필요 없다며 딸을 버린다. 남겨진 자매 중 여동생이 어머니에게 매달린다. 엄마, 엄마. 그래도 나를 진심으로 기쁘게 하고, 울게 하는 사람은 엄마인데, 하고.

언니는 모든 상황을 그저 지켜본다. 아무것도 하지 않은 채, 어머니가 죗값을 받아 쇠락하기를 기다린다. 어떤 식으로 죽을까, 하고 그 순간만을 기다린다.

이야기의 끝 무렵에 여자는 죽음을 맞는다. 딸은 정작 때를 놓쳐 임종을 지키지 못한다. 어머니가 사고로 세상을 떴다는 것도 모른 채, 휴대폰이 터지지 않는 곳에서 남자와 놀러 다닌다. 그 모습을 시나리오는 소름이 돋을 만큼 정성스럽게 그려 낸다. 그 하루가 끝나고 집에 돌아온 그녀는 자동 응답기에 녹음된 부재중 메시지를 듣는다. 각본을 읽는 독자도 그제야 딸의 시점을 정성스럽게 따라간 그 하루의 의미를 알아차린다.

부재중 메시지를 남긴 사람은 여동생이었다. 아침에 엄마가 사고를 당한 것부터 시작해 당시 상황이 실시간 중계되듯 그때그때 녹음되어 자동 응답기가 메시지로 가득 찼다.

여동생(부재중 메시지 목소리) : (오열하며) 언니, 언니 제발. 전화 좀 받아.

여동생(부재중 메시지 목소리) : (마구 울부짖으며) 언니, 엄마가 돌아가셨어. 방금 돌아가셨단 말이야.

오랜 옛날, 알게 된 지 얼마 안 되었을 무렵 다마키에게 왜 각본이냐고 물은 적이 있다. 왜 소설이나 만화가 아니냐고. 소설과 애니메이션, 만화를 전부 좋아한다면 그중 어느 매체라도 창작할 수 있을 텐데 어째서 남을 끌어들이는 각본이냐고. 다마키는 개인주의가 잘 어울리건만.

그녀는 웃으면서 "언젠가 미국에서 아카데미상을 받고 싶거든" 하고 장난스럽게 말한 뒤 이렇게 덧붙였다.

"난 그림도 못 그리고 소설도 못 써. 대사와 대사 사이에 감질 나는 감정을 써 넣어야 하다니, 절대 못하지. 난 스토리 파트로 족해. 괄호 안에 '울며' 혹은 '웃으며'라고 쓰면 그다음은 연기자나 그림 콘티가 알아서 처리해 주잖아? 인물의 감정은 관객이 제 입맛대로 해석하면 되는 문제고."

오열하며.

마구 울부짖으며.

대사 중심으로 진행되는 일련의 흐름이 심히 무기질적이었다. 눈으로 좇는 활자 하나하나가 묵직하다. 비바람에 깎여 잘 다듬어진 묘비처럼 매끈매끈하고 차갑다.

"모모카 짱이 볼 거잖아."

스미레의 목소리에 가노는 고개를 들었다. 다마키의 여동생 이름을 언급한 그녀의 손이 각본을 꽉 움켜쥐고 있었다. 얼마나 세게 쥐었는지 종이에 손톱이 박혀 있다. 마치 애원하는 듯한 목소리였다.

"어떻게 생각할 것 같아?"

다마키는 입을 다물고 있었다. 모두가 그녀의 말을 기다렸다.

깊은 밤 가노의 방은 무시무시할 정도로 조용했다. 그 가느다란 달빛이 흐르는 소리마저 들리는 것 같았다.

각본을 읽으면서 스미레는 마지막에 구원이 있을 거라 기대했을까. 하지만 이것은 어디까지나 부정적 동기에서 발단된 이야기였다. 죽은 어머니에게, 그럼에도 불구하고 전하는 메시지. 애처로우리만치 지독한 슬픈 이야기. 기어코 이것을 쓴 사람에게는 필시 아무도 동정하지 않을 이야기다.

말로는 단 한 마디도 쓰여 있지 않다. 그러나 예리한 시각이 이야기의 근간을 흔들림 없이 지탱한다. 다마키는 어머니에게 이렇게 말하고 있다. 죽었어도 여전히.

나는 아직 용서하지 않았어. 사과해.

이 시나리오의 제목은 『거짓 울음을 짓는 여자의 말로』다.

——『거짓말쟁이 여자의 최후』로 해도 됐었는데.

각본을 읽기 전에 다마키가 한 말이다. 몇 시간 뒤의 이 상황을 필시 예상했음에도 불구하고.

다마키는 동요하지 않았다. 눈을 천천히 깜빡이고 나서 말했다.

"어차피 현실이야."

당한 일은 결코 잊지 않고 기억한다. 그녀의 무기는 그 태도에 크게 의지한다. 자신을 무시한 상대는 절대 용서하지 않겠다는, 강한 의지에서 비롯된 동기.

아카바네 다마키는 지기 싫어하는 기질이 강하고, 뼛속부터 반골 기질이 가득하다.

하지만 가노는 다마키가 이렇게까지 할 줄은 몰랐다. 이토록 상처받았을 줄은 몰랐다.

"엄마는 대부분 자식보다 먼저 죽잖아. 내 경우에는 그 일이 남들보다 평온한 형태가 아니었기 때문에 이야기가 돼서 좋게 평가받은 거야."

"그렇지 않아, 다마키. 그게 아니란 거 너도 알잖아. 다마키, 너 그러다 무너질 거야."

스미레가 비명을 지르듯 목청을 높이고 일어섰다. 다마키를 쳐다보며 고개를 크게 내저었다.

"아마 이야기의 힘만은 아닐 거야. 이게 실화니까, 자기 어머니를 이런 식으로 쓴 게 대단해서 채택해 줬을 거야. 다마키, 정말 괜찮겠어? 분명히 누군가는 손가락질할 거야. 어떻게 가족을 이런 식으로 쓰냐고, 독하다고."

"알아."

스미레는 울고 있었다. 어떻게 모를 수가 있느냐며 다마키 옆에 서서 팔을 붙잡고 나무랐다. 이러면 구경거리밖에 안 되잖아, 하고 스미레가 소리쳤다. 모모카 짱이 볼 거잖아, 하고 다시 말했다.

가노는 아무 말도 할 수 없었다.

다마키의 각본은 이 구경거리가 먹힌다는 것을 냉정히 계산한 끝에 나온 결과물이다. 자기 자신을 소재로 제공하고 기꺼이 소비한 것이다. 스미레에게 지적받을 필요도 없이 다마키는 모든 상황에 대한 각오가 이미 되어 있을 터였다. 지금 온몸이 떨리도록 충격적인 이 각본이 그럼에도 불구하고 언젠가 잊힐 거라는 것마저 알고 있다. 깎인 자신의 혼이 짧은 방송 기간을 거친 뒤 쓰레기통에 던져지리라는 것마저 자각하고 있다.

그런데도 다마키는 이렇게 말했다.

"고마워. 그런데 처음은 이걸로 괜찮아. 일단 주목을 받아서 첫걸음만 떼면 그다음 걷는 건 시간문제니까. 후회하지 않아."

망설임 하나 없는 당당한 말투였다. 다마키는 스미레에게 향했던 고개를 들어 모두를 둘러봤다. 이때 그녀의 얼굴을 가노는 절대 잊지 못할 거라 생각했다. 오싹할 만큼 고요한 눈동자를 천천히 가늘게 뜨고 그녀는 물었다. 놀랍도록 천진난만한 어린아이 같은 얼굴이었다.

"너희는 아니야?"

"훌륭해, 다마키 짱."

먼저 침묵을 깬 사람은 엔야였다. 입술을 깨물고 밝게 말하지만 목소리는 착 가라앉아 있었다. 그는 이제 자신의 심경을 감추려 하지 않았다.

"정말 축하해. 역시 다마키 짱은 대단해."

그 목소리를 들으면서 가노는 두 사람이 고등학교 때 어떤 친구 사이였을지 짐작해 봤다. 상냥하고 건전한 마음가짐으로 소설, 만화, 영화 등 엔터테인먼트 작품을 두루 즐기던 그가 다마키를 만나 그 훈훈함과 호감도를 유지한 채 꿈에 도전하기 시작한다. 입 밖에 낸 말을 전부 실현해 낸 유언실행의 다마키와, 불언실행의 정신을 미덕으로 삼고 말없이 노력하는 엔야.

"나는 다마키처럼 하고 싶다는 생각은 절대 안 하지만."

잠시 후 마사요시가 말했다.

"넌 굉장한 여자야."

――너희는 아니야?

조금 전 다마키의 목소리는 계산도 아무것도 아닌, 극히 당연한 것을 묻는 듯했다. 하지만 가노는 아니고 마사요시도 그렇지 않다. 스미레도 아닐 것이다. 그리고 그것은 각자의 성격이니 어쩔 수 없다. 따라서 엔야도 깨달아야 한다.

다마키를 의식해서는 안 되며 의식할 필요도 없다. 왜냐하면 그것은 성흔이다.

건전하고 천성이 밝은 엔야가 그것을 지니지 않은 것은 행운인 것이다.

(3)

지금 생각하면 엔야는 처음부터 슬로하이츠에서의 생활을 내켜 하지 않는 것 같았다.

엔야 입장에서는 가노 일행보다 월세가 훨씬 절실한 문제여서 파격적인 월세에 낚인 것은 맞으리라. 고집이 센 엔야는 대학 전공과 상관없는 직업을 원하면서, 부모님의 생활비 지원을 사양하고 밤낮으로 아르바이트를 했다. 그 와중에 틈틈이 슬로하이츠에서 손을 시커멓게 물들이며 만화를 그렸다.

사이타마 현에 있는 그의 본가는 도쿄 도내로 나오는 데 별 지장이 없는 곳에 위치해 있었지만, 역시 본가로 돌아가기를 원치 않았다고 한다. 그럴 때 다마키가 함께 살자고 제안한 것이다.

물론 친구들과 살면 재미있겠다고 생각했을 테고, 실제로 그가 이곳에 살았을 때 가노는 그와 전보다 훨씬 많은 대화를 나누었다. 좋아하는 만화와 영화 이야기로 밤을 새는가 하면 서로의 그림을 보며 의견을 교환했다. 그것은 결코 흔해 빠진 자아도취도, 서로의 상처를 위로하는 것도 아니었다. 한 지붕 아래 지요다 고키와 아카바네 다마키가 살고 있다. 거기까지 올라가고 싶으면 지금 수준에 머물러 있어서는 안 되었다.

"고 짱의 신간을 읽고 흥분해서 잠을 못 잤어."

"언젠가 다마키 짱을 이기고 싶어."

엔야는 두툼한 안경 속 눈을 어린아이처럼 반짝이며 말했다.

가노는 엔야와 자신이 이 집에서 계속 좋은 자극을 받을 수 있을 것이라 생각했다.

하지만 엔야 신이치는 떠나 버렸다.

떠나는 계절로 그는 봄을 택했다.

생활은 여전히 고단하고 이곳을 나간다고 해서 달라지는 것은 없을 터였다. 하지만 엔야는 조바심이 난 것이다. 그리고 자기 자신을 향하던 그 분노는 좁은 집 안에서 서서히 다른 사람을 향해 불거져 나가기 시작했다. 특히 다마키에게.

작풍이나 작품의 퀄리티가 어떻든 상관없었다. 이유는 단 하나. 처음부터 옆에 있던 사람이 그녀인 데다 보이는 하늘에 있는 사람이 그녀뿐이었기 때문이다. 더 높은 곳을 나는 고키조차 그는 보지 않았다.

이윽고 엔야는 가노와 마사요시에게도 조바심을 내게 되었다. 너희는 분하지도 않아? 어떻게 다마키 옆에 머물 수 있어? 어떻게 이 집에서 계속 살 수가 있어? 하고.

"이 집에서 나가도 될까?"

어느 날 저녁 식사를 하던 중 엔야가 한없이 진지하게 말했다.

그날 다마키는 한창 마감에 쫓기던 중이었다. 저녁 식사로 피자를 시키자면서 그때 집에 있던 멤버를 모았다. 가노와 고키, 다마키 이렇게 셋이서 피자가 오기를 기다리고 있는데 마침 엔야가 들어오기에 같이 먹자고 했다. 따라서 엔야는 그 말을 돌발적으로 했을 터였다. 주의 깊게 때를 살피는 기색도 없던 것으로 보아 늘 그런 기분으로 지냈던 것이다.

그동안 몇 달씩이나 엔야는 거의 집에 붙어 있지 않았다. 아르바이트를 최대한 빡빡하게 잡았고 집에 있어도 방에 틀어박혀 나오지 않았다. 자거나 만화를 그리거나 둘 중 하나였다.

"그래. 그런데 갑작스럽네. 왜? 여자친구랑 살게?"

다마키가 시원스럽게 말했다. 마음에 깊이 담아 두는 기색이라고는 전혀 없었다. 엔야의 가슴속에서 지금껏 쌓아 온 감정이 끓어 넘치려는 것이 느껴졌다. 큰일이다, 말리지 않으면 분위기가 험악해질 것이다. 가노가 생각했을 때는 이미 늦었다. 엔야가 말해 버린 것이다.

"이 집을 나가고 나면 너희와도 안 볼 거야. 앞으로 다 같이 모여 노는 일이 있어도 나한테는 연락하지 말아 줄래? 당분간 사양할게."

다마키가 조용히 고개를 들었다. 엔야는 입술을 꾹 다문 채 가만히 앉아 있었다. 눈에 힘을 주고 다마키를 똑바로 노려본다. 평상시 상냥하고 온화하던 그와는 어울리지 않는 표정이었다.

가노는 말문이 콱 막혔고 고키는 어안이 벙벙했다. 잠시 후 모두를 둘러본 고키의 시선이 도움을 청하듯 가노를 향했다. 어떻게 된 일이지? 시선에는 차마 입 밖에 내지 못한 곤혹스러움이 담겨 있었다. 하지만 가노는 아무 대답도 할 수 없었다.

여자친구와 함께 살기로 했다거나 아르바이트하는 곳 근처로

옮긴다는 식의 적당한 이유로 얼버무려 이곳을 떠나면 아무런 문제도 없을 터였다. 그러나 엔야는 그렇게 하지 않았다. 한계에 달하기 직전인 그의 마음에서 삐걱삐걱 소리가 들리는 듯했다. 갈 곳 없는 분노를 다마키 본인에게 정면으로 터뜨리고 싶은 것이다.

끔찍한 상황이 벌어질 것이다. 다마키가 화를 내며 엔야를 노려보고 "뭐라고?" 하고 내뱉을 것이다. 싸움이 이어질 것을 상상하고 가노는 잔뜩 긴장했다. 그것은 고키도, 당사자인 엔야도 마찬가지였으리라. 엔야는 끝까지 해볼 심산이다. 그래도 상관없다고 진심으로 생각했을 터다.

그런데 그렇게는 되지 않았다.

다마키는 그사이 배달된 피자를 먹다 접시에 내려놓았다. 엔야를 쳐다본다. 단 몇 초간의 짧은 시간이었다. 그러고는 말했다.

"알겠어."

엔야가 숨을 크게 들이마셨다.

그의 마음속 감정의 흐름이 그 한순간에 얼어붙는 것이 또렷이 느껴졌다. 다마키가 엔야에게서 시선을 돌려 피자를 손에 들고 다시 식사를 시작했다. 그녀는 더 이상 아무런 말도 할 생각이 없어 보였다.

"다마키."

부른 사람은 고키였다. 그는 딱해 보일 만큼 곤혹스러워하고 있었다. 안절부절못하며 다마키와 엔야를 번갈아 봤다. 고키는 상냥하고 섬세해서 사람과 사람 사이의 마찰을 못 견뎌 한다. 이 상황에 대한 사전 정보가 거의 없으면서도 그가 초조해하는 모습이 보기에 딱했다.

"왜, 고 짱?"

다마키가 고개를 들었다.

자신을 향한 엔야의 시선은 완전히 무시하기로 결심한 듯했다. 엔야가 이를 악물었다. 오랜 시간 알고 지냈지만 가노는 그의 이런 표정을 처음 본다. 엔야가 뭔가 말하려는 듯 입술을 달싹이다 이내 그 말을 삼켰다. 그러고는 주먹 쥔 손을 테이블 위로 살짝 들어 올렸다. 쿵 하는 가벼운 소리와 함께 희미한 진동이 전해졌다.

엔야는 말없이 일어나 거실에서 나갔다.

"방금 그건――."

고키가 입을 연 것은 2층 엔야의 방문이 쾅 하고 닫히는 소리가 난 후였다.

엔야에게 가야 할지, 아니면 이곳에 있어야 할지 순간 망설인 탓에 자리에 못 박히게 된 가노는 말없이 고키를 봤다. 그는 곧 울 것처럼 보였다. 이 문제에 직접 관여하지 않았는데도 불구하고 이 자리에 같이 있게 된 것이 자기 탓이라 생각하는 듯했다.

줄곧 두 사람을 봐 온 가노보다 사정을 모르는 고키가 더 절실하게 그들의 문제에 뛰어들려고 한다. 그렇게 생각하자 느닷없이 가슴이 아려 왔다.

엔야가 이곳을 떠난다. "제길" 하고 중얼거린 뒤 가노에게 만화를 그리고 있다고 털어놓은 그날부터 오늘까지 간절히 품고 있던 비밀을 폭로했는데도 다마키는 아랑곳하지 않았다. 따라서 더는 이곳에서 지낼 이유가 없다.

"방금 그건 다마키가 잘못했어."

고키가 울 것 같은 얼굴로 말한 그 목소리에서 진심 어린 걱정이 느껴졌다.

다마키는 이 집의 세입자 중 고키에게만은 특별히 약하다. 자신보다 앞서 가는 사람에 대한 경애의 마음이 그렇게 시켰음에 틀림없다. 그러므로 그때도 순순히 그 목소리를 들었을 터였다.

다마키는 무표정인 채 "알아" 하고 대답했다.

"아는데, 나도 어쩔 수 없어. 달리 어떻게 하라는 거야, 고짱?"

다마키는 두 조각째 피자를 손으로 집었다. 그 후로 말없이 먹기만 했다.

"내가 모두를 싫어한다거나 가볍게 본다거나, 그런 이유가 절대 아니야."

어느 정도 안정되었을 무렵 엔야가 씁쓸히 웃으며 설명해 주었다.

"오히려 그 반대로 아끼기 때문이야. 이대로는 내가 너무 한심스러워서 여기에 있을 수가 없어. 당당하게 제구실을 다하게 되면 반드시 돌아올게."

그 후 그의 이사 준비는 빠르게 진행되었다. 아르바이트를 하고 돌아온 늦은 밤에 혼자 박스에 물건을 담는 엔야를 날마다 교대로 누군가가 도왔다. 모두가 한꺼번에 돕지는 않았지만 작별 인사를 하듯이 한 명씩 손을 보탰다. 누군가가 돕고 있는 동안에는 그 사람을 배려해서 사이에 끼어들지 않기로 했다.

한번은 방에서 일을 하고 있는데 이사 준비 중인 엔야의 방에서 "도와줄까?" 하는 목소리가 들렸다. 거슬거슬하게 쉰 목소리. 고키였다.

한동안 둘이서 짐 정리하는 기척이 이어졌다. 중간에 웃음소리가 들려오곤 했다.

"보고 싶을 겁니다."

헤드폰을 벗고 소리 없는 세계에서 작업하고 있자 문득 대화 내용이 날아들었다.

"정말?"

엔야가 물었다.

"네. 서운합니다."

고키가 대답했다.

다마키는 한 번도 엔야의 이사 준비를 돕지 않았다. 사실 그녀가 엔야에게 어떤 감정을 품고 있는지도 알지 못했다.

엔야는 이곳에 여자친구를 데려온 적이 없다. 가노는 마지막이라고 생각해 "여자친구는 어떤 사람이야?" 하고 묻자, 그는 몹시 쑥스러워한 뒤 "여자친구한테도 내가 만화 그린다는 말은 못 했어. 보여 줄 수가 없어서" 하고 말했다.

엔야에게 만화와 다마키는 이미 뗄 수 없이 직결되어 있다. 엔야는 한 번도 자신의 여자친구를 이곳에 부르지 않았다.

엔야가 마침내 이곳을 떠나는 날 아침.

슬로하이츠 앞에 구로키와 다마키를 제외한 모두가 모였다. 스미레는 일부러 아르바이트를 쉬었고 마사요시는 직장에 늦는다고 연락해 두었다. 집필 중이던 고키도 작업을 멈추고 밖으로 나왔다.

"어차피 이승에서의 이별도 아니지 않나."

그렇게 웃은 구로키는 그날도 일이었다. "새 집에 익숙해지면 놀러 갈 테니 초대하게나" 하고 당당히 빈말을 하며 작별 인사를 대신했다.

다마키는 그날도 집에 있었다. 마감이 얼마 남지 않았다며 방에 틀어박혀 신작을 쓰고 있었다. 가노와 스미레가 엔야를 배웅하자고 권했지만 "으음, 됐어" 하고 분명하게 거절했다.

"그럼 갈게."

엔야가 웃으면서 말했다. 다마키가 나오지 않은 것은 엔야도 완전히 체념한 듯 보였기 때문에 가노 일행도 굳이 언급하지 않았다. 스미레는 안타까운지 눈물을 글썽거리고, 고키는 혼자 어쩔 줄 몰라 하며 다마키가 있는 3층을 힐끔거렸다.

아르바이트하는 곳 선배에게 빌렸다는 경승합차에 짐을 가득 실었다. 그 차에 올라타기 직전 엔야가 고개를 들었다. 이것이 마지막이라고 결심했는지도 모른다.

"다마키 짱!"

더는 못 참겠다는 듯 고개를 한 번 흔들고 나서 닫힌 3층 창문을 향해 외쳤다.

나가겠다고 선언한 그날부터 얼굴을 거의 마주하지 않았을 터였다. 감정을 가로막고 견고하게 덮은 껍데기. 가노는 그것이 무너지는 순간을 목격했다.

"다마키 짱, 나는 반드시 해 보일 거야. 내가 원하는 일을 자신 있게 하게 되면 다시 이곳에 돌아와도 될까?!"

그것은 억지로 밝게 쥐어짜 낸 듯한 목소리였다. 엔야가 계속 말했다. 창문은 여전히 닫혀 있고 조용했다.

"그러니까."

목청을 돋운다.

"믿고 기다려 줄래?"

그때였다.

고키가 "아" 하고 짧게 소리 냈다. 창문이 드르륵 소리와 함께 옆으로 열리고 다마키가 얼굴을 내밀었다.

마감이 얼마 남지 않았다는 것은 억지로 갖다 붙인 명분이나 핑계가 아니었던 모양이다. 안경을 쓰고 머리를 아무렇게나 묶은 다마키의 얼굴에는 화장기가 전혀 없었다. 웃음기라고는 없이 입을 꾹 다물고 있는 그녀는 그저 무표정했다.

잠시 침묵이 흐른 뒤 먼저 움직인 쪽은 엔야였다.

"다마키 짱."

이름을 읊조린다.

그리고 그 후였다.

다마키가 눈을 쓱 가늘게 떴다. 숨을 깊이 들이마신다. 입술을 천천히 벌려 무표정인 채 소리쳐 대답했다.

"뭐라고? 하나도 안 들려."

엔야가 그 자리에 굳어 버렸다. 가노 역시 눈을 깜빡이는 것도 잊고 망연히 창문을 올려다본다.

다마키의 목소리는 아랫배에 힘주어 내는 우렁찬 목소리였다.

아무 말 못 하는 친구들을 내려다보면서 그녀는 연거푸 소리쳤다. 퉁명스러우면서도 명확한 감정이 깃든 목소리였다. 다마키는 화를 내고 있다.

"뭐라고 하는지 안 들려. 아무것도 안 보여. 네 모습 따위 하나도 안 보인다고."

"나는 말이야, 다마키 짱."

엔야가 지지 않으려 심호흡을 하고 다마키의 목소리에 자신의 목소리를 덮어씌웠다.

"나는 반드시 널 이길 거……!"

"안 들린다고."

다마키가 말했다. 숨을 들이마시고 힘껏.

"나 반드시 당당하게 제구실을 다해서."

"안 들린다니까."

거듭 소리치는 엔야의 셔츠에 땀이 차는 것이 보였다. 안간힘을 쏟는 그의 외침을 다마키가 큰 소리로 지워 갔다. 엔야를 정면에서 쏘아본다. 마지막에 그녀의 목소리는 비명처럼 날카롭게 울렸다.

그만큼 진심으로 화내고 있으면서 끝까지 우긴다.

"아무것도 안 들리고, 아무것도 안 보여. 정말 아무것도."

"다마키 짱——."

창문이 다시 갑자기 드르륵 닫혔다.

가노 일행은 모두 어안이 벙벙한 채 일의 자초지종을 지켜봤다. 아무도 움직일 수 없었다. 폭풍 같은 장면이 끝난 뒤에도 그 자리에 계속 서 있었다.

가노는 다마키가 사라진 창문을 하염없이 올려다봤다. 엔야를 위해 창문이 다시 열리기를 기대하면서. 그러나 창문은 열리지 않았다.

침묵을 깬 것은 조심성 없이 밝은 마사요시의 "오호" 하는 감탄이었다. 그는 웃고 있었다. 비웃는 느낌이 아니라 단순하게 좋은 영화의 한 장면을 봤을 때 짓는 미소였다.

"왠지 바람직하게 재미있어졌는데? 다마키랑 엔야 둘 다."

"……악취미야."

스미레가 발끈하며 주의를 주었지만 마사요시는 아랑곳하지 않았다. 고개를 돌려 아직 입술을 깨물고 있는 엔야의 어깨를 토닥인다.

"힘내. 저 애가 네 보스 캐릭터야. 이미 내뱉은 이상 이겨야지. 나 같으면 저렇게 벅찬 상대는 싫지만."

(4)

가노가 문을 두드리자 "응" 하는 대답이 돌아왔다. 혼이 빠져나간 공허한 목소리였다.

"다마키."

불러 보지만 똑같은 톤의 "응" 하는 대답뿐이었다. 가노는 한숨을 쉬고 다시 물었다.

"들어간다?"

"응."

문을 열었다. 다마키는 어두운 방 가운데에 놓인 소파에 가만히 앉아 있었다. 혹시 울고 있을까 봐 걱정했지만 그렇지는 않은 모양이다. 다마키는 초점 없는 눈으로 손발을 축 늘어뜨리고 있다. 가노가 들어온 것을 알아차리자 시선을 약간 올려 "아아" 하고 말했다.

영혼 없는 몸짓을 보고 있자니 왠지 울고 싶어졌다. 고키만큼 극단적이지는 않아도 가노 역시 사람과 사람 사이의 다툼을 보는 것은 마음이 편치 않다.

"가노구나."

"스—하고 고 짱이 걱정해."

"응."

다마키가 고개를 앞뒤로 기우뚱 움직이고 씁쓸히 웃는다.

"마사요시는?"

"재미있어하더라."

솔직히 말하자 "아하하. 진짜?" 하고 소리 내어 웃는다.

"마사요시답네. 엔야는?"

"갔어."

봤잖아?

가노의 대답에 다마키는 왠지 애처롭고 몹시 얄팍한 미소를 머금었다.

"그렇구나. 하긴, 뭐 어쩔 수 없지."

다마키가 기울어진 안경을 밀어 올리고 천천히 눈을 깜빡였다. 조금 전까지만 해도 우렁찬 목소리를 내던 사람과 동일 인물이라는 것이 믿기지 않을 만큼 차분한 동작이었다. 그러고는 띄엄띄엄 말하기 시작했다.

"고등학교 때는 엔야가 내 첫 번째 친구가 돼서 얼마나 기뻤는지 몰라."

슬픔도 외로움도, 노여움조차 느껴지지 않는 담담한 목소리였다. 멍하니 허공을 바라보는 눈은 가노를 향하지 않았다.

"방과 후에 엔야가 반 남자애랑 싸운 적이 있어. 자기가 좋아하는 책을 무시한 그 애한테 엔야가 화내더라."

"읽지도 않고 나쁘게 말하지 말라고 했지. 그 이야기는 들은 적이 있어."

"그래, 맞아. 그랬구나, 내가 이야기했었구나."

다마키의 눈의 초점이 가노에게서 멀어져 방향을 잃고 떠다닌다.

"그 남자애가, 내가 시나리오로 입상했을 때 웩 소리를 냈거든."

여기서부터는 처음 듣는 이야기다. 가노는 그렇게 생각하며 "응" 하고 맞장구를 쳤다.

"'원고지로 4백 장 가까이 썼다며? 우아, 웩, 상상이 안 간다'라고 말했지. 그 애가 나쁜 뜻이 있어서 그런 게 아니라는 걸 알고, 글쓰기가 익숙지 않은 사람 입장에서는 정말 구역질 날 만도 하다고 생각해. 어쩔 수 없는 일이니까 나도 그 소리에 기분이 상하진 않았어."

다마키가 여전히 무표정으로 차분하게 말했다.

"그런데 엔야가 그 애를 말렸어. '아카바네한테 사과해' 하고 고함을 치더라. 자기 때문에 내 입장이 난처해지는 게 아닐까, 괜히 참견하는 게 아닐까 하고 망설이면서. 주뼛주뼛하면서도 분명하게."

엔야는 올곧은 성품에 부드러운 행동력까지 겸비한 사람이다. 그 당시 상황이 눈에 선하다.

"'읽지도 않았으면서 그렇게 말하지 마'라고, 내가 처음에 엔야를 제법 괜찮은 애라고 생각했을 때와 똑같이 말했어."

"응."

"기쁘더라."

감정의 높낮이가 없는 다마키의 목소리에 가노는 이 이야기가 어떻게 마무리될지 전혀 예상하지 못했다.

"이 애의 마음속에서 내가 쓴 그 원고지 다발은 어엿한 작품이구나 싶었어. 그날 자기가 좋아한 책을 무시당했을 때와 똑같은 말투였거든. 내 원고가 설령 한 순간이었다 해도 엔야가 봤을 때 그 책과 어깨를 나란히 했다고 생각하니 몸이 떨리는 거야. 코끝이 찡하고 눈물이 나올 뻔해서 혼났어."

"다마키."

"엔야는."

그제야 다마키가 고개를 들었다. 어둠 속에서 가노를 정확히 포착하는 눈은 어두운 빛을 발하고 있었다. 눈동자 표면이 흔들린다. 다마키가 짧게 외쳤다.

"엔야는 나한테서 뭘 빼앗으려는 걸까?"

한숨과 함께 토해 낸 목소리에 아픔이 깃들어 있었다. 계속 말한다. 조금 전 공허하던 무표정이 거짓말처럼 그녀의 얼굴이 참담하게 일그러졌다.

"마음이 맞고 대화가 통하고 내 각본을 읽어 주는 친구가 생겨서 얼마나 기뻤는지 몰라. 그 애의 사정 따위 난 몰라. 몰라도 되잖아. 왜 안 되는데? 어째서 나를 끊어 내려는 거야?"

"엔야는 다마키, 널 좋아해."

그것은 아마 연애 감정과 매우 가까우면서도 결정적으로 다른 감정일 거라 가노는 상상했다. 그 농도는 어느 한쪽이 더 짙거나 하지 않는다. 앞으로도 엔야는 자신의 여자친구를 다마키에게 절대로 소개하지 않을 것이다.

"너를 끊어 내려는 게 절대 아니야. 돌아오고 싶어서, 대등해지고 싶어서 여기를 나간 거야."

"가노, 좋은 거 알려 줄까? 자신이 내뱉은 말은 전부 자신에게 돌아오게 되어 있어. 돌아와서 미래의 자신을 구속해. 목소리는 저주가 되거든."

다마키는 고개를 내저었다.

"엔야는 나를 이기겠다고 말해 버렸어. 그건 불가능해. 그러니까 이제 여기로 절대 돌아오지 못해."

가노는 조용히 숨을 삼켰다.

그녀는 마치 자명한 이치를 설명하는 것처럼 그곳에 앉아 있었다. 방금 가노가 말을 멈추고 위화감을 느낀 것을 상상조차 하지 않은 표정이었다.

"누군가와 대등해지고 싶다니, 그런 말은 함부로 하는 게 아니야. 미학과 오기를 동기부여 삼아 만화를 그리고 싶은 거라면 더 입 밖에 내선 안 된다고. 나는 입이 찢어져도 말 안 해. 말한 순간부터 자신의 개인적인 사정에 상대까지 말려들게 하거든. 하물며 그렇게 해 보이겠다니 더더욱 안 돼. 꼴사나워."

꼴사납다.

말 한 마디 한 마디에 다마키가 엔야에게 품은 분노의 근원이 엿보였다. 그녀는 자신의 스토리 속에 있는 약자를 약자인 채로 두지 않는다.

"엔야도 꼴사납다는 걸 알고 말한 거야. 그런데 거의 무너질 뻔한 거지. 그동안 버티기 힘들었을 거야."

"그래도 입 다물고 있어야 했어. 승산도 없으면서 입 밖에 내서 뭘 어쩌겠다는 건지. 그 애는 손 쓸 도리도 없을 만큼 꼴사나워졌어. 원하는 위치를 손에 넣지 않는 이상 한심스러워서 여기로 돌아오지도 못한다고."

"네가 엔야를 그렇게까지 못 믿는 줄은 몰랐어. 좀 놀랍네."

가노가 최대한 조심스럽게 지적하지만 다마키는 가차 없었다.

"믿고 안 믿고의 문제가 아니야. 그 애는 왜 가공의 결승선을 만들었을까. 왜 나를 결승선에 욱여넣었을까. 나는 친구로 남고 싶었는데."

다마키가 이를 악물었다. 속상해서 견디지 못하는 것이리라. 온몸에서 분노가 요동친다. 그것은 언젠가 엔야가 다마키의 각본을 읽었을 때의 반응과 압도적으로 비슷하면서도 다른 감정이었다.

가공의 결승선.

엔야가 설정한 결승선은 과연 도달할 목적으로 존재하는 걸까.

"엔야는 나보다 자신을 택했어. 그래서 이제 돌아오지 않아. 나 같았으면 절대 그런 짓은 하지 않아."

"엔야는 잘 해낼 거야. 세상에는 자신이 한심하고 형편없는 인간이라 좋아하는 사람을 만나지 못하는 감정도 있잖아. 다마키, 넌 부인할지도 모르지만, 나 역시 그렇게 생각할 때가 있어. 너는 이미 원하는 위치를 손에 넣었기 때문에 모를 수도 있겠지만."

"원하는 위치? 농담이지?"

다마키가 코웃음을 쳤다. 눈을 가늘게 뜨고 가노를 매섭게 노려본다.

"고작 이 정도로 그런 생각을 하다니 어이가 없네. 가노, 엔야는 결승선을 어디쯤으로 생각할까?"

——괜찮기는 하나 이것이 최고 걸작은 아닐 터. 그들의 다음 작품을 즐겁게 기다리겠다.

돌연 가노의 머릿속에 한 문장이 되살아났다.

그것은 다마키가 처음 각본을 맡은 영화가 그럭저럭 좋은 평가를 받았을 때 일이다. 다양한 평론 중에서 그녀가 특히 마음에 들어 하는 평이었다. 만족할 줄 모르고 보석을 집어삼키는 여자. 다마키가 도약할 때 쓴 친어머니의 이야기. 다마키는 보석 대신 무엇을 삼키려는 걸까.

차마 얼굴을 마주할 수 없어 눈을 피하자 그녀가 숨을 들이마시는 소리가 들렸다.

"도대체가, 엔야는 자기가 하는 일은 나한테 숨기면서 기본설정에는 왜 나를 엉뚱하게 집어넣느냔 말이야."

그 후 엔야는 다마키를 제외한 모두에게 딱 한 번 문자를 보내 왔다.

문자 내용은 대형 출판사 소년만화지에 자신의 이름이 실렸음을 알리는 것이었다. 엔야는 어떤 월간지 만화 공모전에서 동상을 수상했다.

'한없이 밝은 캐릭터가 좋다'라는 짧은 메시지와 '상금 3만엔' 글자가 눈에 들어온다. 낯익은 엔야의 그림체로 코믹하게 옷을 입은 펭귄과 안경을 쓴 소년이 함께 웃는 모습이 그려져 있었다.

문자에는 "당장 데뷔할 수 있는 상은 아니지만 엄청나게 기뻐"라고 쓰여 있었다.

좋은 결과를 내면 돌아오겠다고 한 엔야에게 이것은 한 단계를 마무리하는 것처럼 보였다. 그럭저럭 좋은 결과인데도 그는 그 쾌거를 다마키에게만은 알리지 않았다. 녀석은 정말 소년만화에 묘사된 행동을 그대로 실천하는 사람이구나 싶어 가노는 감탄했다. 그리고 살짝 웃음이 났다.

다마키의 말이 맞을지도 몰랐다.

가공의 결승선. 엔야는 어디까지 가야 다마키에게 연락할 수 있게 될까. 아무것도 보이지 않고 들리지 않는다는 그의 보스 캐릭터에게 재도전하려면 상당한 레벨 업이 필요하다.

그러나 가노는 다마키와 달리 낙관적으로 본다. 함께 지냈던 1년 반 사이에 가노는 엔야의 방에서 RPG 게임을 여러 편 클리어했다. 그때 엔야는 게임의 묘미 중 하나인 레벨 업도 진심으로 즐기면서 했다.

가노는 엔야의 그 단조로운 작업을 배경음악 삼아 옆에서 만화를 그리는 것이 좋았다.

"빨리 그 애의 방을 채워야겠어. 돌아올 곳이 없도록."

나는 믿지 않으니 기다리지도 않아, 하고 말하는 듯했다.

엔야 못지않게 고집이 센 다마키는 오늘도 세입자 면접을 보고 불합격 판정을 내린다.

제5장

가가미 리리아가 나타났다

(1)

"지요다 고키의 최근 작품, 완전 야시시하더라."

뒤에서 들려오는 말소리에 움찔해서 뒤를 돌아봤다.

한낮의 영화관은 평소 같았으면 청소년의 모습이 거의 보이지 않지만 지금은 여름방학이다. 모자를 쓴 초등학생과 학원 수업을 마친 듯한 중고등학생의 모습이 자주 눈에 띈다.

스미레가 들은 목소리는 아직 변성기가 오지 않은 소년의 것이었다. 중학생 나이. 맞춘 듯이 비슷한 안경에 배낭을 멘 두 사람이 자판기 앞 벤치에 앉아 수다를 떨고 있었다.

"멍청하긴. 아니야. 이거 지요다 고키 거 아니라고."

"어? 아니야?"

"그래. 이 사람은 고도 지카라야."

"어—, 그 둘이 다른 사람이야?"

요즘에는 제법 익숙해지긴 했어도 아는 사람의 이름을 이런 식으로 들으면 여전히 당황스럽다.

앞 영화가 아직 끝나지 않아 기다리는 사람이 많은 시간대. 스미레는 지저분한 바닥에 대걸레질을 하며 그들의 이야기에 슬며시 귀를 기울였다.

고도 지카라.

그 이름을 머릿속에 넣었다. 어떤 사람일까. 중학생들은 잡지를 가지고 있었다. 구로키의 《블랑》과 비슷한 분위기의 표지. 최신호일까 싶어 티 나지 않게 상황을 살피자, 당연히 《블랑》인 줄 알았던 그 잡지가 처음 보는 완전히 다른 잡지라는 것을 알게 되었다.

《주간 소년 플랫》.

로고 밑에 조금 전에 들은 이름이 새겨져 있다. '고도 지카라'. 파란 머리의 귀여운 소녀가 검을 쥔 일러스트가 표지다. 어쩐지 고키의 '매디'와 닮았다.

"이거 《플랫》이잖아. 아니야, 다르다고. 고 짱이 아니야. 넌 구분도 못 하냐?"

"모리나가 씨, 잠깐."

뒤에서 부르는 소리에 스미레는 대걸레를 쥔 채 "네" 하고 대답하며 뒤돌았다. 영화관 직원이 턱짓으로 입구 쪽을 가리켰다. 슬슬 다음 회차 관객이 입장할 때다. 스미레는 고개를 작게 끄덕이고 대걸레와 양동이를 정리했다.

스쳐 지나갈 때 직원이 얼굴을 찌푸리고 작게 중얼거렸다.

"아르바이트생은 역시 혼자서는 타이밍도 못 재는군."

처음에는 이 소리를 들을 때마다 울음을 참느라 혼났다. 몇몇 직원이 일부러 들으라는 듯이 "아르바이트생이 있으면 일이 안 된다니까" 하고 말하는 것을 듣고 머릿속이 새하얘진 적도 있다.

"인간은 약한 생물이야."

어느 날 스미레가 아르바이트하는 곳에 다마키가 영화를 보러 왔다.

당시 개봉 영화 중 가장 인기가 많은 블록버스터밖에 상영하지 않는, 수용 인원은 많아도 내부 시설이 낡고 별 개성도 없는 이 영화관에 그녀는 가끔 훌쩍 나타나곤 한다.

"이번에도 상사 운이 나쁜가 봐."

그날 다마키가 마지막 회차에 와서 스미레는 그녀와 함께 집으로 갔다. 영화관에서 있었던 일을 털어놓자 나란히 걷던 다마키가 고개를 천천히 옆으로 돌렸다. 스미레는 괜히 말해서 혼나는 것 아닌가 몰라, 하고 생각했다. 다마키는 엄살 부리는 것을 싫어하기 때문이다.

내가 좀 이상한 걸지도 몰라, 하고 이따금 울고 싶어진다.

영화관 앞에 위치한 시모키타자와 잡화점에서 아르바이트를 할 때도 뚱뚱한 지배인이 툭하면 괴롭혀, 스미레는 매일 마사요시에게 "그 돼지 싫어!" 하고 매달려 울었다.

지지난번 웨이트리스 일을 할 때도 다른 여자 아르바이트생들이 자신에 대해 수군수군하는 것을 참다 못해 "그 애들은 돼지보다 더 심보가 고약해!" 하고 집 벽을 쳐댔다.

그림을 그릴 때도 가끔은 마찬가지였다.

어떤 인디밴드의 라이브 공연에 스미레의 그림을 프로젝터로 띄우는 연출을 했을 때 일이다. 스미레는 자기주장이 강한 밴드의 리더에게 수없이 퇴짜를 당했다. 그런 이미지가 아닌데, 모르겠어? 우리 곡에 맞는 그림을…….

스미레는 뼛속까지 밴드맨인 척하는 빼빼 마른 그 리더에게 질려 버렸다. 돈도 되지 않는 무료 봉사에 왜 그리 까탈을 부리는지, 스미레는 폭발했다. "말라깽이 돼지 같으니라고!" 하고 투정하자 마사요시가 배꼽을 잡고 웃었다.

"말라깽이 돼지라. 그거 좋은데? 그럼 그만두지 그래?"

마사요시와 가노, 엔야도 대학교 때부터 수많은 곳에서 온갖 아르바이트를 해 왔다. 자세히는 몰라도 다마키 역시 마찬가지일 것이다. 다들 스미레처럼 불만을 품지 않고 문제없이 무난하게 소화하며 오래 지속했다. 그런데 자신은 어째서 그것이 불가능한 걸까.

"상사 운이라기보다 스미레는 일하기 싫은 거 아냐?"

다마키가 지적한 내용은 신랄했지만 딱히 타박하는 말투는 아니었다.

"그래도 일은 해야지. 일이란 곧 인내잖아."

"……나라서 잘 못하는 건가."

"아니야. 스—는 제대로 하고 있어. 한마디 보태자면 똑같은 상황에서도 그렇게까지 불만을 품지 않고 담담하게 넘어가는 사람도 많아."

고개를 푹 숙인 스미레에게 다마키가 계속 말했다.

"인간은 약한 생물이야. 우월감에 젖고 싶고 남 탓으로 돌리고 싶어 하지. 사람들이 가장 열광하는 화제가 공통의 적을 험담하는 거라잖아. 그런 그들의 욕구를 채우는 것까지 포함해서 아르바이트의 일일지도 몰라. 꼴 보기 싫어 죽겠지만."

"다마키는 그럴 때 없어?"

스미레는 밴드맨과 충돌해 그림 내용을 수차례 바꾸느라 스트레스를 받았다.

다마키의 직업이야말로 그런 작업의 연속이 아닐까. 그에 비하면 스미레의 고민은 깜찍한 수준일 것이다. 그렇기 때문에 혼나도 어쩔 수 없다고 각오했건만, 다마키가 웬일로 호의적으로 나와 스미레는 몹시 놀랐다.

다마키는 씁쓸히 웃으며 "늘 그렇지 뭐" 하고 대답했다.

"그런데 어쩔 수 없어. 내가 결정했는걸. 아, 맞다. 인정한 뒤로는 마음이 편해졌지, 참."

그녀가 가벼운 말투로 가르쳐 주었다.

"사람들이 '힘들겠어요' 하고 물을 때마다 실은 재미있는데도 겸손해 보여야 할 때가 많았어."

"응. 알 것 같아."

"'맞아요. 너무 힘들어요' 하고 상대의 말에 맞춰서 대답해 줬는데, 어느 날 그 자리에 구로키 씨가 동석한 거야. 그 사람이 나더러 '그런데 스스로 결정한 거 아닌가?' 하고 지적하더라."

"아아."

듣고 보니 그가 할 법한 말이었다.

"구로키 씨가 어처구니없어하는 거야. 그래서 그때 깨달았어. 아—, 내가 왜 마음에도 없는 말을 늘어놓고 이 사람한테 경멸을 받고 있지? 하고. 그 후에는 마음이 조금 편해졌어. 내가 선택했고 내가 결정한 길이니까. 괜한 겸손은 그만 떨기로 했지."

"다마키는 대단해."

"대단하지 않아. 난 불평불만도 많아."

희미하게 웃는다. 그러고 나서 말했다.

"구로키 씨 말이야, 고 짱한테 들은 무서운 이야기 하나 해 줄까?"

"응."

"구로키 씨는 자신의 바로 밑 부하로 반드시 일 못하는 쓸모없는 사람을 둔대. 인사이동 할 때가 되면 일부러 그런 사람을 보내 달라고 하나 봐."

"아니, 왜?"

"그 사람을 핑계로 자기 부서는 잡무를 맡을 수 없는 환경을 조성하려고. 위에서 뭐라고 하면 그 사람 이름을 대면서 능구렁

이처럼 빠져나가는 거지."

"그건 좀……."

스미레가 말을 잇지 못하자 다마키가 한숨을 쉬며 고개를 내저었다.

"그 사람 바로 밑에 있는 사람들이 미치겠다고 한숨짓는 걸 고 짱이 들었나 봐. 쓸모없다고 판단된 사람이 바로 위 상사가 되는 셈이니까. 그런데 구로키 씨는 별로 신경 안 쓴대. '무능력한 사람도 있어야 조직이라 할 수 있다' 하고 뻔뻔스럽게 나오더래. 인간이란 역시 약한 생물이야."

"내가 지금과 입장이 달랐다면 그 사람은 나한테 쓸모없다고 말했을 게 뻔해."

"아하하. 그럼 구로키 씨랑은 일하지 않는 게 상책이네. 그런데 방금 네 말처럼 인간은 입장이 다르다는 이유로 상대를 좋게 또는 나쁘게 평가하는 것까지 바뀌어. 역시 약하다니까."

그런 다마키는 처음 만났을 때부터 신기한 사람이었다.

성선설을 믿느냐, 성악설을 믿느냐. 한번은 그 이야기를 나누게 되었는데 그때 다마키는 주저 없이 성악설 입장에 섰고 스미레는 그 반대였다. 그러나 다마키와 스미레 중 실제로는 누가 더 인간을 좋아하느냐 하면 그것은 단연 다마키다. 구제불능이다, 짜증난다, 약해빠진 녀석들이다 등등 온갖 비난을 퍼부으면서도 다마키는 먼저 나서서 사람과 관여해 간다. 사소한 악의에 부딪칠 때마다 몸이 굳어 움직이지 못하는 자신과는 크게 다르다.

다마키는 스미레에게 약하다.

과거에 동성친구와 잘 지내지 못한 경험이라도 있는 걸까. 엔야와 가노, 마사요시에게는 그렇게 엄격하면서 다마키는 스미레가 그림으로 성공하지 못해도 괜찮다고까지 생각하는 것 같았다. 스미레의 실력을 믿기 때문에 굳이 잔소리할 필요성을 못 느끼느냐 하면 또 그것은 아니다. 그녀는 어쩌면 여자를 얕보고 있는 것이 아닐까.

"스—는 일하지 않아도 돼."

그리고 그것은 자신 곁에 마사요시가 있는 것과 무관하지 않다.

남자에게 행복하게 해 달라고 해. 꼭 그림이 아니어도 되잖아?

다마키는 아무 말도 하지 않지만 스미레는 느낌으로 알아차렸다. 게다가 다마키가 스미레에게 품는 그 감각에는 경멸도 혐오도 없다는 것을 안다. 왜일까, 신기하다.

"모리나가 씨, 여기 직원이 뭐라 하든 신경 쓸 것 없어요."

영화표 반쪽을 뜯기 위해 입구로 가자 이미 그곳에 서 있던 이가라시가 말했다. 그는 전문학교를 갓 졸업한 스무 살로, 아르바이트생들은 물론 직원 아주머니들 사이에서도 인기가 많다. 콧잔등에 난 주근깨가 소박하고 귀여운 인상을 주는 남자애다.

"신경 안 써."

미소가 잘 지어지지 않는다. 이가라시가 난감한 듯이 스미레를 보고 있다. 남녀 커플이 다가와 영화표를 뜯고 나서 그가 이어서 말했다.

"정말 신경 쓸 것 없어요. 툭하면 아르바이트생을 무시하는데, 막상 우리가 없으면 이 영화관이 제대로 돌아가기나 하겠어요? 그 사람들은 상대가 모리나가 씨가 아니어도 똑같이 불평할 게 뻔해요. 그러니 모리나가 씨는 아무 잘못 없다고요."

"고마워."

이 애도 다마키와 똑같은 말을 하는구나.

미술계 단기대학을 졸업하던 해 스미레는 지금의 이가라시와 같은 나이였다. 몇 년 뒤 이 영화관에 아르바이트로 들어왔고, 당시 모집 요강에 쓰인 연령은 18세~26세로 스미레가 간신히 지원할 수 있는 조건이었다. 1년 뒤 자신은 어떻게 되어 있을까. 이곳을 그만두면 또 일할 곳을 찾을 수 있을까.

이가라시와 눈이 마주치고, 그럭저럭 아까보다 나은 얼굴로 미소를 지어 보였다.

(2)

스미레가 아르바이트를 마치고 집에 오자 거실에서 다마키가 뭔가를 읽고 있었다. 일하는 데 필요한 자료일까. 그녀는 3층을 혼자 통째로 쓴다. 일하는 데 최적의 공간을 갖추었는데도 굳이 여기로 내려와서 일할 때가 많았다.

"왔어? 먹을래?"

다마키가 먹고 있던 과자 봉지를 슬쩍 들어 올린다. 스미레는 고개를 가로저었다.

"오늘은 종일 집에서 일했어?"

"아니. 오전에는 방에서 일하고 오후에는 미팅 다녀왔어. 한창 촬영 중인 영화 현장에 갔다 왔는데 느낌 좋더라. 주연 배우도 만났는데 참 괜찮은 사람이었어."

"와아."

다마키가 요즘 들어 부쩍 주목받기 시작한 젊은 여배우의 이름을 댔다.

"예뻤어? 역시 종잇장처럼 날씬한가?"

"아이돌이잖아. 일반인하고는 차원이 달라. 이번 이야기에는 베드신도 있고 걱정 많이 했는데 진지하게 잘 임해 줄 것 같아. 각본이 야해서 두근두근했다고 말해 주더라."

"아, 그러고 보니."

이 대화의 흐름으로 떠올리는 것도 좀 그렇지만 머리 한구석에서 기억이 자극되었다.

——지요다 고키의 최근 작품, 완전 야시시하더라.

"다마키, 고도 지카라라고 알아?"

입 밖에 낸 순간이었다. 그 이름을 듣자마자 다마키가 미간에 주름을 잡았다. 어라? 하고 고개를 갸웃하는 스미레 앞에서 잠시 후 고개를 끄덕 움직였다.

"알아. 《주간 소년 플랫》에 연재 중인, 고 짱을 흉내 내는 가짜잖아. 제목이 『헬로 레이첼』이었나?"

"가짜라니?"

오늘 영화관에서 들은 중학생들의 대화에서 그런 분위기를 느끼긴 했지만 다마키가 너무 대놓고 말해서 약간 당황스러웠다.

"참고로 《플랫》 자체가 《블랑》을 따라 한 잡지잖아. 구로키 씨와 고 짱이 《블랑》에서 묵묵히 길러 온 정신을, 속속들이 큰 소리로 선언하고 있는 저속한 잡지."

"길러 온 정신이라니?"

"엔터테인먼트에는 사람을 구원하는 힘이 있다든가, 애니메이션과 만화, 라이트노벨도 어엿한 읽을거리인데 그걸 '문학'으로 취급하는 게 뭐가 나쁘다는 거냐, 뭐 그런 거."

"아아. 그래, 《블랑》의 뜻은 나도 잘 알고 있지."

구로키가 만드는 것은 그의 쿨한 외모로는 전혀 상상가지 않을 만큼 뜨겁다.

"그런데 그걸 굳이 말로 하니까 좀 촌스럽네."

"내 말이."

대답하는 다마키의 말투가 드디어 불쾌함을 숨기지 않았다.

"서너 달 전에 창간되었는데, 부끄럽지도 않은가 싶을 만큼 지독해. 잡지 표지랑 타이틀 로고도 《블랑》 하고 똑같은 걸 쓴다니까. 내용도 거의 무명작가만 모아서 기존의 《블랑》 작가의 경향을 똑같이 계승시켜 싣고 있어. 누가 누구 걸 따라 했는지 줄 그을 수 있을 만큼 악질이야."

"그건."

오늘 영화관 벤치에 앉아 중학생들이 펼치고 있던 잡지. 표지를 본 순간 그것이 《블랑》으로 보였다. 비슷한 그림, 똑같은 배색의 타이틀 로고. 사정을 알고 나서 다시 떠올리자 기분이 불쾌해졌다.

"정말 지독하다."

"그렇다니까."

다마키가 맞장구를 쳤다.

"뭐랄까, 단순히 《블랑》의 재탕을 노리는 것 같지는 않아. 그보다 한 걸음 더 나아간 악의가 느껴져. 한 번 성공했다고 해서 두 번째도 잘되리라는 법은 없다는 말도 있지만, 그런데도 두 번째를 시도하는 자세야말로 어떤 의미에서는 긍정적인 목표를 지닌 행위라고 생각해. 그런데 《플랫》은 그렇지가 않아. 왠지 섬뜩할 만큼 바람직하지 못해. 《블랑》의 독자가 헷갈려서 구입해 주기를 바라는, 그런 수준 낮은 기대를 하는 것 같아."

"출판사는 어디야?"

어디든 구로키라면 그런 범죄나 다름없는 행위를 내버려 두지 않을 것 같다. 그런데 왜 못 하게 막지 않는 걸까. 다마키가 대답했다.

"섬원출판. 작은 출판사인데 대대사의 편집 프로덕션(출판사나 광고회사의 의뢰로 서적 및 잡지의 편집·교정·기획·취재·집필 업무를 대행하는 회사)이야. 하필 같은 계열사라 구로키 씨도 밑에서 담당하는 사람의 폭주에 불과하다며 손 놓고 있어."

다마키가 한숨을 내쉬었다.

"원조의 여유도 있겠지. 한번은 열 받지 않느냐고 따졌더니 코웃음만 치더라. 어차피 가짜는 가짜라면서. 《블랑》 편집부에서는 아무도 신경 쓰지 않고, 굳이 말하자면 자기 주변에서 가장 화내는 사람이 바로 나라면서 어이없어했어."

"음, 좀 이상한데?"

스미레가 웃자, 다마키가 얼굴을 더 찌푸리며 "그런가?" 하고 고개를 갸웃거렸다. 잠시 후 목소리 톤을 낮춰 이렇게 말했다.

"그 만화잡지에서 고 짱의 가짜를 담당하는 작가 이름이 고도 지카라야. 가끔 자기 이름을 가타카나(コドウ · チカラ)로 표기하는데, 그럼 진짜 얼핏 봐서는 지요다 고키(チヨダ · コーキ)랑 비슷하다니까. 옛날 고 짱의 작품을 모작하듯 쓴 것에다 요즘 유행하는 모티브를 짜깁기해서 지금 시대에 걸맞은 형태로 써내는 비겁자야. 제목도 거의 비슷하잖아. 『레이디 매디』와 『헬로 레이첼』."

"고 짱의 작품은 '오늘날을 도려내다'라는 평가를 받았는데,

그걸 또 손댔다고?"

"고 짱이 데뷔한 건 10년도 훨씬 전이니까."

다마키가 지긋지긋하다는 말투로 말했다.

"당시 작품에 미소녀가 등장하긴 했어도 지금의 모에 요소랑은 약간 차이가 나. 모에 요소가 오랫동안 꾸준히 노출된 덕에 오늘날 보편적으로 읽히기도 하는 거지만. 아무튼 그래 봤자 고도 지카라는 가짜잖아. 자신이 실컷 이용되다 버려지는 게 아무렇지도 않다는 듯이 지금 가장 유행하는 요소를 넣어서 쓰고 있어. 그래서 뭐, 그럭저럭 잘 팔리는 것 같긴 한데."

"잘 팔리는구나?"

"안타깝게도. 보는 눈이 없어도 그렇지 어쩜 그럴까, 이 나라 젊은이들 수준에 아주 질렸습니다요."

다마키가 일부러 존댓말로 탄식하며 먹던 과자를 다시 집어 먹는다. 그것을 삼키고 나서 작게 한숨을 토했다.

"줄거리랑 구성은 바꾸지 않고, 요소만 '지금 현재'로 갈아 끼운 지요다 고키의 완전한 표절. 자존심도 없나, 팔리기만 하면 그만인가? 그리고 그렇게 하는데도 즐거운가?"

"다마키, 잘 아네. 혼자 알아본 거야?"

그녀는 쑥스럽다는 듯 눈을 피했다. "고 짱이" 하고 계속한다.

"전혀 화를 안 내는 거야. 자기랑 관련된 일인데도 관심이 아예 없나 봐. 아아, 그러고 보니 나랑 작풍이 비슷한 사람이 있다는 말은 들었어요, 하고 온화하게 말하더라니까. 비슷한 게 아니라 악의를 품은 가짜라고 말해 줬는데도 꿈쩍도 안 해. 자기 가치가 짓밟혔는데도 화를 안 내."

다마키가 토라진 듯 말했다. "그래도" 하고 두둔할 생각으로 스미레가 말했다.

"물론 가짜인 그 고도 씨의 소행이 심하긴 한데, 난 고 짱의 그런 점이 좋더라."

다마키가 스미레를 바라본다. 다마키의 눈동자가 그때 처음으로 어둡게 그늘진 것처럼 보였다.

"선정적인 묘사가 들어가거든."

몹시 쓸쓸한 울림이 느껴지는 목소리였다. 놀란 스미레는 순간 말문이 막혔다. 다마키가 설명을 이었다.

"지요다 브랜드에서는 담백하게 다루거나 분위기만으로 에로스가 느껴지도록 두근두근하게 만드는 부분을, 고도 지카라는 대놓고 써. 심지어 별 의미도 없이 자꾸 추가한다니까. 성폭행이며 아동 학대까지 노골적이고 폭력적인 묘사로 가득해. 그 사람 책이 잘 팔리는 데에 그 영향도 꽤 큰가 봐."

또다시 아까 중학생들의 대화가 떠올랐다.

——지요다 고키의 최근 작품, 완전 야시시하더라.

발뒤꿈치부터 등골을 타고 차가운 것이 쓰윽 기어오르는 듯한 섬뜩한 기분이 느껴졌다.

"그런 건 싫어."

"응."

"……모르겠어. 그런 게 좋은 경우도 분명히 있겠지만, 그런데 고 짱의 작풍에 그걸 보태는 건 아무 의미 없는 일이라고 생각해."

"응."

다마키가 고개를 끄덕였다.

"자극이라는 건 너무 많이 보여 주면 나중에 쇠락할 뿐이거든. 고 짱의 소설에 등장하는, 아직 형태를 이루지 못할 만큼 미숙한 욕망은 아무것도 보여 주지 않았기 때문에 독자들에게 섹시한 것으로 받아들여진 거야. 그런데 고도 지카라는 그 부분을 몽땅 대놓고 보여 주더라. 난 그것도 싫어. 독자들이 지요다 브랜드를 가짜랑 헷갈려 하고 오해할 가능성도 충분히 있다고 생각해."

다마키는 정말 속상해 보였다. 그 모습을 보면서 스미레는 아까 자신이 들은 대화 내용을 절대로 말해서는 안 된다고 생각했다. 그녀의 위구심은 이미 현실이 되었기 때문이다.

노여움을 달래듯 다마키가 다시 과자를 집어 먹었다. 그러고는 말했다.

"그래서 구로키 씨랑 고 짱이 화내지 않는 만큼 내가 화내는 거야. 그 두 사람은 정말 제정신이 아니야. 미친 듯이 화내고 난리를 쳐도 모자랄 판에."

(3)

요즘 가장 잘나가는 대인기 만화영화 《다크웰》과 지요다 고키의 《레이디 매디》의 선행 시사회 자리에서 마사요시는 구로키와 고키의 모습을 발견했다.

회사 선배에게 초대권을 받아 왔지만 설마 저 두 사람도 와 있을 줄은 몰랐다. 업계 관계자 시사회는 여러 번에 나누어 열리는데, 마사요시의 회사로 들어오는 초대권은 그중에서도 규모가 작은 편이라고 예상한 터라 의외였다. 고키가 참석할 만큼 중요도가 높을 줄이야.

마사요시는 시사회장 구석에서 그들의 모습을 눈으로 좇았다. 고키는 구로키에게 이끌려 북적이는 사람들 사이로 지나다니고 있었다.

웃는 얼굴로 말을 걸어오는 사람들에게 미소로 답하는 것은 오로지 구로키의 역할이었다. 그렇게 해서 다음 영업을 이어 나가고 또 그들 앞에서 고키를 칭찬함으로써 그의 마음에 활력을 불어넣는 것이다. 구로키의 입모양이 어찌나 분명하던지, 무슨 말을 하는지 쉽게 알아볼 수 있었다. 고키 때문에 곤란하다니까요, 하는 말로 그만큼 친근한 사이임을 강조했다.

가노는 잘 지내는 것 같지만 마사요시는 아직 구로키가 어렵다. 무슨 생각을 하는지 알 수 없고 다가가기가 힘들다.

이 화려한 자리에서 자신 혼자만 이질적인 존재로 느껴졌다.

그런데 오늘의 주역과 아는 사이라니 왠지 꼴같잖은 기분이 든다. 말을 걸지 않으려 했건만 운 나쁘게도 구로키가 이쪽으로 고개를 돌렸다. 마사요시를 알아본 그가 딱히 놀라지도 않고 턱을 살짝 당겨서 "오, 자네" 하고 신호를 보냈다. 그것을 끝으로 다른 대화 상대를 만나 가 버린다. 마사요시도 그처럼 가볍게 고개를 끄덕였다.

그러자 이번에는 고키가 자신을 알아봤다.

구로키와 달리 고키는 노골적으로 몸을 들썽들썽했다. 몇 번이고 이쪽을 보더니 잠시 후 결심한 듯이 마사요시를 향해 손을 크게 흔들어댔다. 긴 팔을 힘껏 흔들어 보이는 그는 자신보다 나이가 많은데도 불구하고 전혀 그렇게 보이지 않았다. 친구를 만난 것이 반가워 죽겠다는 모습이다.

그것을 보고 난 저 사람이 좋아, 하고 생각했다.

"마사요시도 와 있었군요. 만날 줄 몰랐습니다."

"그렇지 뭐."

주변 사람들의 시선이 고키와 이야기하는 자신을 향하기 시작한 것을 느끼며 대답했다.

"괜찮겠어? 구로키 씨하고 같이 있어야 하는 거 아냐?"

"괜찮을 겁니다. 구로키 씨는 오늘 야마시타 씨를 소개하느라 바쁘거든요."

"야마시타 씨?"

물으면서 머릿속으로 생각했다. 야마시타 리쿠오는 『다크웰』의 만화가다. 그러고 보니 아까부터 구로키 뒤에 헐렁한 청바지를 입은 몸집이 작은 청년이 따라다녔다. 몸짓 손짓을 섞어 가며 눈앞의 사람들에게 친근하게 인사하고 있다. 그때마다 허리에 찬 은색의 지갑 체인이 찰랑찰랑 흔들렸다.

"저 사람?"

"아아, 네. 저 사람이 야마시타 씨예요."

"되게 젊네."

"으음, 만화가는 데뷔가 빠르니까요. 아마 마사요시나 가노 일행과 동갑일걸요? 말을 재미있게 잘하더라고요."

고키는 그와 안면이 있는 모양이다. 《블랑》의 2대 인기 만화를 연재하고 있으니 당연하다면 당연하겠지만. 그러고 보니 이 애니메이션이 기획되었을 당시 잡지에서 고키와 그의 대담 기사를 읽은 것 같기도 하다.

"아. 그리고 야마시타 씨는 그림을 엄청나게 잘 그려요. 나중에 소개해 줄게요."

"고 짱, 만화가니까 당연히 잘 그려야지."

웃으면서 지적하자 고키는 고개를 갸웃거리며 "아, 그런가?" 하고 진지하게 수긍했다.

"그리고 소개는 됐어. 왠지 좀 황송해서."

"그런가요?"

고키는 진심으로 안타까워하는 듯했다. 친구와 친구를 소개하고 싶어 하는 순진한 욕구가 느껴져 마사요시는 흐뭇함과 동시에 씁쓸함이 뒤섞인 미묘한 심정에 빠졌다. 화제를 바꾸기로 했다.

"오늘이 첫 시사회는 아니지? 벌써 봤겠네. 영화 완성도는 어때?"

"《다크웰》의 매력이 70퍼센트. 내 《레이디 매디》는 속상하지만 분위기 띄우기용으로 완성도에 30퍼센트쯤 공헌했어요. 좋은 부분은 전부 《다크웰》이 차지했더군요."

고키가 선선히, 매우 담백하게 말했다. "그래?" 하고 약간 당황해서 묻자 고키는 이번에도 허탈해질 만큼 가볍게 "네" 하고 끄덕였다.

"역시 원작의 힘이겠지요. 정말 대단한 작품이에요. 완벽한 논리와 퍼즐 게임을 성공시켰으니까요. 깊은 어둠과 잔혹함을 그 지경까지 파고드는 걸 보니 되레 통쾌하더군요."

"나도 『다크웰』이 좋긴 한데——."

구원을 일체 배제한 잔혹한 서스펜스. 손에 땀을 쥐게 하는 두뇌 게임, 『다크웰』.

"그런데 지요다 팬으로서는 좀 더 겨뤄 줬으면 좋겠어. 안 그러면 실망스럽다고. 싸워, 고 짱!"

"그래야겠지요, 언젠가는."

고키가 입술을 일그러뜨려, 아무리 봐도 '싱긋' 보다 '씨익'으로 보이는 흉악한 미소로 대답했다.

"그런데 『다크웰』은 순수한 게임성과 잔학함에만 주안점을 두어 탄생한, 일종의 아름다운 결과물이거든요. 나도 가능하다면 감정을 포함해 인간의 요소를 일체 배제한 세계에 관해 쓰고 싶어요. 따라서 『다크웰』의 작가와 나는 비교하려야 할 수가 없는 겁니다. 그래서 그냥 단순히 아주 좋아한다고 말할 수 있을지도 모르겠지만요."

"그렇구나."

마사요시는 수긍하면서 반사적으로 자신의 영화를 떠올렸다.

감정을 포함해 인간의 요소를 일체 배제한 세계. 방금 고키가 찬사의 뜻으로 사용한 그 말은 아이러니하게도 마사요시가 주변 사람에게 받는 비판의 내용과 똑같다.

더 진지하게 감정을 넣으라는 조언은 귀가 썩을 만큼 들었다. 하지만 마사요시는 이미 결론을 내렸다. 결코 그 조언에 따를 생각은 없다.

왜냐하면 창피하기 때문이다. 어쩔 도리가 없다.

자신의 내면이나 생각을 토로하는 것은 과하다. 다마키와 고키처럼 되지는 못해도 사람의 마음을 울리는 영화, 반복해서 보게 되는 영화를 분명히 만들 수 있다.

——뭐가 창피한데?

이따금 스미레가 하는 질문이 머리를 스친다.

——내가 봐서? 가노와 다마키, 네 부모님이 볼지도 몰라서? 아는 사람이 네 생각을 보는 게 싫어?

마사요시는 그렇지 않다고 대답했다. 왜 모르는 걸까. 창피해하지 않는 것, 거침없이 뛰어내리는 데에도 강한 용기가 필요하다. 착지에 실패했을 때 비참하게 일어서지 못하면 어떻게 해야 할까.

"그럼 나도 그것 좀 보고 공부해야겠다."

고키가 절찬하는 『다크웰』과 달리 마사요시가 그리는 세계는 아마 어중간할 것이다. 감정을 대신해 내세울 것이 빈약하다.

——기교에만 공들이면 분위기만 그럴듯한 스타일리시한 영화가 되잖아.

다마키에게 지적받은 적이 있지만 그때는 이렇게 대답했다.

스타일리시한 영화가 뭐가 나빠?

이 세상에 카타르시스 없는 상쾌함도 있을 터였다. 다마키처럼 전력을 기울이는 방식이 아니어도 좋을 터였다.

마사요시의 태평한 한마디에 고키가 고개를 크게 끄덕였다.

"어떻게 하면 저런 이야기를 쓸 수 있을까 순수하게 부럽습니다. 나도 연재를 읽을 때마다 공부가 되더군요."

"뭐, 우리 집 주민들이 다 그 만화를 좋아하긴 하지."

그러나 방금 고키가 한 말을 다마키가 들었다면 속상해할지도 모른다. 다마키를 신경조차 쓰지 않는 고키가 자신보다 뛰어난 대상으로 선뜻 입에 담는 작품이라니.

"그런데 원작자는 여기 안 왔어? 듣기로는 원작과 작화가 다르다고 하던데."

지금 구로키가 데리고 다니고 있는 야마시타가 원작자와 함께 매주 줄거리와 콘티를 완성하는 방식이라 들었다.

"미키나가 씨 말인가요?"

"그랬던가? 어떤 사람이야?"

고키가 이름을 말해도 얼른 감이 오지 않았다. 만화 담당인 야마시타는 『다크웰』 이전에도 그럭저럭 히트작을 낸 젊은 만화가였기 때문에 원래 알고 있었지만, 원작자의 이름은 얼른 떠오르지 않는다. 왠지 야마시타가 혼자 활동하는 느낌이 든다. 실제로 《블랑》에 실린 대담 기사도 고키와 야마시타만 참석한 것이었다.

고키의 얼굴에 그늘이 드리워졌다.

"이름이 미키나가 마이예요. 나도 미키나가 씨는 만난 적이 없습니다. 오래전부터 구로키 씨에게 소개해 달라고 부탁했지만 미키나가 씨는 나와 달리 일이 많아 바쁘다며 안 된다더군요. 오늘도 오지 않았고 말이에요."

"아, 그랬구나. 이름이 '마이'면 여자인가?"

"그런 것 같아요. 구로키 씨에게 물었더니 평범한 사람이라고만 하더군요."

"흐음. 겸업 작가인가. 낮에는 사무직으로 일하나."

이만한 히트작 제조기가?

참으로 여유로운 생활이구나 싶어 눈을 동그랗게 뜨고 있자니 고키가 쓸쓸한 듯 물었다.

"다른 일 때문에 바빠서, 실은 『다크웰』도 그만두고 싶어 하는데 구로키 씨가 말린다는 소문도 들었어요. 아깝기도 하고 그만두지 않았으면 해요. 납득이 가는 형태로 마지막까지 계속 연재했으면 좋겠어요."

"……야마시타 씨와 편집부 사람과의 합작은 아니구나?"

가령 구로키라든가.

마사요시의 마음을 꿰뚫어 보기라도 한 듯 고키가 고개를 절레절레 흔들었다.

"미키나가 씨는 구로키 씨가 발굴한 작가예요. 편집부에 들어온 소설 원고를 구로키 씨가 우연히 읽고 이거 대박 나겠는데, 하고 직감했다고 해요. 그리고 소설보다는 만화로 만드는 게 좋을 것 같아서 야마시타 씨와 팀을 꾸리게 했지요. 실제로 존재하는 작가입니다. 뭐, 구로키 씨 성격을 생각하면 이야기에 크게 개입했을 테지만요."

"그랬겠지."

"확실히 미키나가 씨가 노출을 꺼려하는 탓에 인터넷에서 정체에 관한 논란이 일곤 하더군요. 검증 사이트에 내 이름도 올라가 있어 얼마나 기쁜지 모릅니다."

고키가 들떠서 말했다.

"지요다 고키라면 그 이야기를 쓸 수 있을지도 모른다고 생각해 주다니 영광이지요."

"고 짱은 정말 『다크웰』을 좋아하는구나. 천하의 고 짱이 그렇게 생각하게끔 하는 쪽이 더 대단한 것 같아."

"만나고 싶고 작품 이야기도 하고 싶지만, 조용히 작업하고 싶다는 마음을 방해하고 싶지는 않아요."

고키가 그렇게 말했을 무렵 사람들이 분주하게 움직이기 시작했다. 슬슬 상영 시각이 된 모양이다. 눈치챈 고키가 빠른 말로 말했다.

"영화 끝나고 뒤풀이 있는데 어때요? 같이 밥 먹고 가지 않을래요?"

"사양할게. 초호화 멤버들만 모일 텐데, 한심하지만 괜히 기죽을 것 같거든."

쓴웃음을 섞어 대답하자 고키가 당황한 듯 눈을 깜빡였다. 잠시 후 이번에는 이렇게 물어 왔다.

"그럼 둘이서 먹으러 가도록 하죠. 단 내가 음식점을 잘 모르니 마사요시가 안내해 줬으면 좋겠어요."

"기쁘긴 한데, 구로키 씨 일행하고 밥 먹으러 가는 것도 고 짱의 중요한 일 중 하나라고 생각해."

마사요시는 웃었다. 이번에는 아까처럼 미묘한 쓴웃음은 아니었다.

"그렇게 말해 줘서 기뻐. 고마워, 고 짱. 가서 일하고 와."

"미안합니다."

아무 잘못도 하지 않았는데 그가 머리를 깊이 숙였다. 공손히 사과하고 나서 구로키 일행이 기다리는 자신의 자리로 돌아간다. 그 뒷모습을 보면서 마사요시는 이 사람은 역시 사랑스러운 사람이라고 생각했다.

나이에 맞지 않게 때 묻지 않은 사람.

저 사람과 함께 밥을 먹으려면 얼른 따라잡아야 한다.

스크린이 있는 장소로 발걸음을 옮기며 진심으로 그렇게 생각했다.

(4)

슬로하이츠에 새로운 세입자가 들어왔다. 다마키가 남자친구와 헤어지고 다 같이 소면 파티를 하고 나서 두 달이 조금 안 되었을 무렵이다. 여름이 끝나가는 8월 하순에, 엔야가 나간 뒤 무려 5개월 만에 들어온 세입자였다.

가노는 자전거를 좋아한다. 다마키를 포함해 다른 친구들은 역까지 걸어가 전철을 이용하는 일이 많지만 가노는 대체로 자전거를 이용한다. 그날도 이케부쿠로에 다녀오는 길이었다.

집 앞에 도착하자 현실감이라고는 없는 광경이 눈앞에 펼쳐졌다. 한낮이 지났을 무렵, 해가 약간 기울기 시작한 길에 시커먼 양산이 빙글빙글 돌고 있었다.

주택가의 좁은 골목길에 온몸을 검은색으로 휘감은 소녀가 서 있었다.

가노는 순간 영화나 드라마의 한 장면을 보는 듯한 착각에 빠졌다. 그녀의 발밑에는 네모난 트렁크와 작은 토끼 인형이 놓여 있는데 그 역시 옷과 똑같은 검은색이다. 부담스러울 만큼 그림이 과한 그림엽서를 바라보는 기분이었다.

고스로리, 즉 고딕 스타일의 롤리타 패션을 즐겨 입는 사람, 아니면 메이드?

세상 물정에 어두운 가노의 머릿속에 단어가 간신히 떠올랐다. 오늘날을 도려내는 작가, 지요다 고키의 소설 속에 최근 많이 등장하는 스타일이다. 이 부근에서는 좀처럼 찾아볼 수 없는 스타일인데 어떻게 된 일일까. 그렇게 생각하며 그 앞을 지나가려는데 놀랍게도 말을 걸어 왔다.

"저기."

소설에서 흔히 보는 '옥구슬 구르는 목소리'는 아마 이런 목소리를 가리키는 것이리라. 자전거에 급브레이크를 걸어 "네?" 하고 고개를 들었다. 그리고 놀랐다.

양산이 비스듬히 기울어 얼굴이 보였다. 그녀는 엄청난 미소녀였다. 쏟아질 듯 커다란 눈망울에 윤곽이 또렷한 입술, 오뚝하고 작은 코. 그야말로 잡지에 나오는 그라비어 아이돌(잡지 화보 촬영을 중심으로 활동하는 미소녀 모델) 같았다.

평소 보기 어려운 수준의 미인에게 잠시 완전히 허를 찔리고 멍하니 있자 그녀가 "실례합니다" 하고 고쳐 말했다.

"이 근처에 슬로하이츠라는 주택이 있다고 들었는데요, 여기 맞나요? 이 집에 사시는 분이세요? 저기, 제가 잘못 알았다면 죄송합니다."

"네, 맞는데요……."

가노는 대답하면서 고개를 갸웃거렸다. 고키의 팬일까. 어떤 계기로 인해 집이 들통 나 팬이 들이닥친 걸까. 경계하고 있자 눈앞의 고스로리가 돌연 미소를 지었다.

그러고는 조심스럽고 나직한 톤으로 자신의 이름을 밝혔다.

"처음 뵙겠습니다. 오늘부터 여기서 지내게 된 가가미 리리아라고 해요."

가노는 짧게 숨을 삼키고 새삼 그녀의 얼굴을 쳐다봤다. 방금 자신을 소개한 가가미 리리아는 여전히 우아하게 양산을 빙글빙글 돌리면서 여유로운 표정으로 서 있다. 이 소녀는 남들의 시선에 완전히 익숙한 것이다. 순간 그렇게 느꼈다. 이것이 바로 미인의 관록이라는 걸까.

가노는 선뜻 대답이 나오지 않았다. 세입자로서 그녀는 전혀 예상치 못한 유형이었기 때문이다.

"많이들 물어보는데 본명이에요. 가가미 리리아(加々美 莉々亞). 이름이 좀 웃기죠? 너무너무 싫어요. 우리 부모님은 무슨 생각으로 이렇게 지었는지, 어휴."

리리아가 웃는 얼굴로 말했다. 볼을 살짝 부풀려 검은 트렁크와 토끼 인형을 끌어안고 가노를 뒤따라왔다.

"화려한 이름 때문에 부끄럽지만, 얼마 전에 이 이름으로 소설을 낸 적도 있어요."

"소설가구나?"

"그런 훌륭한 직함은 황송한걸요."

슬로하이츠 거실에 들어선 그녀가 테이블 옆에 짐을 내려놓았다. 어깨에 멘 포셰트(어깨에 비스듬히 메는, 끈이 길고 크기가 작은 핸드백)에서 지갑을 꺼내 그 속의 명함을 가노에게 건넸다.

"데뷔작이 드래곤문고 대상을 수상했는데요, 그때 담당 편집자가 구로키 씨였거든요. 그때부터 여러모로 신세지고 있죠."

"그럼 가가미 씨는 구로키 씨 소개로 온 거야?"

'드래곤문고'는 가노가 대학생일 무렵 대대사에서 만든 레이블이다. 그러나 시장에 정착하지 못해 몇 년 뒤 없어졌다.

가노의 질문에 리리아는 수줍게 웃으며 "네" 하고 대답했다.

"구로키 씨랑 지요다 선생님의 소개로요. 지요다 선생님이 같이 살면 어떻겠느냐고 권해 주셨거든요."

그제야 납득이 갔다.

가노 일행이 누구를 데려와도 마뜩잖아하던 다마키. 고키의 말은 거스르지 않는 그녀이기에 순순히 받아들였음에 틀림없다. 이 미소녀가 본인 마음에 들었는지 여부와 상관없이.

"저는 고향이 니가타 현인데요, 부모님과 싸웠거든요. 정신을 차리고 보니 지요다 선생님께 깊이 의지하고 있지 뭐예요."

리리아에게 주려고 냉장고에서 팩으로 된 아이스커피를 꺼내

잔에 따르고 있는데, 그녀가 갑자기 말을 꺼냈다. "가출이라 짐은 이게 전부예요" 하고 트렁크를 가리켰다.

"구로키 씨한테 전화해서 지요다 선생님을 동경한다고 말했더니 두 분이 데리러 와 주셨어요. 너무 좋아서 하마터면 울 뻔했다니까요. 지요다 선생님이 절 걱정해서 밥까지 사 주셨죠."

리리아의 눈이 꿈을 꾸듯 가늘어졌다. 가노가 내민 커피를 "고맙습니다" 하고 받아 들고는 한 모금 마신다.

"선생님을 동경해서 앞으로 소설을 쓰며 살고 싶다는 말을 하다 부모님과 싸운 이야기랑, 앞으로 어떻게 해야 좋을지 모르겠다는 걸 선생님께 상의했더니 같이 살자고 하셨어요."

리리아가 감격에 겨운 모습으로 계속한다.

"꿈만 같아요. 얼마나 기쁜지 몰라요."

"여기 집주인인, 다마키는 벌써 만났고?"

"아카바네 씨 말이죠? 그럼요, 며칠 전에 지요다 선생님이 소개해 주셨는걸요."

리리아가 밝게 대답했다. 그렇다면 다마키에게 합격 통지를 받았다는 이야기인데. 정식 시험이 아닌 뒷구멍 입학에 가까운 기분이 들긴 하지만 어쩔 수 없다. 지요다 고키야말로 이 집의 최고 권력자이기 때문이다.

아이스커피 잔을 쥔 손이 마치 어린아이 손처럼 조그맣다. 그녀의 몸짓 하나하나가 이 집에 어울리지 않고 붕 떠 보인다. 저 뽀얌과 조그마함, 큼직한 눈동자. 모든 것이 인조품처럼 위화감이 느껴졌다.

"그 복장, 귀엽네요."

그녀의 외모가 자신의 취향과 맞지 않아서이리라. 가노의 입에서 절로 그런 말이 나왔다. 리리아는 유연히 미소 지을 뿐 크게 기뻐하지는 않았다.

"고맙습니다. 그런데 제 친구들은 다 이렇게 입고 다녀요."

그녀가 대답했을 때였다.

2층에서 방문이 열리고 닫히는 소리가 났다. 이 집에 오래 살다 보니 어느 방문이 열리는 소리인지 가노는 그 미세한 차이를 구분할 수 있게 되었다. 방금 소리가 난 곳은 고키의 방이다.

평소와 다름없이 부스스한 머리에 티셔츠와 추리닝 바지 차림. 계단을 내려오는 고키의 모습에 리리아는 놀라서 숨을 삼켰다. 눈을 초롱초롱히 빛내며 그를 부른다.

"지요다 선생님!"

그 목소리를 어떻게 형용해야 할까. 조금 전과는 아주 딴판이었다. 기뻐서 어쩔 줄 모르겠다는 듯 시원시원하게 뻗은 환하고 반가운 감정이 깃든 목소리였다.

고키는 자신을 부르는 소리에 흠칫 놀라 마치 겁먹은 듯 걸음을 멈추고 등허리를 쭉 폈다. 조심스럽게 고개를 돌려 가노와 그녀의 얼굴을 번갈아 보더니 "아아" 하고 중얼거렸다.

"아아, 가가미 씨. 오늘 구로키 씨와 같이 있는 거 아니었어요?"

"네. 그런데 빨리 선생님이랑 같이 살고 싶어서요."

리리아가 고개를 크게 끄덕였다. 정작 고키는 그녀가 기뻐하는 모습에 압도된 듯 보였다. 고키가 주춤거리며 리리아에게 시선을 거두고 도움을 청하듯 가노를 쳐다본다.

"가노. 이쪽은 가가미 씨예요. 구로키 씨가 여기 살도록 다마키를 설득했나 봅니다……."

그 말에 어라, 하고 생각했다.

리리아의 설명에 따르면 고키가 나서서 그녀를 이곳에 데려왔다는 이야기였는데 서로 말이 다르다.

하지만 지금 옆의 리리아가 들떠 있다는 것이 느껴진다. 다마키가 고키를 '권력자'라고 부를 때의 느낌과 약간 비슷하다. 자신이 동경하는 작가와 가까워졌다는 자랑스럽고 기쁜 마음.

아아, 하고 가노는 묘하게 늦은 타이밍에 깨달았다.

이 미소녀는 지요다 고키에게 반한 것이다.

(5)

그날 다마키는 집에 밤늦게 들어왔다.

가노는 리리아가 도착했다는 것을 미리 전화로 알렸지만 다마키는 "그래?" 하고 무미건조하게 대답할 뿐이었다.

"가가미 씨 말이야."

가노가 전화로 내뱉은 첫마디에 "어? 왜?" 하고 얼빠진 듯한 생 목소리가 돌아왔다. 사전에 이야기된 일이 아닌가 싶어 당황하고 있는데 잠시 후 다마키가 말을 이었다.

"아, 미안, 미안. 가가미 씨——, 리리아 말이구나. 순간 헷갈렸어" 하고 힘없이 웃었다.

"엔야가 쓰던 방에 짐 넣으라고 전해 줄래? 오늘 회의가 길어져서 집에 늦게 들어갈 것 같아. 마사요시랑 스—가 돌아오면 소개 좀 해 줘. 나쁜 아이는 아닌 것 같으니 분명히 잘 지낼 수 있을 거야."

다마키는 바쁜 듯했다. 전화기 너머로 옆에서 누군가 일 이야기를 하는 것이 들렸다. 한창 회의 중인 모양이다.

고키가 마사요시와 스미레에게 리리아를 소개했다. 두 사람도 가노와 비슷하게 반응했다. 우선 그녀가 예상 밖의 유형이라 놀라워했고, 그리고 고키가 말을 거들었다면 충분히 그럴 만하다고 납득했다.

"다마키랑 구로키 씨 스케줄부터 확인해야겠지만, 내일 저녁 리리아의 환영회를 할까?"

스미레가 말했다.

"갑작스럽긴 해도 이런 건 빠를수록 좋잖아."

스미레가 부드러운 목소리로 제안했다. 이에 리리아는 반색하지도 않고 앉은 채 "네" 하고 대답했다. "원래 그런 걸 하기로 되어 있나 보군요" 하고 덧붙였다. 순간 스미레의 표정이 멈칫

했다. 그러나 곧바로 다시 미소 짓고 말했다.

"그런 건 아닌데, 하고 싶거든. 술 마실 핑계가 필요하기도 하고."

스미레가 표정을 바꾸어 "그럼 그렇게 하기로 한 거다?" 하고 모두에게 약속을 받아냈다.

"리리아 어때? 모두와 잘 지낼 것 같아?"

가노는 집에 온 다마키와 현관에서 마주쳤다. 다마키가 가노에게 물으며 거실 의자에 가방을 내려놓고 컵에 직수 정수기 물을 받았다.

"새로운 세입자가 정해진 걸 미리 말 못해서 미안. 갑자기 결정된 거라."

"정말 그런 것 같더라. 자기가 가출 소녀라고 하던데?"

"어, 맞아. 구로키 씨만 믿고 집을 뛰쳐나왔대. 구로키 씨가 여기서 살게 해 달라고 부탁하더라. 가출이라니 좀 부담스럽기도 해서 제대로 된 아이냐고 물었더니, 옛날부터 잘 아는 사이라 괜찮다면서 밀어붙이더라. 흠, 신원을 확인하지 않는 한 계속 불안할 것 같긴 한데. 고 짱의 팬은 워낙 열광적이기도 하고."

"그렇지."

"나랑 구로키 씨가 옥신각신하는 걸 보다 못한 고 짱까지 부탁하는 거야. '난처한 것 같으니 당분간 살게 하면 안 될까요?'

하고."

그 사람은 친절하잖아.

다마키가 한숨을 쉬며 말했다.

"스토커의 칼에 맞거나 광팬이 불을 질러도 난 책임 못 진다고 일러뒀어. 그걸로 계약 성립."

——선생님께 상의했더니 같이 살자고 하셨어요.

리리아의 목소리가 귓가에 되살아났다. 그리고 고키가 그녀의 기세에 움츠러들었던 것도.

사실을 자기 편한 대로 비틀어 해석하거나 약간의 허세와 우월감에 빠져 말을 바꾸는 것은 아마도 흔한 일이리라. 가령 그렇지, 사랑에 빠진 여자라면 으레 그럴 것이다.

다마키가 말했다.

"그 애, 작가 지망생이래."

"지망생이라기보다는 이미 작가 아닌가? 드래곤문고에서 책이 나왔었다고 하던데? 그때 담당자가 구로키 씨였고."

"그랬나? 그럼 그럴지도."

다마키가 별로 관심이 없다는 듯 애매하게 웃었다.

"이번에 읽어 봐야겠네."

"드래곤문고 자체가 없어진 레이블이라 구하기 어려울 거야."

"그래? 어디서 복간해 주면 좋을 텐데. 그야말로 구로키 씨가 하면 되지 않나?"

"뭐, 재능이 있으면 그 사람이 가만히 내버려 두지 않겠지."

"놀랐지?"

난데없이 다마키가 진지하게 가노의 얼굴을 쳐다보며 물었다. 처음에는 무슨 말인지 몰랐지만 이내 고개를 끄덕였다. 아닌 게 아니라 정말 놀랐다.

"엄청나게 예쁘더라."

"그치."

다마키가 물을 꿀꺽꿀꺽 다 마신 뒤 맞장구를 쳤다.

"고 짱이 좋아하는 타입은 그런 느낌이 아닐까 싶더라. 요즘 지요다 브랜드에는 고딕 패션을 즐겨 입는 캐릭터도 많이 등장하잖아. 매디의 절친 스텔라와 모니카 짱도 그렇고. 그 애 같은 분위기나 얼굴을 상상하면서 쓰는구나, 하고 지난주 구로키 씨한테 리리아를 소개받았을 때 절실히 깨달았어. 정말 귀엽게 생겼더라."

"고 짱을 좋아하는 건가? 작가로서가 아니라 남자로서."

"글쎄."

다마키가 숨을 내뱉듯이 웃더니 "그럴지도" 하고 운을 뗐다.

"그럼 잘됐으면 좋겠다. 고 짱은 자의건 타의건 간에 연애를 포기한 구석이 있잖아. 한 번 장난 아니게 행복해지면 좋을 텐데. 좋아하는 사람과 사귀면서 만족감을 느끼는 거야. 물론 그건 그것대로 더할 나위 없이 좋은 일이지만, 헤어져서 상실감을 알고 작품에 깊이가 더해지면 또 그것도 좋지."

"다마키, 왠지 구로키 씨처럼 생각하는 것 같은데? 자꾸 어울리다 물든 거 아냐?"

"농담이 너무 과하다? 나 그런 비정한 사람 아니야."

"그런데 연애에 푹 빠진 고 짱은 상상이 안 돼."

"그러게."

다마키가 차분하게 말했다.

"좋은 일이라고 생각해. 고 짱도 사랑에 한 번은 빠져 봐야 하지 않겠어? 그 사람은 어떤 상황에서든 써 나갈 수 있을 거야. 그 어떤 밑바닥에 놓여도 반드시 기어오를 거야."

"맞아."

"존경스러워."

다마키는 오늘 회의를 마치고 술자리를 가졌을지도 모른다. 고키에 관한 말을 평소보다 많이 하고 있다. "그럼" 하고 다마키가 유리컵을 싱크대에 놓고 고개를 들었다.

"자고 있을지도 모르지만, 일단 리리아한테 인사하고 올게. 엔야 방에 가는 거 오랜만이네."

"다마키, 한 가지 말해도 될까?"

"뭔데?"

가노는 계단을 올라가는 그녀를 붙잡고 말했다. 아카바네 다마키는 휴먼 드라마의 각본가로, 사람의 감정의 파동을 포착해 그 감정에 이름을 부여하는 일의 전문가다. 사람의 악의와 말의 이면을 읽는 데 노련하다.

가노는 반쯤은 안타까운 마음에서 물었다.

"가가미 씨가 자기 이름을 밝힐 때, '이름이 좀 웃기죠? 너무 너무 싫어요'라고 하더라."

"응."

다마키가 밝게 웃었다.

"성을 들었을 때는 나도 좀 놀랐어. 그래서?"

"부모님이랑 싸우고 가출해서 고 짱을 의지하고 있잖아. …… 거기에 아무런 계산도 없다고 생각해?"

"응, 없다고 생각해."

다마키는 지극히 담백한 목소리로 한 치의 망설임도 없이 대답했다. 물어본 가노가 되레 말문이 막혔다. 다마키는 그 대답을 끝으로 더는 입을 열지 않았다. 말없이 가노를 내려다볼 뿐이다.

어색한 침묵이 잠시 흐른 뒤 그녀가 물었다.

"할 말은 그게 다야?"

"……내일 가가미 씨의 환영회를 할 건데, 시간 괜찮아?"

"으음, 내일도 밖에서 미팅이 있어서 좀 어려울 것 같은데, 최대한 빨리 끝내고 올게. 미안하지만 늦어질 수도 있어. 그래도 밥은 집에서 먹도록 할게."

"다마키, 요즘 많이 바쁘네."

가노는 일이 너무 많은 것 아니냐는 말을 간신히 삼켰다. 다마키가 그런 종류의 말을 몹시 싫어하기 때문이다. 자신이 선택한 일이니 쓸데없이 참견하지 말라지만, 누구보다 오지랖이 넓은 그녀가 하는 말이라 큰 모순이 느껴진다.

"응."

다마키가 지친 듯이 고개를 기울였다.

"나처럼 궁상맞고 소심한 사람은 겁쟁이라 어쩔 수 없어. 일하지 않으면 불안해. ——그리고 말이야, 가노. 본인이 허락을 해야겠지만 되도록 리리아는 성이 아닌 이름으로 부르자. 그래야 서먹함도 풀리고 빨리 친해지지."

그러고는 살짝 쓴웃음을 지었다.

"고 짱이야 뭐, 워낙 낯가리는 성격이라 계속 성에 씨까지 붙여서 부르겠지만."

다마키는 혼잣말처럼 말한 뒤 2층으로 올라갔다. 그녀의 오른손 약지에 붉은 돌이 박힌 반지가 보였다. 고키의 『레이디 매디』에 등장하는 것과 흡사한 디자인의 반지. 하지만 그것은 가노와 처음 만났을 때 꼈던 레플리카의 캐릭터 상품이 아닌 제대로 된 브랜드의 반지다. 그녀의 여동생 모모카가 몇 년 전 다마키의 생일 선물을 찾다가 우연히 발견한 것이었다.

그 밖에도 반지를 많이 가지고 있을 텐데 다마키는 그 후 그 반지만 낀다.

잠시 후 그녀가 리리아의 방을 노크하는 소리가 들렸다. "아직 안 자?" 하고 작게 속삭이는 소리가 들렸다.

이튿날 리리아의 환영회로 마당에서 바비큐 파티를 하기로 했다. 여름도 끝 무렵이라 앞으로는 마당에서 놀기가 힘들어진다. 그래서 마지막으로 마당을 이용하자는 결론에 도달한 것이다.

"리리아도 맥주면 되나?"

마사요시가 묻자 그녀는 난처한 듯 쓴웃음을 짓고 나서 이렇게 대답했다.

"이래 봬도 성인이라 괜찮아요. 맥주 마실게요."

주인공인 그녀는 다른 사람들과 친해지려 하지 않았다. 일부러 벽을 만드는 것이 아니라 단순히 다른 사람들에게는 관심이 없다는 것을 알 수 있었다. 그녀의 눈은 처음부터 끝까지 고키만을 바라볼 뿐이었다.

어찌나 노골적이던지 남들이 어떻게 생각하든 상관없다는 무신경함마저 엿보였다.

고키는 반은 난감해하고 반은 받아들이는 아리송한 태도를 취했다. 그러나 그리 싫지만은 않을 테고 무엇보다 그는 원래 상냥하다. 누군가가 자신을 좋아하는 마음에는 가급적 어울려 주려 노력한다.

"지요다 선생님."

리리아는 그의 이름을 부를 때 속삭이듯 작게 부른다.

마사요시는 어이없음을 넘어 오히려 감탄하는 모습이고, 스미레는 여전히 리리아를 다른 사람들과 어울리게 하려고 안달복달이었다. 이따금 고키와의 사이에 끼어들려 하다가도 리리아의 안중에는 고키밖에 없다는 것을 깨닫고 풀 죽어 돌아오기를 거듭했다.

다마키는 말없이 구로키와 맥주를 마시고 있었다. 그들은 리리아에 대해서는 한 마디도 하지 않았다. 그녀와 전혀 상관없는 《블랑》의 계획이나 최근 영화계 사정에 대한 이야기를 장황하게 나누고 있다.

잠시 후 스미레가 케이크를 가져왔다. 밖에서 먹는 하이츠 오브 오즈의 고급 케이크. "돈은 없지만 여러분과 동료가 된 기념으로" 하고 리리아가 사 왔다고 한다.

"지요다 선생님의 초기 작품에 이곳 케이크가 잔뜩 나왔잖아요. 얼마나 먹고 싶던지 엄마를 졸라서 도쿄까지 갔다 왔다니까요."

리리아가 그렇게 말하며 웃었다.

"케이크 고마워."

다마키가 리리아에게 말했다.

"여기 케이크 정말 좋아하거든. 그러게, 나도 깡촌 출신이라 옛날에 참 동경했는데."

"점포가 도쿄에만 있으니."

구로키가 맥주를 마시며 맞장구를 쳤다. 단 것을 잘 먹지 못하는 그는 눈앞에 놓인 조각난 케이크에 손도 대지 않은 채 고키를 힐끔 쳐다본다.

"고키가 상경했을 무렵에는 이것만 먹었는데. 처음에 사 줬을 때는 손도 대지 않더니 나중에는 제 돈을 쓰면서 드나들었지. 옛날 생각나는군."

"그 무렵에는 구로키 씨를 완전히 신뢰할 수가 없었거든."

고키의 고백을 구로키가 말없이 흘려듣고는 계속했다.

"자네는 정말 종잡을 수 없는 사람이야. 언제였더라, 삼시 세끼 이걸 먹고 지낸 적도 있었지? 아무리 고급 케이크라 해도 돈을 그렇게 마구 써대다니 비효율적이야. 무슨 생각을 하는 건지, 정말 머리가 어떻게 된 건 아닌가 걱정했었지."

"그랬나?"

모른 척 넘어가려는 것인지 아니면 정말 잊고 있었는지 알 수 없는 목소리로 고키가 대답했다. "복에 겨웠네" 하고 다마키가 끼어들었다.

"그러고 보니 '오즈'의 직영점은 도쿄에만 있는데, 몇 년 전에 편의점에도 납품한 적 있었지? 그때는 시골에서도 살 수 있었는데. 결국 딱 한 번으로 끝났지만 또 하면 좋겠다."

"그랬던가? 바람직하지 않군."

구로키가 놀랐는지 한쪽 눈썹을 치켜 올렸다.

"편의점 판매라니 절대로 안 되지. 고급 브랜드 대접받는 케이크로서 가장 중요한 건 이미지야. 그 한 번으로 끝냈다니 다행이군."

"……그런데 당시 고 짱의 팬이면서 그걸 먹었던 사람들은 행복했을 거야. 지요다 브랜드는 도쿄만의 것이 아니잖아. 지방 도시나 오락거리가 적은 시골과 산골도 좀 아껴 줘."
"물론 그럴 예정이네. 지방 행사는 생각하기 시작하면 꽤 즐겁거든."
구로키가 웃는다.
그들의 대화에 전혀 관심이 없다는 듯 리리아는 옆에서 또다시 "지요다 선생님" 하고 달콤하게 속삭였다. 고키는 고개를 숙이고 "네" 하고 대답했다.
포근한 여름의 끝 무렵 공기 속에 전자음 멜로디가 흘러나왔다. 다마키가 재빨리 주머니에서 휴대폰을 꺼내 "네, 네에" 하고 대답하면서 자리를 떴다. 그녀의 들뜬 듯한 가벼운 목소리가 집 안으로 사라졌다.

(6)

"술 마시러 가자" 하고 마사요시가 권했다.
최근 마사요시와 둘이서 이야기할 때는 둘 중 누군가의 방을 이용한 적이 대부분이라 밖에서 술 마시는 것은 오랜만이었다. 일도 만화도 일단락 지었으니 마침 잘됐다.
마사요시가 지정한 곳은 가노도 몇 번 가 본 적이 있는 프랜차이즈 선술집으로 가게 안은 퇴근길 회사원으로 가득했다. 요일 감각이 없는 생활을 하다 보니 잊고 있었는데 오늘이 바로 금요일이었다. 사방을 둘러보자 카운터 석에 앉아 혼자 맥주를 마시는 마사요시의 모습이 보였다.

"어, 왔어? 불러내서 미안."

"아냐, 괜찮아. 그런데 웬일이야? 오늘은 우리 둘이서만 마시는 거야? 다른 사람은 안 불렀어?"

"그렇지. 부르고 싶으면 나중에 불러도 되는데 일단은. 가노, 뭐 마실래?"

맥주로 건배를 하고 안주를 주문한 뒤 마사요시가 단도직입적으로 물었다.

"가가미 리리아 어떻게 생각해?"

"예쁜 아이라고 생각해."

그녀가 집에 온 지 한 달이 지났다. 그사이 그녀는 가노 일행과도 그럭저럭 대화를 하게 되었다. 청소 당번도 잘 지키고 슬로하이츠의 생활에 서서히 적응하고 있다.

"그리고 이름이 귀엽다는 생각도."

"'본명이에요, 너무너무 싫어요'라고 했지. 그 아이, 패션 탓도 있겠지만 메이드 카페의 메이드 같은 귀여움과 아픔이 있어서 좋아. 난 그런 애가 좋더라."

"어른이네."

"그렇지, 뭐."

마사요시는 입술을 오므리며 웃고 나서 계속했다.

"다마키가 그 아이를 집에 들이다니 너무 의외였어."

"무슨 말인지 알겠어."

"그렇지?"

금방 서빙된 안주 접시 앞에서 마사요시가 나무젓가락을 들고 "잘 먹겠습니다" 하고 작게 말했다. 가노도 그와 함께 김이 모락모락 나는 달걀말이를 집어 먹었다. 그러면서 물었다.

"마사요시는 볼링 최고 스코어가 8점인 여자를 어떻게 생각해?"

"무슨 점수가 그래? 통틀어서?"

"응."

마사요시는 허공을 보며 생각에 잠겼다. 잠시 후 "말도 안 돼" 하고 대답했다.

"최고 스코어라는 건 딱 한 번 우연히 그 점수를 받았다는 게 아니잖아. 다른 판도 죄다 8점 이하라고?"

"그 비슷한 말을 하긴 했어. 아, 이거 가가미 씨 이야기인데."

가노가 한숨을 쉬자, 마사요시는 "그렇겠지" 하고 고개를 끄덕였다. 가노는 계속했다.

"그 환영회 날에 운동은 뭘 좋아하느냐는 이야기를 하다가, 자기는 운동신경이 너무 나쁘다면서 알려 주던데."

운동신경이 둔해도 볼링이라면 즐길 수 있지 않겠느냐고 스미레가 꺼낸 화제였다. 이에 돌아온 대답이 스코어 8점.

——정말 너무너무 창피해요. 전 틀렸어요.

"그랬구나. 굉장한데? 완벽해."

마사요시가 웃음을 터뜨렸다. 야유가 아니라 말 그대로 감탄

한 것처럼 들렸다. 과연 리리아야, 하고 덧붙였다.

"고 짱을 많이 좋아하는 것 같더라. 귀엽지 않아? 어떻게든 그가 원하는 솔직한 사람이 되려고 애쓰고 있잖아."

"역시 마사요시도 그렇게 생각해?"

"당연하지. 고 짱은 좋겠다. 어린 애인이라니 좀 야릇한데."

마사요시가 부끄러워하는 기색도 없이 말하더니 갑자기 진지한 표정으로 돌아왔다. 묘하게 목소리를 낮추고 물었다.

"앞으로 어떻게 될까? 고 짱은 여자친구를 사귈 마음이 있나?"

"잘 모르지만, 나는 그가 행복해지는 게 제일 좋다고 생각해."

말하고 나서 왠지 위선자가 할 법한 말이라는 생각이 들어 시답잖은 설명을 곁들였다.

"옆에서 봤을 때 어떻게 보이느냐와 상관없이 말이야."

"아니, 괜찮지 않아? 리리아처럼 귀여운 아이와 사귀면 행복할 거야. 자신을 그토록 좋아해 주면 사랑이 싹틀 만도 하지."

사랑이라는 무거운 단어도 마사요시가 말하자 묘하게 경쾌하다.

"그런데 구로키 씨한테 들었는데, 고 짱처럼 여태껏 사랑이니 연애니 소홀히 해 온 사람은 여자친구가 생긴 순간부터 글을 못 쓰게 된대. 행복해지면 안 된다고 하더라, 무책임하게."

"그러는 구로키 씨야말로 제대로 연애나 할 수 있을지 의심스럽네."

"그 사람은 말 그대로 일이 애인이잖아. 그러니 외롭지도 않고 그걸로 행복한 거지."

"하긴. 구로키 씨 얘기는 이쯤하고. 다마키는 고 짱이라면 분명히 괜찮을 거라고 하더라. 그 두 사람이 잘되었으면 좋겠다고."

"아, 그래?"

가노의 말에 허를 찔렸는지 마사요시의 표정이 멈추었다. 뭔가 말하려는 듯 입을 벌리더니 이내 다물었다. 가노도 아무 말도 하지 않고 있자 잠시 후 그가 "그렇구나" 하고 끄덕인다.

"녀석이 연애 찬성파였다니. 다마키는 창작을 최우선으로 여기지 않으면 용서치 않는 줄 알았는데. 본인 남자친구도 왜 매번 시원찮은 놈들만 고를까 싶고."

"그런데 나도 다마키랑 동감이야. 고 짱은 어떤 상황에서든 무조건 쓸 수 있을 거야."

"하긴."

마사요시가 끄덕인 것과 동시에 가노의 머릿속에 기억이 떠올랐다. 마사요시 역시 마찬가지였으리라. 이윽고 그가 조용히 말했다.

"고 짱에게 지금껏 연애 비슷한 사건은 '고키의 천사'가 전부였잖아. 리리아는 귀여운 데다 무엇보다 고 짱의 이상형이 구현화된 듯한 사람이니 분명히 잘될 거야."

(7)

다시 지요다 고키에 대해 이야기하려 한다.

과거 후쿠시마 현에서 '서로 죽이기 게임' 사건이 발생한 뒤 작가 지요다 고키는 확실히 복귀했다. 충격에 휩싸여 사라질 뻔한 위기에서 되살아난 것이다.

물론 작가 지요다 고키와 살아 있는 인간 지요다 고키의 정신력과 강인함 덕분이겠지만 사실 그것이 전부는 아니었다. 뒤에서 그를 지탱한 것이 바로 '고키의 천사'다.

사건 후 신문에서는 사건의 주모자 소노미야의 이름과 고키의 이름이 나란히 보도되었다. 오랫동안 화제가 되면서 전국적으로 작은 악의가 만연했다. 도둑질을 하다 붙잡힌 소녀가 있는데, 그녀가 훔치려 한 것은 지요다 브랜드의 신간이었다는 이야기, 상해를 가해 경찰의 지도하에 놓인 소년이 전날까지 지요다 브랜드의 비디오를 봤다 등등.

남을 괴롭히고 싶은 마음에서 비롯된 과민하고 신경질적인 행동. 당시 매스컴 내에서는 고키를 비난하는 것이 유행이었다. 지요다 브랜드의 신간 발간이 끊기고, TV에서 방영되던 애니메이션도 중단까지는 아니더라도 무기한 휴지하는 지경에 이르렀다.

기껏해야 '단순한 소설'이건만.

그렇게 생각한 것이 기억난다.

'단순한 소설'에 불과하건만 지요다 브랜드가 그것을 읽은 사람들 마음을 예외 없이 더럽히는 해로운 독처럼 보도되었다. 그리고 그 모습은 조금 떨어진 곳에서 이 문제를 바라보는 한 독자인 가노의 눈에 참으로 우스꽝스럽게 비쳤다.

그러던 어느 날 사태를 수습으로 이끄는 마지막 사건이 일어났다.

일본의 삼대 신문의 하나로 불리는 마이아사신문이 사건 관련하여 코너를 마련한 것이다.

문화면 하루치를 통째로 할애해 마련한 그 코너에 실린 기사 제목은 '나는 살아 있습니다'였다. 부제로 그 밑에 '죽이지 않았습니다, 살아 있습니다'라는 문구가 들어가 있었다.

그것은 일련의 보도 속에서 거의 처음 접하는 지요다 고키에 대한 진지한 옹호의 메시지였다.

『어디에 무엇을 어떻게 호소하면 좋을지 짐작도 가지 않아 일단 우리 집에서 보는 신문 앞으로 편지를 씁니다. 이런 편지가 도움이 될지 잘 모르지만 그래도 꼭 말하고 싶었습니다.

저는 작가 지요다 고키 씨의 팬입니다. 구할 수 있는 책은 전부 읽고 있습니다. 제가 초등학생이었을 때 지요다 브랜드를 만나 가슴을 꿰뚫는 충격을 맛보았던 것을 지금도 기억합니다. 푹 빠져서 읽었거든요. 저는 열렬한 팬이지만, 그런데도 살아 있습니다. 사건을 일으키려 하지도, 사람을 죽이려는 생각도 하지 않았습니다.』

그 편지에는 진솔한 고백이 담겨 있었다. 누군가에게 답장을 받는 것도, 이런 식으로 지면에 실리는 것도 전혀 기대하지 않은 듯 기도 같은 메시지가 끈기 있게 오래도록 계속되었다.

『잠자는 시간도 아까울 만큼 재미있게 읽을 책이 있다는 건 좋은 겁니다. 제가 처음 밤새워 읽은 책은 지요다 선생님의 데뷔작인 『V.T.R.』입니다. 신간이 나오는 날은 한껏 기대감에 부풀어 학교에 가고 싶지도 않았지요. 그런데 최근 실은 그것이 아니란 걸 깨달았습니다. 그게 아니라, 아무리 학교가 싫어도 지요다 선생님의 책을 읽을 수 있다는 즐거움 덕분에 저는 학교에 갈 수 있는 겁니다.

부디 그런 제가 현실에서 도망친다고 생각하지 말아 주세요. 그런 식으로 한마디로 치부하지 말아 주세요. 저는 허구와 현실을 혼동하지도 않고 제 현실을 정확히 파악한 상태에서 지요다 브랜드를 읽고 있으며 그 시간이 가장 행복합니다. 항상 다음 연재가 기다려져요. 읽는 동안에는 캐릭터들과 함께 울고 웃습니다. 다 읽은 뒤에는 조금만 방심하면 눈물이 날 정도로 감동합니다. 매번 그런 마음을 느끼게 해 주는 건 지요다 선생님의 지요다 브랜드뿐이에요.

저는 자살을 생각한 적이 있습니다. 그것도 몇 번씩이나 말이에요. 모든 것을 내팽개치고 싶었거든요. 죽어도 아쉬울 것 하나 없다고 생각한 뒤, 그런데 다음 달 지요다 선생님의 새 책을 읽을 수 있을지도 모르는데, 하고 생각하면 자살할 결심이 쉽게 무너졌습니다.

이제 지옥 같은 시간을 빠져나왔기 때문에 더 이상 자살할 생각은 하지 않습니다. 하지만 그때는 지금 생각해도 오싹할 만큼 궁지에 내몰려, 정말 실행했어도 이상할 것 없었다고 생각합니다. 그때 죽지 않아 다행입니다. 지요다 선생님의 책을 읽으며 살아 있어 다행이라고 생각합니다.』

편지는 사건이 처음 보도된 날의 사흘 후부터 매일, 거의 하루도 빠짐없이 마이아사신문의 니가타 현 지국에 도착했다고 한다. 그 수는 128통에 달한다. 코너 밑에는 산더미처럼 쌓인 편지 사진이 실려 있었다. 심플한 갈색 편지 봉투에 여자아이 특유의 동글동글한 글씨체로 '마이아사신문 귀하'라고 쓰여 있는 것이 왠지 가슴에 복받쳤다.

그녀가 진지하다는 것이 느껴졌다. 예쁜 편지지도 사용하지 않고 그저 스프링노트 낱장에 글자가 빼곡하게 적힌 편지에는 오자를 수정액으로 열심히 고친 흔적도 눈에 많이 띄었다.

그리고 이 편지들은 처음에 우편으로 도착했지만 도중에는 지국 우편함에 직접 넣어졌다고 한다. 그 이유를 기자는 우푯값

이 부족해진 탓이 아닐까 추측했고 가노는 그 부분을 읽고 또 울컥했다.

먼 산속에서 사람들이 서로를 죽였다는 사실보다 있는 그대로의 지요다 고키를, 실제 살아 있는 지요다 고키를 느낄 수 있었다. 나도 이 아이와 마찬가지로 지요다 브랜드를 읽어 왔다.

『요란한 사건을 일으켜 죽지 않는 한, 목소리에 귀를 기울여 주지 않는 건가요? 살아 있는 것만으로는 뉴스가 될 수 없나요? 문제가 생기지 않고 오늘도 학교에 갈 수 있는 것이 '평화'이고 '행복'이라면 저는 죽지 않은 채 문제없이 지내는 지금의 행복이 무척 기쁩니다. 아무 문제도 생기지 않고 평화롭게 지내는 것, 지요다 브랜드가 재미있다는 이유만으로 오늘도 저와 다른 팬들이 살아갈 수 있는 것은 지요다 선생님 덕분입니다. 하지만 지요다 선생님의 공죄 중에서 공은 표면에 드러나는 일이 거의 없더군요.

살인 이야기라고 말하지 말아 주세요. 읽지도 않고서 책을 나쁘게 말하는 사람도 있을 테고, 읽어도 마음에 울리지 않은 사람도 있을 겁니다. 하지만 제 마음에는 울렸습니다. 그 시기에 지요다 선생님의 책을 읽지 않았더라면 저는 지금 이곳에 없었습니다.

후쿠시마 현에서 죽은 사람들은 집단 자살 사이트에서 만났다고 들었습니다. 그럼 그 사람들은 죽고 싶었던 거잖아요. 지요다 선생님과 상관없이 죽을 예정이었던 거잖아요. 지금 살아가기 위해 노력하는 사람의 생명을 소중히 아끼고 더 관심을 가져 주세요. 외로워서 함께 죽길 원하는 나약한 마음보다 혼자라도 살아야겠다고 생각하는 쪽이 훨씬 낫습니다.

부탁합니다. 그러니 알아주세요. 고 짱의 책은 사람을 죽이지 않습니다.』

마이아사신문은 지요다 브랜드에 의한 악영향을 완전히 부인할 수는 없다면서도 이 소녀의 한결같은 마음에 경의를 표하는 의미에서 그녀의 목소리를 전달하기 위해 지면을 할애했다. 그리고 이 코너는 그 무렵 서서히 사그라지고 있던 사건 보도에 마지막 불꽃이 되었다.

전국에서 큰 반향이 밀려온 것이다.

지요다 브랜드의 팬이 앞다투어 자신의 독서 체험을 투고하여 그동안 표면에 드러나지 않던 고키에 대한 격려가 미디어 곳곳에서 눈에 띄게 되었다. 흐름이 완전히 바뀐 것이다.

이 편지 투고가 출판사 대대사의 자작극이 아니냐고 의심하는 목소리도 조금은 있었다. 그러나 그런 억측이야말로 고약한 행위임을 대다수가 이미 알고 있었다. 괴롭힘에는 어떤 선을 넘으면 오히려 꼴사나워지는 순간이 있다. 여론의 물결은 그것을 민감하게 포착했다.

좋은 흐름을 타고 이번에야말로 사건 보도가 수습되기에 이른다. 때마침 미국 아카데미상 남우 주연상을 일본인 배우가 수상하는 사상 최초의 쾌거를 알리는 뉴스가 날아들어 세간의 관심은 그쪽으로 쏠렸다.

그리고 고 짱은 돌아왔다.

(8)

'고키의 천사'라는 호칭은 《주간 소년 블랑》의 편집부에서, 다시 말해 고키의 담당 편집자인 구로키가 처음 부르기 시작한 것이다.

마이아사신문에 꾸준히 편지를 투고한 소녀는 놀랍게도 자신의 이름을 밝히지 않았다. 익명이었던 것이다.

봉투 발신인 란이 비어 있고, 방대한 양의 편지에도 이름이나 학교명을 특정할 만한 요소가 무엇 하나 쓰여 있지 않았다. 내용을 통해 중학생이나 고등학생임을 간신히 알아내는 정도였다.

마이아사신문이 그 기사를 실은 이튿날 소녀로부터 감사 편지가 도착했다. 그리고 그것을 끝으로 소녀의 편지는 뚝 끊겼다.

《블랑》에서는 그다음 호 권두 페이지를 이용해 이례적으로 사람 찾기를 시작했다.

『고키의 천사, 당신이 누구인지 밝혀 주세요.』

솔직하게 전하는 말이었지만 그것은 진지한 호소문이었다. 가노는 그것을 본 순간 여기서 말하는 '천사'가 마이아사신문의 그 아이를 가리킨다는 것을 금방 알아차렸다.

『우리의 고 짱은 브랜드를 다시 부흥시킬 수 있을지 아직 모릅니다. 하지만 당신의 메시지를 읽고 용기와 격려를 얻어 복귀를 긍정적으로 검토 중입니다. 익명을 희망한다면 결코 공개할 생각이 없을뿐더러 당신이 누구인지 밝혔다는 것 또한 아무에게도 말하지 않을 것입니다.

고 짱은 당신에게 감사의 말을 전하고 싶어 합니다. 당신이 신문사에 꾸준히 편지를 투고한 것에 대한 감사는 물론 자신의 책을 소중히 읽어 준 것에 대한 감사이기도 합니다. 고 짱은 당신을 만나고 싶어 합니다.』

한 독자에 불과했던 가노는 《블랑》의 이 조치에 찬성이었다. 만나면 좋을 텐데, 하고 남의 일인데도 잘되길 빌고 걱정했다. 두 사람의 만남이 고 짱은 물론 '천사'에게도 필요한 일이라는 생각이 들었다.

그러나 고대한 보람도 없이 그녀는 나타나지 않았다. 《블랑》은 1년 넘게 권말에 '천사'에게 보내는 호소문을 게재했지만 아무런 소식도 없었다.

사건으로부터 3년이 지나고 작가 지요다 고키가 드디어 《블랑》 지면에 복귀하는 호에 그가 직접 쓴 메시지가 실렸다. 새

연재물 『레이디 매디』의 첫 화가 실린 호였다.

권두 페이지의 '고키의 천사에게'라는 제목 밑에 빈말이라도 잘 썼다고는 할 수 없는 희한한 글씨가 적혀 있었다. 정작 고키 본인은 구로키가 사용한 '천사'라는 호칭을 쓰지 않았다. 그것이 웃음기를 쏙 뺀 그의 진지함을 나타내는 것 같았다.

『마이아사신문에 제 이야기를 투고해 주신 분께

안녕하세요. 지요다 고키입니다.

신문을 봤을 때 감동하고 기쁜 나머지 조금 울었습니다.

정말 고맙습니다.

다시 소설을 쓰기로 했습니다.

어디선가 계속 읽어 주신다면 기쁘겠습니다만, 그것까지 바라는 것은 염치없는 일이겠지요.

지요다 고키』

슬로하이츠에서 함께 살게 된 이후 가노는 고키에게 물어본 적이 있다. 정말 그 아이를 찾아내지 못했느냐고. 누구인지 밝혔다는 사실을 공개하지 않기로 한 조건을 지키느라 찾아내지 못한 척을 하는 것 아니냐고.

고키는 온화하게 웃고 고개를 내저어 "아닙니다" 하고 대답했다.

"그녀는 정말로 자신이 누구인지 밝히지 않았어요. 나도 나름대로 찾아봤지만요."

"지금도 만나고 싶어?"

"구로키 씨가 처음에 이름을 지었을 때는 촌스럽고 오글거린다고 생각했지만요."

고키가 쓴웃음으로 답했다.

"지금은 참으로 훌륭했다고 생각합니다. 그 아이는 내 천사가 맞거든요. 나는 그 아이 덕분에 살아갈 수 있는 거예요."

가식 없는 솔직한 발언에 오히려 듣고 있던 가노가 더 쑥스러웠다. 그러자 고키가 "아, 괜찮아요" 하고 빙그레 웃는다.

"방금 한 말은 내가 좋아하는 만화에서 따왔거든요. 자신이 한심한 나머지 좋아하는 여자 앞에서 사라지는 편이 그 여자를 위한 일이라 결심한, 주인공의 말을 빌린 겁니다. 원래 있는 말이니 너무 쑥스러워하지 말아요."

"그래?"

그 또한 미묘한 이야기다. 고개를 기울인 가노 앞에서 고키는 "그런데" 하고 황급히 덧붙였다.

"나도 그 주인공과 같은 마음이에요. 창피하니까 다른 사람들에게는 말하지 말아요."

부탁할게요, 하고 고키가 머리를 깊이 숙였다.

(9)

"고 짱 부럽다. 어린 애인이라."

"너 정말 부러워하는 거 맞아?"

아무 생각 없이 던진 가노의 말에 마사요시가 반응한다.

"너 실은 애인 같은 거 필요 없잖아. 혼자면 또 혼자인 게 편하고 좋다고, 그렇게 생각하는 게 확 느껴지는데?"

"정말이야."

가노는 씁쓸히 웃었다. 그렇게 할 수밖에 없었다.

"곁에 스―가 있는 마사요시도 부럽고, 곁에 마사요시가 있는 스―도 부러워. 너희처럼 자신의 동반자를 찾아냈다는 거 자체가 부럽다고 할까."

이 화제를 너무 심각하게 만들기는 싫었다. 가노는 얼른 화제의 방향을 틀었다.

"단 다마키와 과거 남자친구들과의 관계를 봤을 때는 전혀 부럽지 않았지만."

"외로워서겠지만, 다마키도 요즘 요란스럽게 놀더라."

"어?"

"못 느꼈어?"

마사요시가 쓴웃음을 머금었다.

"우리랑 같이 있을 때도 늘 휴대폰이 울리고, 매일 집에 늦게 들어오는 것도 분명히 일 때문은 아닐 거야. 어디 가는지는 몰라도, 외롭기도 하고 마음을 달랠 길이 없는 거겠지."

외로움과 허한 마음. 그것이 어디에서 파생되는 감정인지 마사요시는 알고 있을까. 알아차렸을까. 묻고 싶은 마음은 굴뚝같지만 가노는 말을 삼켰다.

가노가 자전거로 왔기 때문에 전철을 이용하지 않고 걸어서 집에 가기로 했다. 도보로 40분쯤 걸리는 거리를 술도 깰 겸 둘이서 나란히 걸었다.

선술집에서 나오자마자 마사요시가 불쑥 말을 꺼냈다.

"스―가 요즘 신경 쓰이는 남자가 있나 봐. 좋아하는 사람이 생긴 것 같다고 그러더라."

도쿄의 하늘치고는 달이 또렷이 떠 있는 밤이었다. 잘 익은 과일처럼 묵직한 달빛이 밝게 빛난다.

가노는 마사요시를 쳐다봤다. 그는 아무렇지도 않은 듯 정면을 보며 가노와 눈을 마주치려 하지 않았다. 혹시 마사요시는 처음부터 이 이야기를 하려고 자신을 불러낸 걸까. 그럼 빨리 말했어야지.

뭐라 대꾸해야 할지 망설이다 숨을 들이마시고 결국 이렇게 물었다.

"그래서?"

"뭐, 일단 걱정도 되고. 이미 해결된 문제라 지금 이렇게 말할 수 있는 거지만."

마사요시가 씁쓸히 웃으며 대답했다. "어쩔 수 없는 일이지" 하고.

"얼마 전부터 아르바이트를 그만두고 싶다고 우는소리를 했는데, 상대는 거기 후배래. 지난주에 고백받고 마음이 흔들렸나 봐."

그가 한숨을 쉬었다.

"요즘 바빠서 스―한테 시간을 못 내줬거든. 우리 둘이 제대로 대화한 뒤 상대한테도 거절하고 잘 마무리되었어. 지금은 다른 아르바이트를 해야겠다고 생각하나 봐. 뭘 해도 오래 못 가니까 앞으로 어떻게 해야 하나 고민하더라. 스―는 지금 갈피를 못 잡고 있어."

말은 장난스럽게 해도 가벼운 문제가 아님을 쉽게 상상할 수 있었다. 맞장구를 치기도 민망해서 가노는 조용히 듣기만 했다.

"그림만 그리고 싶은 거면 차라리 나을 텐데. 그건 또 아니더라."

"아무것도 안 하고 있어?"

"친구가 단체 전시회를 같이 하자고 해서 나름 준비하는 것 같긴 한데. 반대로 친구가 권하지 않았으면 자기가 먼저 나서지는 않았을 거야. 주어지면 열심히 하는 건 좋은데. 스―는 역시 적극성이 너무 부족해."

일이 주어지지 않는 한 자진해서 그림을 그리지 못하는 것이다. 잡지사에 그림을 투고하지도, 활발히 움직이지도 못한다.

영업에 젬병인 일러스트레이터, 모리나가 스미레.

어색한 분위기를 깨듯 마사요시가 땅을 박차고 점프를 했다. 팔다리가 긴 그가 점프를 하자 제법 멋있었다. 마사요시가 영화감독이 되면 그저 그런 배우보다 훨씬 멋진 남자가 될 텐데, 하고 늘 생각한다.

"일단 아르바이트는 조금만 더 계속하라고 말할 생각이야. 그리고 밖에 데려나와 기분 전환도 시켜 주려고."

"또 앤디 워홀의 포스터를 사 주려고?"

스미레의 방 벽에는 앤디 워홀의 폭스바겐 비틀 포스터가 붙어 있다. 나가노 지역의 가게에서 발견했다는 그 포스터는 결코 저렴한 물건이 아니었을 터인데, 마사요시는 스미레가 불건전한 소용돌이에 빠질 때마다 포스터나 화집 같은 것을 사 준다.

그는 씁쓸히 웃을 뿐 가노의 질문에는 대답하지 않았다. 여자의 기분을 잘 맞추는 그는 그 반대도 잘한다. 강한 어조로 상대를 설득해 크게 싸운 다음, 역시 여자에게 너그러운 성격이라 쇼핑 데이트에 나선다.

"다마키 말고는 아직 프로로 데뷔한 사람이 없는데 그러면 쓰나. 나 이번 일은 꼭 성공시킬 거야."

낮은 곳에서 빛나는 오늘 밤 달은 손을 뻗으면 닿을 것 같았다. 하지만 좀처럼 닿지 않는다. 그런 생각을 하며 둘이서 밤을 걸었다.

(10)

하이지마 쓰카사를 처음 만난 것은 그날 밤이었다.

술도 깰 겸 산책 삼아 걸어서 돌아가는 길이었다. 집이 보이기 시작한 것과 동시에 그 앞에 자전거 한 대가 서 있는 것이 보였다. 처음 보는 큼직한 몸체의 하이브리드 자전거.

이 집에서 자전거를 애용하는 사람은 가노뿐이다. 옛날부터 마당에 놓여 있던, 예전에 소면 파티를 했을 때 고키가 수박을 사러 가느라 탔던 자전거는 장보기용 자전거이니 저 실루엣은 단연코 아니다.

손님이 왔나. 그런데 시간은 벌써 11시가 넘었다. 가노가 마사요시와 "누구일까?" 하고 얼굴을 마주하고 있는데 현관 쪽에서 한 청년이 나타났다.

키가 크고 마른 남자였다. 검은 테 안경을 끼고, 티셔츠 위에 얇은 셔츠를 걸친 깔끔하고 단정한 복장. 오른손에는 뭔가를 쥐고 있었다.

그가 가노 일행이 온 것을 알아차렸다. 이쪽에서 말을 걸 새도 없이 그가 먼저 입을 열었다.

"실례합니다. 이 집에 사시는 분이세요?"

사람을 대하는 일에 익숙한 듯 예의와 상식을 갖춘 말씨였다. 상대가 경계심을 품지 않도록 자기 입장을 낮추는 듯한 목소리.

"네, 맞는데요. 우리 집에 무슨 볼일이라도 있나요?"

그가 "다행이다" 하고 미소를 지었다. 순식간에 얼굴이 상냥한 인상으로 변한다.

"저는 하이지마라고 합니다. 아카바네 씨와 아는 사이입니다. 아까 같이 식사를 했는데, 그녀가 지갑을 가게에 두고 가서요."

그러고 보니 그의 손에 다마키의 장지갑이 들려 있었다. 분홍색 바탕의 에밀리오 푸치의 기하학무늬 지갑.

"제가 가지러 가서 아카바네 씨에게 전화를 걸었는데 연결이 안 돼서 집으로 직접 전해 주러 왔습니다. 초인종을 눌러도 대답이 없길래 아무도 없는 줄 알았는데, 이렇게 만나서 다행이에요. 그녀에게 전해 주시겠어요?"

그렇다면 모두 외출한 걸까. 고키는 집에 있을 수도 있겠지만 그는 작업에 집중하면 바깥 소리를 듣지 못한다.

"아, 그럴게요. 일부러 여기까지 오시고, 고맙습니다."

"아닙니다."

하이지마가 웃는 얼굴로 가노에게 지갑을 건넸다. 크림색 가로등에 그의 앙상한 손이 비쳤다. 그때 처음으로 그의 손이 까맣게 그을려 있음을 알았다.

그동안 주변에 없었던 유형이다. 잘 표현하긴 힘들지만, 편한 복장을 하고 있어도 깍듯하다. 정장을 입고 영업 일을 해도 통할 만큼 처음 보는 사람을 상대로 주눅이 든 기색도 없었다.

"그럼 잘 부탁드립니다. 밤늦게 실례가 많았습니다."

그가 필요한 말만 짧게 하고 자전거에 올라탔다. 그때 가노는 그의 자전거를 가까이서 살펴보고 조금 놀랐다.

검정과 옥색의 몸체, 이등변삼각형 두 개를 붙인 듯한 프레임. 안장 밑으로 뻗어난 몸체 중앙에는 날개를 활짝 펼친 독수리 마크가 새겨져 있다. 이탈리아 자전거 브랜드, 비앙키의 제품이다. 게다가 잡지에서 본 적이 있는 희귀 모델.

이 사람 도대체 누굴까. 그때 마사요시가 한 발 앞으로 나와 그를 불렀다.

"다마키가 올 때까지 안에서 기다리실래요?"

마사요시의 얼굴에도 호기심이 서려 있다. 하이지마에게 흥미와 호감을 품은 것이 느껴졌다. 하이지마가 페달을 밟으려다 멈췄다. 뒤돌아 쾌활하게 웃고는 고개를 내저었다.

"사양할게요. 밤도 깊었고요."

"다마키랑 사귀시는 거예요?"

갑작스럽고 노골적인 질문이었다. 마사요시는 재미있어 죽겠는 모양이다. 그는 이렇게 잘 알지도 못하는 타인의 영역에 손쉽게 들어간다. 그렇게 해도 용서가 되는 캐릭터인 것이다.

하이지마는 당황한 듯했다. 놀라서 표정을 멈추더니 이내 부드럽게 "아뇨" 하고 대답했다.

"그렇게 되면 좋겠지만, 대답을 기다리는 중입니다. 만약 사귀지 못한다면 이곳에 오지 못할 테니, 오늘 이 집을 봐서 다행이라고 생각합니다. 좋은 집이군요."

"밤늦게 실례가 많았습니다" 하고 다시 머리를 숙인 뒤 자전거를 타고 골목길을 떠났다.

"저 사람, 자전거 타고 가네."

그가 사라진 방향을 보면서 마사요시가 중얼거렸다.

"여태껏 다마키가 사귄 남자들이 뻔한 외제차를 타고 싶어 하는 것보다 훨씬 낫다. 웬일로 이번에는 남자 고르는 센스가 좋네. 아, 짜증나."

말과 달리 마사요시는 흐뭇한 것 같았다. 가노를 돌아보며 묻는다.

"아까 술집에서 한 이야기 말이야."

"응."

"다마키랑 저 사람이라면 제법 괜찮을 것 같아. 직감이지만."

생각해 볼 것도 없었다. 확실히 그동안 사귄 남자들과는 완전히 다른 유형이다. 괜찮네, 하고 가노도 생각했다.

"아아, 하이지마랑 만났구나? 맡아 줘서 고마워."

집에 온 다마키는 가노에게 지갑을 받으며 무심하게 말했다. "자전거가 교통 체증에 걸린 택시보다 빠르구나" 하고 한숨을 내쉬면서.

"이 집을 봐서 다행이라고 하던데? 좋은 집이라면서."

정작 중요한 말은 하지 못하고 그렇게 전하자, 다마키는 "아아" 하고 끄덕였다.

"그 사람, 건축사거든. 아오야마에 있는 사무소에서 일하는데, 낡은 건물이나 집이 늘어선 거리를 좋아한대."

"사귈 거야?"

가노는 마사요시를 따라 물어봤다. 다마키는 미소를 머금고 "아마도" 하고 대답했다.

제6장

고기의 천사를 수색하다

(1)

"아카바네 씨의 어머니가 사기꾼이었다는데, 진짜예요?"

가노가 리리아에게 질문을 받은 것은 깊은 밤 거실에서였다. 여자의 실내복 차림이란 묘하게 마음을 흔든다. 가노는 작업하던 손을 멈추고 샤워하러 복도로 나왔다가 느닷없는 질문에 그녀를 돌아봤다.

리리아는 거실에서 책을 읽고 있었던 모양이다. 어쩌면 가노가 아닌 누구라도 나타나면 같은 질문을 하려고 했을지도 모른다.

리리아는 옷자락과 소매가 검은 레이스로 층층이 장식된 원피스 잠옷을 입고 있었다. 본 순간 떠오르는 것이 있었다. 이 옷을 본 기억이 있다.

"그 옷——."

"네?"

"고 짱의 『레이디 매디』 첫 번째 시리즈에서 매디가 입었던 옷이랑 비슷하네."

"아, 맞아요."

리리아가 미소 지었다.

"가게에서 보고 저도 비슷하다는 생각이 들어서 샀거든요. 브랜드도 없는 싸구려지만, 코스프레하려고 직접 만든 건 아니에요. 이 옷 디자이너도 지요다 선생님의 팬이었던 걸까요?"

"잘 어울려. 그렇게 하고 있으니까 그 표지 그림처럼 보이네."

그리고 아무리 잠옷 차림이라 해도 리리아는 화장을 지우지 않았다. 하루하루 생활 속에서 도대체 언제 화장을 지우고 언제 자는 걸까, 하는 생각이 들어 한숨이 절로 났다. 다마키조차 집에서는 마음 놓고 맨 얼굴로 지내건만.

"가끔 매디랑 닮았다는 말을 듣곤 해요. 부탁받아서 이벤트에서 코스프레한 적도 있고요."

칭찬에 익숙한 것이리라. 리리아가 극히 자연스럽게 대답했다.

그녀가 이 집에 온 지 한 달 보름이 지났다. 그동안 알게 된 것이 있다. 그녀는 고키가 있을 때와 없을 때 분위기에 차이가 난다. 동경하는 작가가 곁에 있을 때는 오로지 그만 보려고 하지만, 그렇지 않을 때는 가노 일행 한 명 한 명과 대화를 나누는 평범한 아이다.

"아까 제 질문에 대답해 주실 수 있나요?"

그녀가 가노의 얼굴을 바라본다. 가노는 하는 수 없이 리리아 맞은편에 앉아 물었다.

"다마키가 각본을 맡은 드라마나 영화를 본 적은?"

"거의 없어요. 그런데 아카바네 씨의 데뷔작은 자신의 어머니 이야기를 썼다고 하기에 살짝 궁금하더라고요. 얼마 전에 비디오 가게에서 찾아서 봤어요."

다마키의 데뷔작 『거짓 울음을 짓는 여자의 말로』는 총 12부작 드라마로, 웬만한 비디오 대여점에서 빌릴 수 있다.

"사실이야."

가노는 대답했다.

"다마키의 어머니는 사기죄로 체포된 적이 있어."

"그 드라마대로 말이에요? 두 번씩이나?"

"……처음 잡혔을 때, 그 전의 호화로운 생활을 잊을 수가 없었나 봐. 그래서 또 반복했다고 하더라. 그 각본대로라고 들었어."

'제 친정은 도쿄 아자부의 고급 주택지에 사는 제일가는 갑부랍니다.'

지방 도시 한쪽에서 딸의 동급생의 보호자와 이웃 주부를 상대로 자신을 그렇게 소개하는 어머니.

자신은 저명한 정치가와 연예인이 많이 등록한 유명한 회원제 클럽의 간부로, 그 클럽은 가입해서 회비만 납부하면 나중에

큰돈이 다달이 입금되는 시스템이라고 설명한다. 자신은 그 덕에 이 집에 살고 있다며 샹들리에처럼 화려한 조명이 빛나는 하얀 집에서 우아하게 웃는다.

큼직한 다이아가 박힌 반지와 핑크빛이 감도는 천연 진주 목걸이. 그 집은 부인은 물론 두 딸도 똑같은 옷을 입고 있는 것을 본 적이 없다며 동네에서도 유명했다.

교묘한 말로 '당신도 이 생활을 쉽게 손에 넣을 수 있다'라고 설명하는 그녀는 생기 넘치고 반짝반짝 빛났다고 한다. 결혼 전에는 수완 좋은 보험설계사였던 모양이다. 단 이것은 다마키가 아닌, 그녀의 여동생인 모모카에게 들었다. 다마키는 각본에 쓴 내용 외에는 어머니에 대해 잘 말하지 않았다.

수많은 옷과 액세서리, 장난감. 호사스러운 것들로 채색된 다마키의 소녀 시절은 행복했다고 한다. 어느 날 갑자기 어머니가 체포되기 전까지는.

다마키의 집에서 그 일은 그야말로 청천벽력이었다. 일밖에 모르는 성실한 회사원이었던 아버지도 아내가 무슨 일을 저질렀는지 아무것도 알지 못했다. 저녁 식사 중에 딩동 하고 초인종이 가볍게 울리더니 집 안으로 밀어닥친 경찰이 체포영장을 내밀었다. 눈 깜짝할 사이 어머니가 경찰에 연행되었다. 망연자실한 아버지와 두 딸을 남기고.

"엄마는 어디 갔어?"

다마키가 초등학교 4학년, 모모카는 초등학교에 갓 입학한 1

학년이었다.

불 꺼진 어두컴컴한 집의 창문과 외벽에 '돈 갚아'라고 쓰인 종이 수십 장이 다닥다닥 붙어 있었다. '도둑년', '사기꾼, 뒈져라'. 시도 때도 없이 문을 두드리는 피해자들.

결국 사건을 계기로 다마키의 부모님은 이혼을 하고 자매는 외할머니 집에 맡겨졌다. 그녀의 아버지는 각본에 쓰인 말을 빌리자면 '아내의 행위에 학을 뗀 그는 혼란스러운 와중에도 상황을 받아들이고 수습하려 안간힘을 쓴' 끝에 애인을 만들어 그녀를 위해 살아가기로 결심했다고 한다. 착실한 월급쟁이였던 그의 내면에서 뭔가 하나가 무너지자 도미노처럼 연속으로 와르르 무너진 것이다. 두 딸의 얼굴이 아내를 쏙 빼닮았다는 이유로 그는 딸들을 버렸다. 자매는 외가에 거두어지고 아버지는 그녀들 앞에서 모습을 감추었다.

그 후 어머니는 재판에서 집행유예를 선고받았다. 다마키 자매는 어머니와 함께 외할머니 곁에서 지내기 시작했다.

사기 사건은 그런대로 떠들썩했지만 사람들 기억에서 서서히 잊혔다. 외할머니 집이 사건 발생 지역과 떨어져 있던 것도 좋은 방향으로 작용했다. 평온히 지낼 수 있겠구나 싶은 참에 다마키 앞에 두 번째 청천벽력 같은 소식이 날아든다.

어머니가 또다시 그 지역에서 같은 사기를 되풀이한 것이다. 지난번 사건에서 5년이 지나 다마키는 중학교 3학년이었다.

그리고 숨 돌릴 틈도 없이 또 다른 불행이 덮쳐 왔다. 외할머니가 마음고생을 하다 쓰러져 돌아가신 것이다.

다마키와 모모카는 각각 다른 친척집에 거두어져 같이 살지 못하게 되었다. 실형을 받은 어머니가 형기를 마치고 나왔을 때 다마키는 결코 그녀를 만나려 하지 않았다. 사회가 용서했을지언정 나는 용서하지 않겠다, 두 번 다시 만나지 않겠다고 단언했다.

그리고 다마키가 대학교 2학년이던 해 봄에 그녀의 어머니는 허무하게도 교통사고로 세상을 떴다.

"그게 다 사실이라고요?"

리리아가 물었다. 늦은 밤 거실은 조용했다.

"아카바네 씨가 그걸 다 각본에 쓴 거예요?"

"다마키를 보면 창작가란 정말 대단하다는 생각이 들어."

가노는 씁쓸히 웃었다. 달리 어떤 표정을 지어야 할지 몰랐다.

"아마 다마키는 그 이야기를 씀으로써 마음이 어느 정도 정리되었을 거야. 말 그대로 그게 발판이 되어 지금도 좋은 시나리오를 쓰고 있지."

"……굉장하네요."

리리아가 탄식했다. 일부러 들으라는 식이 아닌 감탄의 탄식이었다. 이것이 연기라면 그녀는 좋은 배우가 될 수 있다.

"아카바네 씨가 쓴 각본은 다른 것도 다 그런 분위기예요?"

"데뷔작은 그런 의미에서 다른 작품과 좀 다른데, 뭐 큰 줄거리는 그런 톤이지."

"지요다 선생님의 팬이라길래 더 대중적인 이야기를 쓰는 줄 알았어요."

"하긴."

가노는 고개를 끄덕였다.

"얼핏 봐서는 고 짱의 영향이 각본에서 잘 안 보일지도 몰라. 그런데 읽다 보면 알게 돼. 다마키 속에 있는 절망과 희망의 그 느낌은 지요다 브랜드와 통하는 구석이 있어."

"읽어 볼게요."

속눈썹이 긴 눈을 내리깔고 리리아가 말했다.

"다른 작품도 볼게요. 재미있었거든요. ──그러고 보니 아카바네 씨가 오른손에 낀 반지가 '매디' 반지랑 비슷하더라고요. 일반적으로 판매되는 굿즈랑 달리 만듦새가 좋아 보였어요. 참 예쁘던데. 어중간한 코스프레 같기도 하고요."

쿡 하고 웃는다.

"그거 어디 반지일까요? 부럽다, 나도 갖고 싶은데."

"글쎄, 혹시 특별 주문품 아닐까?"

사실 신주쿠의 이세탄 백화점에 있는 브랜드 제품이라고 알려 줄 수도 있지만 그러기가 왠지 꺼려졌다. 다마키와 모모카에게 미안하다는 생각이 들었다. 가노는 화제를 바꾸었다.

"가가미 씨가 쓰는 소설은 지요다 브랜드랑 비슷한가?"

"글쎄요, 어떨까요?"

리리아는 우아하게 고개를 갸웃거리며 애매하게 웃었다.

"옛날에 낸 책을 빌려드리고 싶은데, 지금 쓰는 거에 비해 글이 촌스러워서 창피하니 조금만 기다려 주세요. 조만간 뭐라도 완성되면 그때 읽어 주셨으면 좋겠어요."

"흐음. 옛날에 쓴 글이 창피하다는 건 그동안 성장했다는 증거이니 잘된 일이네."

"고맙습니다."

리리아의 미소를 보고 대화가 마무리된 것 같아 자리를 뜨려 하자 뜻밖에 리리아가 다시 붙잡았다.

"아카바네 씨 말이에요."

욕실로 가려던 가노는 순간적으로 그녀를 돌아봤다. 그녀는 그 커다란 눈동자로 가노를 빤히 쳐다보고 있었다.

"아카바네 씨는 일을 과장해서 말하는 버릇이 있나요?"

"왜 그렇게 생각하지?"

그 화려한 복장과, 가노 일행을 대할 때 허세 섞인 태도 때문에 그렇게 느낀 걸까. 되묻자 리리아가 대답한 것은 전혀 다른 일이었다.

"지난번에 제가 하이츠 오브 오즈의 케이크를 사 왔을 때 약간 이상한 말을 하길래요."

"이상한 말?"

환영회 날을 말하는 것이리라. 리리아가 윤기 있는 입술을 다물더니 쿡 하고 웃는다.

"거기 케이크를 옛날에 편의점에서도 팔았다고, 아카바네 씨가 그렇게 말했었죠?"

"아, 그러고 보니."

그런 일도 있었던 듯하다. 가노는 이야기의 요점을 파악하지 못하고 있었다. 리리아는 계속했다.

"제 지인이 거기 파티셰라서 잘 아는데, 거기 케이크는 직영점이 아닌 곳에서는 절대로 팔지 않아요. 경영 방침이 그렇거든요. 백화점에서 거래하자고 간곡히 부탁해도 다 거절한대요. 하물며 편의점이라니 말도 안 돼요."

가노는 리리아를 쳐다봤다. 잠자코 있자 그녀가 다시 우아하게 미소를 지었다.

"구로키 씨도 위화감을 느끼는 것처럼 보였잖아요. 하이츠 오브 오즈는 이미지를 가장 중요시하는 곳이라 그런 건 말도 안 돼요. 그때 가만히 있었지만 지요다 선생님도 당연히 알걸요."

리리아가 일어섰다. 방으로 가려는 모양이다. 가기 전에 한 번 더 말했다.

"각본가니까 이야기를 지어내는 데 익숙한가 봐요."

가노는 그 말에 어떻게 반응해야 할지 몰랐다. "그냥 그렇다고요" 하고 리리아가 시큰둥하게 말한 뒤 미소를 지었다.

"가노 씨, 안녕히 주무세요."

"어, 잘 자."

그녀가 계단을 오르는 뒷모습을 끝까지 보지 않고 가노도 뒤로 돌았다.

속고 싶은 마음에 마술을 보고, 즐기고 싶은 마음에 TV를 본다. 그것이 미리 짜인 것인지 아닌지는 관심이 없다. 무대 뒤의 다마키를 의도치 않게 본 것이라면 없었던 일로 하고 싶다. 다마키를 위해서가 아니라, 그렇게 해야 가노의 마음이 편하기 때문이다.

오늘 리리아가 한 질문들. 그 아이는 다마키에 대해 '일을 과장해서 말한다'라고 표현하고 그 전에 이런 화제를 꺼냈다.

——아카바네 씨의 어머니가 사기꾼이었다는데, 진짜예요?

명백히 알게 된 것이 하나 있다.

인간은 자신이 계산한 만큼 상대의 계산이나 속임수를 민감하게 읽게 된다. 의심하고 재빨리 발견한다.

가가미 리리아는 영리하다.

(2)

"또 할 이야기가 있어."

마사요시가 가노의 방에 찾아온 것은 그로부터 며칠 후 어느 날 밤이었다. 그와 둘이서 이야기하는 것은 지난번 밖에서 술을 마셨을 때 이후 처음이다.

방금 퇴근해서 들어온 마사요시는 어딘가 피곤해 보였다. 그가 캔 맥주 두 개를 들고 가노의 방을 노크했다. 가노는 작업 중이던 도구를 치우고 만화 원고를 꺼내 책상에 죽 늘어놓은 다음 그를 방으로 들였다. 방바닥에 앉자마자 마사요시가 말했다.

"내 기획이 또 떨어졌어. 작은 영화라 뭐, 아쉽진 않은데."

"어떤 영화였어?"

"10분쯤 되는 단편을 여러 개 묶어서 연결하는 옴니버스식 영화. 여러 감독이 그걸 찍는 거지. 거물급부터 중견, 신인까지."

마사요시가 유창하게 설명하면서 가지고 온 맥주를 아무렇게나 땄다. 건배도 없이 한 모금 마신다.

"나처럼 경험 없는 무명 신인까지. 비장르에, 빈티지한 인상의 잡탕 느낌을 노린 영화였어."

"그렇구나."

말로는 아쉽지 않다고 하지만 목소리에 배어난 충격은 감출 길이 없었다.

기대했으리라. 방금 자조를 섞어 말한 '작은 영화'에조차 비집고 들어가지 못한 것이다. 그의 기분을 생각하면 어쭙잖은 위로의 말을 할 수도 없는 노릇이었다.

마사요시는 천재성이 있다. 쓸데없는 것은 무엇 하나 없는 완벽한 세계를 만들기 위해 줄곧 노력해 왔다.

"각본이 너무 얄팍하대."

안쓰럽게도 억지웃음을 짓는다.

"머리로만 계산하는 내용은 사람의 마음에 아무것도 전하지 못한다는 걸 왜 아직 모르냐고 하더라. 사람 마음을 울리지 못하겠으면 이제 그만 단념해야 한다면서. 창작에서 빠지고 홍보 담당이나 스태프로 들어갈 결심을 하든지 아니면 완전히 손을 떼래. 각자 주장하고 싶은 게 있어서 창작을 하는 건데, 나한테는 그게 없냐고 묻더라."

"음."

마사요시가 고개를 숙였다. 밖에서 들려오는 가을벌레 울음소리가 방의 정적을 더해 주었다. 이윽고 위장에서 쥐어짠 듯한 목소리로 그가 말했다.

"주장 같은 거, 없어."

바닥 위에 꼭 쥔 주먹에서 어깨까지 떨고 있었다. 가노는 보지 못한 척했다. 분노와도 같은 그의 갈등이 좁은 방의 공기를 타고 전달된다.

가노는 무난한 위로의 말을 건네는 것은 성의가 없다고 생각했다. 그래서 이렇게 말했다.

"다음 기획은 통과되면 좋겠다."

"다음이라, 의욕이 생겨야겠지만."

"말은 그렇게 해도 마사요시는 할 거야. 스티븐 킹과 데이비드 린치도 중요한 시기에 지켜야 할 것이 있어서 계속할 수 있었다고 나중에 말했잖아. 스—가 곁에 있다는 거, 나는 부러운

데."

"그래."

마사요시가 그제야 고개를 들었다.

"스—는 좋은 여자야. 가끔 무너질 때도 있지만. 나 때문에 스—가 그림에서 멀어지면 정말 끝장이야."

한숨을 쉬고 계속했다.

"그 녀석, 나보다 성공하지 않으려고 무의식중에 힘 빼는 구석이 솔직히 있거든. 여자친구가 온 힘을 다해 일하게 하지도 못하는 남자라니 최악이야."

그렇게 말하고 나서 긴장된 표정을 확 풀었다. 그러고는 가노에게 묻는다.

"이 방에 조금만 더 있어도 돼? 방해되나?"

"만화 밑그림 위에 펜터치 작업하던 중이었는데, 그거 해도 되면."

"상관없어."

마사요시는 책장을 올려다보고 만화책을 한 권 꺼내 침대에 드러누웠다.

"가노는 왜 아동만화를 고집하는 거야?"

묘하게 진지한 말투였다. 눈은 방금 꺼낸 만화책을 신기한 듯 바라보고 있다.

검을 쥔 소년 용사와 지팡이를 든 마법 소녀. 가노가 바이블로 삼는 아동만화 걸작이다. 코믹하고 귀여운 모험 활극.

"왜냐고? 뭘 새삼스럽게."

"네 만화는 부자연스러울 만큼 깨끗해. 좋게 말하면 아무도 상처받지 않는 밝고 상냥한 세계인데, 나쁘게 말하면 너무 단순해서 거짓말 같아. 그건 '아동만화'라는 장르의 제약 때문이지?"

마사요시가 책을 팔랑팔랑 넘기며 말했다.

"얼마 전에 《게라케라코믹》에 가져갔던 만화도 거절당했잖아. 적 캐릭터가 더 잔혹해야 한다면서. 그런데 넌 그렇게 하지 않아."

"다음에는 할 거야. 지금 열심히 노력 중이야."

"아니, 넌 다음에도 안 할걸."

마사요시가 진지하게 말했다.

"눈 딱 감고 세계관에 잔혹한 요소를 도입해 보라는 충고를 들었다며? 차라리 아동만화라는 틀을 벗어나서 대상 연령을 더 위로 잡아 보라고 했다며."

"맞아."

"왜 그렇게 안 하는 거야?"

"내 안에서는 타협이 잘 안 돼."

《게라케라코믹》은 일본에서 가장 인기 있는 아동만화지로, 가노가 목표로 하는 꿈의 장소다. 핵심 독자는 남자 초등학생.

"아동만화라서 건성으로 하고 현실성이 없어도 된다고 소극적으로 생각하는 건 아니고?"

"아니야. 그런 식으로 생각한 적 없어."

가노는 황급히 고개를 내저었다.

“《게라케라코믹》은 내가 어렸을 때부터 읽어 온 정말 좋아하는 잡지야. 그리고 지난번 본가에 갔을 때 조카딸이랑 친구들이 다 같이 그걸 읽고 있더라. 거기에 내 이름이 실려서 그 애들을 기쁘게 하면 얼마나 좋을까 생각했어.”

이 생각을 다마키는 독선적이라고 지적하지만 그래도 상관없었다. 오히려 바라는 바다.

“반대로 그 애들이 만화를 읽고 상처받을 생각을 하면 참을 수가 없어. 뭘 얼마나 깊이 도입해야 하는지 아직 헤매는 중이야. 그냥 상냥하기만 한 세계가 왜 나쁜지 솔직히 잘 모르겠어.”

“고집이 세네.”

마사요시가 어이없다는 듯 말한다.

“미안. 걱정해 주는 건 알겠는데 아직 양보할 수가 없어.”

“어둠을 그리는 게 부끄러워?”

마사요시의 그 말에 딱히 깊은 의미는 없으리라. 하지만 그가 말한 ‘어둠’의 울림에 가노는 움찔 놀라 등골이 서늘해졌다. 잠시 뜸을 들였다가 대답했다.

“부끄러운 게 아니라 그리면 안 된다는 생각이 들어.”

쓴웃음을 짓고 눈을 길게 감았다가 뜨자 하늘의 파란색이 상상되었다. 흐르는 구름과 저녁노을, 조각난 검은 구름에 에워싸이듯 떠 있는 달.

재생되려는 기억을 억지로 차단하고 가노는 자신에게 말했다. 그 하늘로 돌아가지 않아도 된다. 내가 만화에 임하는 자세는 틀리지 않았다.

(3)

“초등학교 때도 만화책 꽤 많이 읽었지? 《게라케라》를 중심으로.”

“응.”

펜터치 작업이 많이 진행되었을 무렵 다시 마사요시가 불쑥 말을 걸어 왔다.

“부모님이 사 주셨어?”

“기분 좋으실 때는 사 주셨는데, 평소에는 어림도 없었지. 한 달 용돈이 500엔인데 《게라케라》가 360엔이라 매달 그걸로 끝.”

“금액까지 기억할 만큼 원망하는 거야?”

“뭐? 아니야.”

가노는 피식 웃고 고개를 내저었다.

“그냥 엄청나게 큰 즐거움이었어.”

“흐음.”

마사요시가 몸을 일으켰다. 뭔가 주저하는 듯 입을 다문 뒤 “저기” 하고 운을 뗐다.

"실은 할 얘기가 하나 더 있어."

"뭔데?"

새삼 그 말을 들으니 왠지 긴장되었다. 엉겁결에 마음의 준비를 하는 가노 앞에서 그가 그 이름을 입에 담았다.

"가가미 리리아."

"응."

"그 아이, '고키의 천사' 같아. 눈치채고 있었어?"

"뭐?"

순간 마사요시가 무슨 말을 하는지 전혀 알아듣지 못했다. 뒤늦게 그의 말이 머릿속에 재구축되었다. 그리고 놀라움에 숨을 삼켰다.

'고키의 천사'.

10년 전 거의 망할 뻔한 작가 지요다 고키를 복귀시킨 소녀. 신문사에 엄청난 양의 투서를 보낸 고키의 열성팬.

짧게 소리를 지르고 입을 다물어 버린 가노에게 "놀랐지?" 하고 마사요시가 계속했다.

"나도 놀랐어. 그런데 진짜 맞는 것 같아. 그 애가 10년 전 고 짱을 구한 장본인이야."

마사요시가 처음에 위화감을 느낀 것은 리리아의 나이였다고 한다.

"소개받았을 때 나이를 묻지 않았다는 게 생각난 거야. 나중에 기회가 돼서 물어보고 깜짝 놀랐다니까. 가노, 그 애가 몇 살인지 알아?"

가노는 고개를 절레절레 흔들었다. 그러고 보니 들은 적이 없다. 그냥 어리겠거니 짐작만 하고 별 관심 없이 오늘까지 온 것이다.

"처음에는 장난이랄까, 악의도 있었어."

마사요시가 털어놓았다.

"그 애한테 맥주면 되냐고 물었더니 이렇게 대답했거든. '이래 봬도 성인이라 괜찮아요' 하고 웃으면서."

"응."

"내 기준에 그렇게 대답하는 건 딱 스무 살이거나 기껏해야 스물두 살까지거든. 나는 그 애가 이제 막 스무 살이 되었구나 싶었어."

마사요시가 무슨 말을 하려는지 알 것 같았다. 어디부터가 겸손이고 어디부터가 빈정거림일까. 어디부터가 천진난만이고 어디부터가 타산일까.

마사요시가 방금 한 말처럼 그것은 명확한 악의는 아니었으리라. 그는 그런 것을 재미있어한다. 여자의 계산을 허락한다.

"그래서 실제로 물어보고 놀랐어. 스물다섯 살이더라. 다마키랑 동갑이야."

"그래?"

절로 되물었다. 원래 신기한 아이구나 싶었지만 현실감이 없어도 너무 없다.

"와, 대단하다 싶더라. 어이없는 걸 넘어서 오히려 순수하게 감탄했어. 스물다섯 살 여자가 소설을 쓰고 싶다며 부모님과 싸우고 니가타에서 가출을 하다니. 고 짱밖에 의지할 사람이 없다면서 울고불고. 그게 거짓말 같다는 게 아니라 그냥 이게 무슨 일인가 싶은 거야. 스무 살 안팎이랑 스물다섯 살은 뭐랄까, 느낌이 아예 다르잖아. ──내가 성격이 이래서 본인한테도 그렇게 말해 버렸지만."

"정말?"

아무리 그래도 실례이지 않은가.

"가가미 씨가 화 안 냈어?"

"응, 딱히. 여유만만이던데? '그런가요? 그런데 우리 집은 원래 그렇거든요' 하고 그 공주님 같은 얼굴로 웃더라. '마사요시 씨는 전부터 생각한 건데, 참 재미있네요' 하고 의외로 나한테 호감을 느꼈다는 듯이."

그의 말을 들으며 가노의 가슴에 희미하게 위화감이 들었다. 마사요시와 리리아가 둘이서 대화하는 장면이 잘 상상되지 않는다.

"왜 그래?"

입을 꾹 다물고 있는 가노에게 마사요시가 물었다. 가노는 가볍게 고개를 흔들었다.

"아니, 마사요시랑 가가미 씨의 조합을 상상해 봤는데, 왠지 이상한 느낌이 들어서. 고 짱이 없는 데서도 말 잘하나?"

"아, 내가 워낙 여자를 좋아하잖아. 어떤 여자든 금방 친해질 자신이 있어."

그것은 그의 단정한 얼굴 덕분이기도 할 것이다. 어쨌든 고키에게 푹 빠진 것처럼 보이는 리리아도 예외는 아니라는 것이다.

"리리아의 나이를 들었을 때 얼핏 머리를 스치더라. 니가타에서 가출한 스물다섯 살. '고키의 천사'가 편지를 보낸 곳이 니가타 지국 아니었나, 하고."

"아!"

무심결에 가노도 소리를 질렀다. "맞지?" 하고 마사요시가 말했다.

"그 편지를 보낸 사람이 중학생인가 고등학생 여자라며? 그럼 우리 또래잖아. 10년 전에 열세 살에서 열여덟 살이었던 소녀. 지금 스무 살 안팎이면 너무 어리지만 스물다섯 살이면 딱 맞지. 리리아가 그 사건 때 열다섯 살, 중학교 3학년이었다면."

──그 아이는 내 천사가 맞거든요.

옛날에 고키에게 들은 말이 떠올랐다. 그는 웃고 있었다. 수줍은 듯이 거슬거슬한 목소리로 덧붙였다.

──나는 그 아이 덕분에 살아갈 수 있는 거예요.

──지요다 선생님.

촉촉한 눈망울로 고키에게 속삭이는 리리아. 화려한 옷을 걸치고 우아하게 웃으며 서 있다. 그녀의 날개는 검은색일까, 흰

색일까.

“그런데 결국 정황증거일 뿐이잖아.”

이의를 적극적으로 제기하고 싶지는 않았지만 세상에는 지나친 우연의 일치라는 것이 존재한다. 가노는 그 생각을 하며 가능성을 제기했다.

“나이와 출신지만 따지면 그 시기에 니가타에 살던 중고생이 얼마나 많겠어? 가가미 씨는 우연히 지금 우리 앞에 나타났을 뿐이야.”

“그뿐만이 아니야. 아무렴 내가 그 정도도 모를까. 가노, 너 기억 안 나?”

마사요시가 어깨를 움츠렸다.

“구로키 씨 쪽에서 고 짱의 ‘천사’를 찾았을 때, 마이아사신문에 부탁해서 편지를 전부 넘겨받았대. 구로키 씨가 우리한테 직접 말했었잖아.”

(4)

편지의 양은 엄청났다고 한다.

구로키와 고키는 저마다의 이유로 편지를 따로따로 읽어 나갔다.

당시 지요다 브랜드가 부흥할지 여부는 전혀 예상하지 못하는 상황이었다. 그 와중에 구로키는 더 나은 부활 연출을 모색

하는 데 여념이 없었다. 소녀의 존재는 기가 막힌 타이밍에 나타난 구조선인 데다 고키 또한 자신을 향한 성원의 정체를 순수하게 알고 싶어 했다.

니가타 시내에 사는 중고생.

작가 지요다 고키를 각별히 사랑하고 과거에 자살을 생각한 적이 있는 소녀. 128통의 편지 속에서 그녀 자신의 형편을 나타내는 내용은 거의 없었다. 그런데 그중에서 고키와 구로키는 어떤 내용에 주목했다.

"'고키의 천사'는 왕따를 당했어. 그래, 그 무렵에 소문났던 거 알지? 중고생이 죽음을 생각할 만큼 괴로운 문제라면, 이렇게 말하긴 좀 뭣하지만 가장 뻔한 이유인 데다 그때 그 신문 기사를 보고 나도 무의식중에 그런 생각이 들었어."

마사요시가 자세를 바로 하고 앉았다. 빈정거림도 동정도 아닌 어딘지 건조한 목소리였다.

"책 같은 이차원 세계를 좋아하는 조금 그늘진 소녀. 그게 당시에 알려진 '천사'상이었어. 그리고 그걸 뒷받침하는 편지가 실제로 있었고."

"들은 적 있어. 이제 기억나."

이 집에 살게 되고 얼마 지나지 않아 구로키가 가노 일행에게 가르쳐 주었다.

마사요시의 말이 맞다. 여전히 정황증거이긴 하나 리리아에게는 '고키의 천사'일지도 모르는 중대한 요인이 있다.

"그 편지는 대대사의 자작극은 아니었던 거죠?"

구로키의 분위기에도 꽤 적응되어 그가 불편하기만 한 사람이 아니게 되었을 무렵, 마사요시가 대놓고 물었다.

"순진한 작가 지요다 고키의 동기부여를 위해 구로키 씨가 마련한 공상 속 여친은 아니었던 거죠?" 하고.

그 모습을 옆에서 보고 있던 가노는 놀라움을 금치 못했다. 그리고 개성의 차이란 무시무시한 것이라 생각했다. 그런 질문을 웃는 얼굴로 해도 용서되는 캐릭터. 구로키는 눈살을 살짝 찌푸렸지만 다음 순간 단호하게 고개를 내저었다.

"아니네. 나는 그렇게 비효율적인 방법은 질색이거든. 자작극은 들켰을 때의 위험성이 너무 커."

"그럼 사실이네요?"

"그렇지."

구로키가 고개를 끄덕였다.

"그 소녀가 왜 나타나지 않았다고 생각하세요? 좋아하는 작가가 고마워하며 애타게 찾았는데 말이에요."

"주목받고 싶지 않았을 테지. 누구인지 밝혔다는 사실을 우리가 비밀로 하겠다고 했어도 실제로는 어느 정도 미담으로 만들어서 《블랑》에 싣는 일쯤은 쉽게 예상했을 테니."

구로키의 솔직한 대답에 가노는 가벼운 충격을 받았다. "너무

하시네요" 하고 가노는 씁쓸히 웃었다.

"그럼 약속 위반이잖아요."

"그런 솔깃한 이야기를 놓칠 수야 없지."

구로키가 씨익 웃고는 가노를 쳐다본다. 웬만해서는 웃지 않는 사람의 웃는 얼굴을 보는 것은 좋은 일이지만 이번에는 아리송했다. "뭐, 그런데" 하고 구로키가 계속했다.

"고키를 만날 수 있다는 기쁨과 반 친구들에게 알려진다는 고통 중에서 후자가 더 무거웠을 테지. 자기 과시욕이 강한 그 또래 학생치고는 제법 영리한 선택이었어."

"편지 속에 그 애를 가리키는 힌트 같은 건 없었어요? 전혀?"

그만한 양이라면 파편 하나쯤은 있을 법하다. 궁금해서 묻자 구로키는 "이제 와서 하는 말이지만" 하고 운을 뗐다. 10년 가까이 지난 일이니 이제 시효가 끝났다고 생각했을지도 모른다. 그가 가르쳐 주었다.

"그 애의 이름이 '가가미'일지도 모르네."

"기억났어?"

빨리도 기억해 낸다, 하고 마사요시가 넌더리를 내며 중얼거렸다. 가노는 말없이 고개를 끄덕이고 그때 들은 이야기를 기억의 연못에서 끌어 올렸다. 가가미(カガミ). 가가미(鏡). ……그렇다.

——성을 들었을 때는 나도 좀 놀랐어.

덩달아 다마키의 목소리가 귓가에 되살아났다. 리리아가 처음 이곳에 온 날 밤 다마키는 그렇게 말했다. 어쩌면 이것을 가리키는 말이었을지도 모른다고 가노는 뒤늦게 짐작되었다.

"후반에 도착한 편지 속에 그 소녀가 반 친구들과 잘 지내지 못한다는 내용이 있었어. 그 탓에 죽음을 생각하게 되었다고."

"그래. 어제까지 친구였던 아이들이 한꺼번에 손바닥 뒤집듯이 자기를 배신한 경험. 거울을 이용해 괴롭힘을 당했다는 이야기도 썼지."

마사요시가 계속했다.

"반 아이들이 모두 거울을 꺼내 신호를 교환한 뒤 그 소녀 얼굴에 빛을 반사시켰어. 그 애가 눈부셔서 얼굴을 찡그리는 게 재미있었나 봐. 아무리 무시하려 해도 한꺼번에 쏟아지는 빛이 너무 강해서 저도 모르게 눈을 감고 얼굴에 표정을 드러내고 말았지. 그게 분했다고 쓰여 있었어. 그 이야기를 들었을 때 솔직히 여자의 상상력은 대단하구나 싶더라. 선생님이 알아차리지 못하도록 타이밍을 빈틈없이 재서 한 번도 아니고 몇 번씩이나 빛으로 폭력을 행사하다니. 선생님이 돌아볼 것 같으면 잽싸게 거울을 집어넣고. 단순하면서도 지독해."

가노는 옛날에 구로키에게 들은 편지 내용을 떠올렸다.

『반 아이들 모두가 동시에 그랬습니다. 선생님이 뒤도는 순간에는 거울을 엎어 놓고, 선생님이 다시 칠판을 향하면 이번에는 키득키득 웃더군요. 저한테 빛이 쏟아지는 모습을 반 아이들 모두가 본다는 사실, 제가 그걸 알고 있다는 사실이 어떤 것인지 상상이 가시나요? 얼굴과 등에 쏟아지는 그 열기와 빛을 떠올리면 저는 어떻게 해야 할지 몰라 머릿속이 하얘집니다. 그런 일을 한 번 겪은 사람이 마음을 단단히 먹으려면 어떻게 해야 할까요? 저한테는 마음을 단단히 하는 방법이 지요다 브랜드를 읽는 것이었습니다.』

"——응."

처음에 그 이야기를 들었을 때 느낀 불쾌함을 다시 떠올리면서 가노는 고개를 끄덕였다.

그러나 이 이야기를 들은 지요다 고키는 냉정했다. 소녀의 아픔에 걱정하기보다 우선 의문을 제기했다고 한다.

——이 괴롭힘은 잔손이 많이 가는 일 같군요. 아이디어를 처음에 어디서 떠올렸을까.

그가 무슨 말을 꺼냈는지 처음에 구로키는 전혀 몰랐다고 한다. 자신이 마음 쓰고 있는 소녀에 대한 동정이나 소녀를 공격한 자들에 대한 분노의 감정을 품기보다, 이야기 지어내기의 천재가 다른 각도로 생각하기 시작한 것이다.

——왜냐하면 이 방법은 음습함과 뻔뻔함의 딱 중간이거든요. 어느 한쪽으로 쏠리면 알기 쉬운데 어중간해요. 더 노골적이고 지독한 방법은 얼마든지 있어요. 이런 괴롭힘은 편지에 쓰인 것보다 훨씬 눈에 띄니까 담임선생님에게 들킬 위험도 상당

히 높았을 겁니다. 그런데 왜 굳이 이런 방법을 썼을까요? 아이디어의 수준이 한 단계 고차원적이지 않습니까? 뭔가 힌트나 계기가 있어야 납득할 수 있겠는데요.

이에 구로키는 어이없음을 넘어 자기 파트너의 발상이 어찌나 기발한지 눈이 번쩍 뜨였다고 한다. 평소에는 잊기 십상이지만 지요다 선생님은 제법 예리하답니다, 하고 쓴웃음을 지었다.

그리고 고키는 이윽고 한 가지 결론에 도달했다.

——구로키 씨. 혹시 이 소녀의 이름이 가가미 아닐까요?

한자 이름에 거울 경(鏡)을 쓰는 게 아닐까. 아니면 한자가 加賀見(가하견), 혹은 加々美(가가미)일지도 모르지만, 읽는 방법은 가가미인 것이다. 가가미, 거울이라는 뜻의 한자와 발음이 똑같은 이름 때문에 발생한 집단 괴롭힘. 물론 이것은 극히 독단적인 망상에 불과할지도 모른다. 하지만 이를 실마리 삼아 다시 한번 찾아봐 달라고 고키는 구로키에게 부탁했다.

결과부터 말하면 소녀는 그럼에도 불구하고 찾아내지 못했다. 그 당시 니가타 현 전역의 여자중고생 중 성이 '가가미'인 학생은 한 명도 없었다.

"그저께 밤늦게 퇴근해서 집에 왔더니 리리아가 아직 안 자고 있더라. 거실에서 혼자 책을 읽고 있었어."

가노는 같은 공간에서 지난번 그녀에게 '오즈'의 케이크 이야기를 들은 것이 떠올라 왠지 불쾌했다. '거기 케이크를 편의점에서 팔다니 말도 안 돼요.' 그 이야기는 아무에게도 하지 않았다.

"내가 요즘 많이 바빴잖아. 실은 얼마 전부터 리리아 이쿼 '천사'가 아닐까 하는 의혹에 도달했는데, 너랑 스—한테도 말하지 못했어. 갑자기 본인한테 물어보는 것도 좀 실례라고 생각했는데, 어쩌다 보니 그렇게 됐어."

"물어봤다고?"

"응. 너 혹시 '고키의 천사' 아니야? 하고."

(5)

질문을 받은 리리아는 허를 찔렸는지 큼직한 눈동자를 더 크게 떴다. 읽던 책에서 눈만 움직여 마사요시를 쳐다본다. 어지간히 놀랐으리라. 입술을 반쯤 벌리고 소리 없이 뭔가를 중얼거렸다.

마사요시가 말없이 고개를 갸웃거리자 이번에는 약간 쉰 목소리로 또렷이 말했다. "왜 그렇게" 하고.

기습적인 질문에 황급히 태세를 갖추고 리리아가 웃음을 지어냈다.

"왜 그렇게 생각하세요? 제가 지요다 선생님 팬이라서요?"

"그것도 그렇고, 니가타 출신에 나이도 스물다섯이면 딱 맞기도 하고……."

말이 나온 김에 구로키에게 들은 '가가미'라는 이름의 이야기를 털어놓자 리리아의 표정이 점점 바뀌었다.

숨기려 했던 동요의 마음이 다시 뺨에, 눈동자에 서서히 드러나기 시작했다.

마사요시가 고키의 추리 내용까지 밝히자 리리아의 얼굴에 동요의 빛이 역력했다.

그녀는 믿기지 않는다는 듯 입을 손으로 틀어막더니 잠시 후 감격에 겨워 환하고 기쁘게 미소를 지었다.

"지요다 선생님이 눈치채 주셨군요. 그렇게, 내, 이름을."

그녀는 마사요시의 질문을 정면으로 긍정하는 말을 내뱉었다. 자신이 마침내 인정했다는 것조차 별로 신경 쓰지 않는 듯했다.

"그 당시부터, 설마…… 10년도 전부터요?"

"고 짱의 추리가 맞아?"

마사요시가 되물었다. 이제 질문은 확신으로 바뀌었지만 마지막 확인을 위해 물어봤다.

"성이 '가가미'였기 때문에 널 괴롭힐 때 친구들이 거울을 사용한 거지?"

"……친구도 아니에요. 그런 애들은."

리리아가 분명하게 내뱉듯이 말했다.

의연한 그녀는 의자에 앉아 있는데도 어딘가 위압감이 느껴졌다. 시선, 행동거지. 이 아이는 그동안 어떤 과정을 거쳐 지금 여기에 왔고 또 살고 있을까.

이윽고 그녀는 체념한 듯 작게 말했다.

"부탁이, 있어요."

"뭔데?"

"지금부터 하는 이야기를 지요다 선생님께는 비밀로 해 주시겠어요?"

부탁드릴게요, 하고 리리아가 거듭 말했다.

"다른 사람들에게까지 비밀로 할 수 있다는 생각은 하지 않아요. 그런데 선생님만은 아직 모르셨으면 해요. 들킨다 해도 그래요, 적어도 구로키 씨까지만."

"좋아, 약속할게."

구로키 씨한테 들키면 분명히 이용당할 거야, 하고 생각했지만 말하지 않았다.

"고맙습니다. 마사요시 씨를 믿을게요."

한 마디씩 끊는 분명한 발음과 말투로 리리아가 못을 박았다. 그러고는 작고 갸름한 턱을 당겨 끄덕인다.

"맞아요. 제가 '고키의 천사'예요. 많은 사람들이 당시부터 쓰던 말을 그대로 빌리자면 말이에요. 하지만 실제로 저는 감히 천사가――."

"왜 고 짱 앞에 밝히고 나서 주지 않는 거야?"

마사요시가 한숨 섞어 말했다.

그녀의 '가가미'라는 성에 고키도 분명히 뭔가를 느끼고 있을 터였다. 하지만 확인도 하지 못하고 다가가지도 못하고 있다. 그의 성격이라면 충분히 그럴 법하다.

그렇다면 리리아가 먼저 움직이는 수밖에 없지 않은가. 앞으로 나아가려면 그 방법밖에 없다.

마사요시의 말에 리리아는 놀란 듯했다. 고개를 푹 숙인 뒤 머뭇거리며 마사요시를 올려다봤다.

"왜냐하면."

그것은 어린아이가 떼쓰는 듯한 칭얼거리는 목소리였다.

리리아가 눈을 크게 깜빡였다. 감긴 눈꺼풀이 올라가자 그녀의 눈시울이 붉고 촉촉하게 물들어 있었다. 갑작스러운 상황에 당황하고 있자 그녀가 눈물을 머금고 마사요시를 노려봤다.

"왜냐하면 '천사'잖아요. 지요다 선생님 마음속에서 그 아이는 현실에 존재하는 그 누구도 아닐 거예요. 미화돼서 좋은 이미지로 남아 있겠지요. 저는 그걸 망칠까 봐 두려워요."

눈물이 번져 속눈썹으로 흘러나올 뻔하자 리리아가 황급히 눈가를 닦았다.

"제가 그 '천사'라는 걸 알면 선생님은 분명히 실망하실 거예요. 그럼 전 견딜 수가 없어요. 마사요시 씨, 부탁이에요. 선생님께는 비밀로 해 주세요. 아직 용기가 나지 않아요."

"그 당시에 나타나지 않았던 이유에 대해서는 뭐라고 해?"

고 짱의 마음속에서 미화되기 전이라면 문제없지 않았을까.

마사요시가 대답했다.

"그 엄청난 양의 편지를 쓰는 기간이랑 학교 시험 기간이 겹쳤었대. 공부에는 손도 안 대고 신문사에 편지만 보낸 탓에 그때 시험 점수가 최악이었나 봐. 괜히 자기라고 밝혔다가 공부하지 않은 사실을 어머니와 담임선생님에게 들킬까 봐, 그게 싫었대."

"그런 이유였어?"

가노의 물음에 마사요시는 고개를 끄덕였다.

"그래, 그런 이유. '그런데 당시의 제게는 절실했어요'라고 하더라. 그 애는 당시 중학교 3학년이었어. 고입을 앞둔 몸이고 심지어 추천입학을 노렸대. 그래서 부모와 담임이 기말고사 성적을 떨어뜨리면 절대로 안 된다고 신신당부를 했는데 그걸 배신하게 돼서 심리적 압박이 심했대."

마사요시는 거기서 말을 끊고 가노를 똑바로 쳐다보며 계속했다.

"'천사'의 편지가 우편으로 도착하다 도중에 우편함에 직접 넣어진 이유로, 우표 살 용돈이 부족해서가 아닐까 하고 추측되었잖아. 리리아의 이야기를 듣다 보니 성적에 목맨 것도 그렇고 넉넉지 않은 형편이라는 게 느껴졌는데, 내가 잘못 느낀 건가?"

"그렇지 않아. 그건 나도 그렇게 생각해."

——제가 그 '천사'라는 걸 알면 선생님은 분명히 실망하실 거예요.

리리아가 그렇게 말했다고 하지만 고키가 실망할 일은 없을 것이다. 일부러 내숭을 떠느라 그렇게 말한 것처럼 생각될 만큼 리리아는 용모가 단정하다.

"'천사'가 죽음을 생각한 이유는 역시 그 왕따 문제 때문에?"

"어지간히 예뻐야지. 그 탓에 왕따를 당한 거지. 반에서 대장 노릇하는 여학생한테 찍혔나 봐."

가노는 갖고 있지 않은 것과 가질 수 있는 것에 대해 생각했다.

풍족하든 풍족하지 않든 일상에서는 마찰이 생긴다. 그것이 리리아를 지금처럼 굳세게 만들었을까. 동경하는 작가가 애용하는 케이크집 파티셰와 아는 사이가 될 만큼 당차고 야무지게.

"한 가지, 이해가 잘 안 되는 게 있어."

"어?"

"옛날에 구로키 씨가 찾았을 때는 왜 발견하지 못했을까? 당시 니가타 현에 사는 '가가미' 성을 가진 여학생은 한 명도 없었다잖아."

"그거 말인데, 구로키 씨가 실은 안 찾은 거 아닐까?"

마사요시가 말했다. 이에 가노도 아, 하고 생각했다. 마사요시가 덧붙였다.

"리리아하고도 그 이야기를 했어. 미담을 미담인 채로 남기려면 '고키의 천사'에게는 얼굴이 없는 편이 낫다는 거지. 특정한 누군가가 되기보다 신비롭고 얌전한 '천사'로 남는 편이 더 극적이잖아. 구로키 씨가 찾다가 도중에 그만둔 게 아닐까 하더라."

"말 되네."

구로키가 생각할 법한 일이었다.

"때가 되어 용기가 생기면 고 짱한테 말하려나 봐."

이런저런 생각을 하는 가노를 개의치 않고 마사요시가 말했다.

"고 짱이 실망할 일 없다고, 그만큼 예쁜데 무슨 소리냐고 내가 말했지. 고 짱의 책 속에서 나온 캐릭터 같다고."

마사요시는 지금처럼 경쾌한 말투로 말했을 것이다. 가노는 말없이 듣기만 했다.

"리리아도 그 정도는 알고 있겠지. 그런 게 아니라요, 하고 웃고 나서 알려 주더라. 자신의 패션과 화장은 고 짱이 생각하는 이상적인 '천사'상을 나름 추구해 본 결과래. 고 짱의 이야기 속 캐릭터가 구현화된 것 같다는 평가는, 알고 보면 순서가 뒤바뀐 거지. 캐릭터를 구현화하려고 자신이 먼저 노력한 거니까. 이거 고 짱이 알면 울면서 기뻐하지 않을까?"

"언제일까."

가노는 현실성 없이 멀게 느껴지는 감각으로 말해 봤다. 마사요시가 가노를 본다.

"뭐가?"

"가가미 씨가 고 짱한테 말하는 날."

"확신이 들 무렵이겠지? 천사인지 아닌지 상관없이, 이 남자가 완전히 자기 것이 되겠다 싶을 때. 마음씨가 갸륵한 아이일 수도 있겠지만 동시에 타산적이기도 해. 게다가 내가 눈치챘을 정도면 고 짱도 어렴풋이 알아차렸겠지. 그리고 리리아도 이미 그걸 알아. 분명히 조만간 밝히겠지."

"그렇구나."

"리리아한테 비밀 이야기를 들었더니 납득이 가더라."

"그러네."

가노가 맞장구를 치자 마사요시의 눈에 어떤 빛이 깃들었다. 그것은 연민과도 비슷한 안타까운 빛이었다. 그가 말했다.

"다마키는 처음부터 알고 있었대."

가노는 심호흡을 했다. 마사요시와 눈이 똑바로 마주쳤다.

"여기 살기 시작했을 때 처음에 죄다 털어놨나 봐. 그리고 다마키는 다 받아들였대. 고 짱한테 비밀로 하기로 한 약속을 지키느라 우리한테 아무 말도 안 한 거야."

"그건, 왠지."

입을 열긴 했으나 다음 말이 생각나지 않는 가노를 아랑곳 않고, 마사요시가 "그렇지?" 하고 맞장구를 쳤다.

"그제야 많은 일이 이해가 되더라. 리리아는 몇 년 전에 소설을 한 번 출간했을 뿐인데 자신을 '소설가'라고 하잖아. 다마키는 그런 거 질색인데 용케 세입자로 받아들였구나 싶었거든. 그런데 그런 이유에서였다니."

"안타까운 이야기야."

가노가 무심결에 내뱉자 마사요시가 다시 맞장구를 쳤다.
"그렇지?"

(6)

아침부터 내린 비가 아직 멎지 않았다.

10월 가을비는 여름 소나기와는 내리는 모양새가 달라 계절의 변화를 절로 느끼게 한다.

올해가 시작된 것이 엊그제 같은데 벌써 가을인가. 이대로라면 겨울도 금방 올 것이다. 그 전에 정리해야 할 일의 양을 생각하며 다마키는 자, 하고 책상에서 일어났다. 커피를 끓이기 위해 1층 부엌으로 향했다.

다마키의 거주 공간인 3층에는 1, 2층의 다른 방과 달리 부엌과 욕실이 딸려 있지만 좀처럼 그곳을 사용하지 않는다. 다른 주민들과 같이 공동 부엌과 욕실을 사용한다. 돌아가며 청소 당번도 맡고 있다.

2층 계단을 내려가는데, "와, 정말요? 대단하시네요" 하고 즐거워하는 목소리가 들렸다. 리리아였다.

이 집에 온 뒤로 리리아는 매일같이 고키의 방에 드나들고 있다. 그의 일에 방해가 되지 않도록 신경을 쓰고 있겠지만, 그래도 자주 놀러간다. 좁은 방에 두 사람이 함께 있는데도 그들 사이에서는 혈기왕성한 남녀의 분위기가 느껴지지 않는다. 리리아가 고키에게 맞춰 일정한 거리를 두고 노는 것 같았다.

리리아는 고키에게 손댈 생각이 없다는 것을 곁에서 보면 알 수 있다. 그저 그의 방에 늘어선 책과 피규어를 보며 재잘대고 이야기를 듣고 웃을 뿐이다.

1층 거실에 서서 비에 싸인 어두운 실내를 둘러봤다. 오늘은 고키와 리리아를 제외하고는 다 외출한 상태였다.

커피를 끓이고 있는데 현관 초인종이 울렸다. 머릿속으로 각본 구성을 다듬고 있던 다마키는 그 소리에 놀라 현관으로 걸어갔다.

"퀵서비스입니다—."

말끝을 길게 끄는 목소리가 들렸다. 문을 열어 서류 봉투를 받아 들자, 녹색 우비에 모자를 쓴 배달원 어깨 너머로 빗줄기가 보였다. 오늘 날씨는 예상했던 것보다 훨씬 사나워질 듯하다. 바람도 약하게 불고 있다.

좁은 골목에서 시동을 끄지 않은 오토바이가 부릉부릉 숨을 토하고 있다. 뒤에 달린 배달함이 비에 젖어 반짝인다.

"감사합니다."

다마키는 모자에서 빗방울을 뚝뚝 흘리는 배달원에게 말하고 수취확인란에 서명했다. 그리고 서류 봉투에 붙은 배달 전표를 보고 고개를 갸웃했다.

비 때문에 수신인 주소의 일부가 뭉개져 있었다. 알아볼 수 있는 글자는 건물명까지. 그 옆의 방 호수와 그 밑에 있는 이름은 물에 젖었다.

배달원이 가고 난 뒤 다마키는 어두운 거실에 서서 서류 봉투를 뒤집었다. 누구한테 온 걸까. A4 크기의 갈색 봉투, 발신인은 구로키가 근무하는 출판사인 대대사.

가능성이 가장 높은 것은 고키였다. 그러나 출판사에 만화나 기획서를 가지고 찾아간 가노나 마사요시일 가능성도 있고, 구로키가 자기 앞으로 보냈을 수도 있다.

다마키는 깊이 생각하지 않고 봉투를 열었다. 안을 확인한 순간 숨을 크게 들이마셨다.

내용물을 전부 꺼내 정신없이 읽었다. 죽 늘어선 활자, 그 위에 표시된 편집자의 교정. 형광등도 켜지 않고 다음 장을 넘겼다. 그리고 중얼거렸다.

"어떻게 된 일이지?"

다마키는 눈을 깜빡이는 것도 잊은 채 계속 서 있기만 했다. 가슴이 요동쳤다. 완전히 예상 밖이다.

이것이, 지금 손에 들고 있는 이것이 진짜라면 어떻게 되는 걸까. 슬로하이츠의 이인자. 장난삼아 모두가 다마키를 그렇게 부른다. 그런데 만약——.

그 가능성에 도달하자 등골에 오싹 소름이 끼쳤다. 자신이 충격 받았음을 분명히 알고 있었다.

이러면 나는 어릿광대나 다름없다.

"와아, 지요다 선생님, 그럴 리가 없잖아요."

리리아의 목소리가 들려온다. 그 소리에 퍼뜩 정신이 들어 원고를 봉투에 집어넣었다. 순식간에 그렇게 한 뒤 냉정해졌다. 내가 뭘 하려는 거지? 하지만 양심의 가책을 느끼고 말고 할 문제가 아니었다. 봉투를 손에 들고 서둘러 3층 방으로 올라갔다.

계단을 오르던 중 커피 메이커가 증기를 내뿜는 소리가 들렸다. 소스라치게 놀라 뒤돌았다. 입자가 얇은 낮의 어둠에 뒤덮인 실내 구석에서 모락모락 피어오르는 하얀 김이 보였다. 커피를 끓이던 중이었다는 것을 까맣게 잊고 있었다.

2권에 계속

슬로하이츠의 신 1

1판 1쇄 인쇄 2020년 9월 2일
1판 1쇄 발행 2020년 9월 9일

지은이 · 츠지무라 미즈키(辻村深月)
옮긴이 · 이정민
발행인 · 주연지
편집인 · 석창진
편집 · 최소라
디자인 · 김서영
마케팅 · 허은정

펴낸곳 · 몽실북스
출판신고 · 2015년 5월 20일 (제2015 - 000025호)
주소 · 서울 관악구 난향7길52
전화 · 02-592-8969 / 팩스 · 02-6008-8970
전자우편 · mongsilbooks_kr@naver.com
카페 · http://cafe.naver.com/mongsilbook
네이버 포스트 · post.naver.com/mongsilbooks_kr
인스타그램 · instagram.com/mongsilbooks

ISBN 979-11-89178-23-9 (04830)
ISBN 979-11-89178-22-2 (세트)

• 이 도서의 국립중앙도서관 출판예정도서목록(CIP)은 서지정보유통지원시스템 홈페이지(http://seoji.nl.go.kr)와 국가자료공동목록시스템(http://www.nl.go.kr/kolisnet)에서 이용하실 수 있습니다.(CIP제어번호: CIP2020035097)

• 잘못된 책은 구입하신 서점에서 바꿔드립니다. • 책값은 뒤표지에 있습니다.